蘇州格格

世情小說系列

新校版

高陽

目次

第一章

嘉慶二十五年七月廿四日深夜，熱河承德避暑山莊，皇帝寢宮「煙波致爽」殿西側的御前大臣值廬，八位顧命大臣的臉上，都籠罩著一層惶惑的神色；因為雖有不成文的規矩，凡皇帝病逝的那一刻，召至御榻前的大臣，不論有無遺命，都算顧命大臣，但此八大臣卻都不知道應該輔保的嗣君是誰？

「如今想起來，當時沒有請示『末命』實在是大錯特錯。」掌權的軍機大臣、文淵閣大學士戴均元緊接著說；「不過，我想皇上之所以沒有交代，是因為已照『密建』的家法辦理，無須再作交代。如今當務之急，是要查明白皇上『密建』的硃諭，藏在甚麼地方？是在乾清宮『正大光明』的匾額後面嗎？」

「照規定是應該藏在那塊匾額後面。可也說不定，」三額駙蒙古科爾沁王子索特納說：「那年在盛京謁陵，我聽皇上問太監金凱：交給你的那個盒子沒有掉了吧？金凱回奏：盒子裡頭有那麼要緊的硃筆，奴才怎麼敢不小心？……」

「那就是了。」另一位軍機大臣東閣大學士托津搶著說道：「找金凱來問。」

金凱是大行皇帝居藩時的「哈哈珠子」，二十多年來，寸步不離；偏偏這回在路上中暑，病倒在離承德兩站的「兩間房行宮」，得要派人去把他接了回去，才能將事情弄清楚。

「國不可一日無君！」班次最高的御前大臣賽沖阿說：「皇位自然該由二阿哥接，不如先『柩前即位』，定了君臣名分，大家也有個稟承。」

二阿哥如今是皇長子，元后喜塔臘氏所出；嘉慶十八年「林清之變」，喋血宮門，正在上書房讀書的二阿哥，以火槍擊斃匪徒二人，保護後宮，建功甚偉，在自熱河回鑾途中的大行皇帝，優詔褒獎，嘉許他「有膽有識」，「忠孝兼備」，因而封之為「智親王」，增年俸一萬二千兩，所用火槍，亦蒙賜號為「威烈」。所以無論從哪一方面來看，由二阿哥智親王接承大統，都是天經地義。

但是，賽沖阿的話雖駁不倒，卻沒有人附和，因為有一個明顯的事實，為大家在內心中帶來了疑慮；這個明顯的事實是大行皇帝所鍾愛的是四阿哥綿忻。他跟三阿哥綿愷，是繼后，也就是當今皇后鈕祜祿氏所出，但上年賜封時，三阿哥封為惇郡王，而四阿哥封的是瑞親王。大行皇帝出巡，隨扈的總是二阿哥與四阿哥；此外「南郊」祭天，或者太廟「時享」，四阿哥亦跟二阿哥一樣，時常奉派代替行禮。總之，在內廷行走的大臣的心目中，都覺得二阿哥除了居長這一點以外，其他並無勝於四阿哥之處。

沉默了好一會，終於還是掌權的戴均元發言：「茲事體大，千萬要慎重！」他有句沒有說出來的話，如今擁戴二阿哥登上皇位，萬一大行皇帝的硃筆找到了，接位的是四阿哥，那時怎麼辦？他特為停頓了一會，讓大家自己在心裡體認到此事如果出錯，會有如何嚴重的後果？然後才慢條斯理地往下說：「至於稟承，目前也只是恭理大喪；作為家事來看，當然是長子作主，我們在這方面請示二阿哥好了。」

這番見解，公私兼顧，無不同意，接下來便談如何治理大喪？談到這一層，不免相顧茫然，因為康熙、雍正二帝雖崩於行宮，但從西郊移靈入宮，與在大內崩逝無異；如今是遠在熱河，而且為意料所不及，甚麼都沒有預備，真不知從何措手？

「如今最急的事，莫如到京裡報喪。」戴均元看著掌印鑰的內務府大臣禧恩問：「此刻就要動身。你看派誰去好？」

「派吉倫泰最合適。」禧恩答說：「他還能騎快馬，年紀又輕，連夜趕一趕，明天晚上可以到京。」

「好，還有梓宮。自然是早就有預備的？」

皇帝駕崩，所用的棺木，稱為「梓宮」。民間小康之家的一家之主，未到五十就預置了棺木，寄放在寺廟中，稱為「壽材」，何況是萬乘天子？內務府早就為大行皇帝預備下一具楠木的梓宮，只要運了來就可使用。

「運起來方便嗎？」戴均元說，「要快才好。」

「那得拆開——」禧恩比劃著手勢，還待往下說時，卻讓另一位軍機大臣、以處事明快見稱的盧蔭溥，揮手止住了。

「本來大喪最要緊的兩件事是，恭擬遺詔跟派定治喪大臣，眼前這兩件事都還不能辦；餘下的差不多都是內務府的事，瑣碎細節，不必在此討論。依愚見，兩位內務府大臣中，應有一位馳驛回京，一切看情形斟酌辦理，有不能作主的，反正有皇后——不，如今要稱皇太后了。可以奏請皇太后定奪。」

「說得是。」戴均元點點頭，「我看請和公辛苦一趟吧！」

和公指和世泰，他是皇太后的胞弟，嘉慶十八年襲封三等承恩公，所以年紀雖輕，人皆稱之為「和公」。照職位與責任來說，禧恩在內務府大臣中居首，理當在熱河坐鎮；回京的差使，應由和世泰承擔，但他很想留在熱河，等待皇位所屬的最後結果，因為瑞親王是他嫡親的外甥，倘或天命有歸，他在八顧命中的地位，就會一躍而為首要；他認為個人有關的富貴前程事小，瑞親王遽登大寶，不能沒有一個可備顧問的親信隨侍在左右事大；但不論如何，總是私意，在這樣的場合，實在說不出口，只好默默應承。

和世泰一至京城，便直奔東華門內的內閣大堂。原來凡遇皇帝巡幸在外，派定留守的王公大臣，每每以內閣大堂為治事之處，這回大行皇帝派定的留守大員，一共四位，居首的是肅親王永錫，他是豪格的玄孫，在親貴中行輩最尊，用他領頭，不過掛個名而已。其次是內閣首輔，體仁閣大學士曹振鏞，字儷笙，安徽歙縣人，乾隆四十六年的翰林，此人謹小慎微、拘牽文法，因而評價不一，有人恭維他無為而治，完全是太平宰相的格局；亦有人說他根本不是當宰相的材料，但他的運氣不錯，循分供職，直到入閣拜相，不過在嘉慶二十五年中，從未辦過大事，當然亦從未入過軍機。

負留守監國的重責大任的，主要的是靠另外兩位留守大臣，一是協辦大學士兵部尚書伯麟，出身滿洲正黃旗，久鎮邊疆、功績卓著，最難得的是，凡事看得遠、看得透，講求長治久安之道，物望甚隆；再是吏部尚書英和，字煦齋，滿洲正白旗人，此人年輕時，博學多才，而且是個美男子，為和珅看中了，想以愛女許配給他。但英和的父親禮部尚書德保，不願攀這門親事；英和亦不屑阿附和珅，父子二人同心，千方百計地辭謝了婚事，躲過和珅的報復。及至嘉慶四年，大行皇帝親政後，凡是反對和珅的，無不蒙另眼看待，英和更受特達之知，由翰林院侍讀學士，超擢為內閣學士，翰林一當到「閣學」，便到了出頭天了，不是內補侍郎，便是外放巡撫，英和是嘉慶五年補的禮部侍郎，距他乾隆五十八年成進士，不過七年的工夫。

不過英和在仕途中，亦非一帆風順，由於他通達政體，遇事有為，不免招忌招妒，因而幾次被黜，但大行皇帝對他的寵信，始終不衰，值南書房，值內務府，值軍機，屢罷屢起，都是切近御前的差使。

和世泰到京，首先要找的人，便是英和；因為他也兼著內務府的差使，但到了內閣大堂，不能不先謁見肅親王永錫，並跟曹振鏞、伯麟見面，略略談了熱河的情形，告個罪邀英和到內閣的「典籍廳」去談公事。

「你先看一道皇太后的懿旨！」

和世泰從英和手中接過懿旨底稿，跳過前面敘述「龍馭上賓」的那一段，看主要的正文是：「皇次子智親王仁孝聰睿、英武端醇，現隨行在，自當上膺付託，撫馭黎元，但恐倉卒之中，大行皇帝未及明諭，而皇次子秉性謙沖，素所深知，為此特降懿旨，傳諭留京三大臣馳寄皇次子，即正尊位以慰大行皇帝在天之靈，以順天下臣民之望。」

和世泰楞了一下問道：「這是怎麼回事？」

「前天半夜裡，吉倫泰到京；消息傳到圓明園，太后隨即回宮，仍舊住儲秀宮；正午傳懿旨，在養心殿召見留守三大臣，交代了這件事，曹中堂擬的懿旨，請太后看了以後，仍舊交吉倫泰連夜趕路，送回熱河。」英和又說：「京裡大小官員，昨天上午都已經成服；三阿哥跟五阿哥奔喪，今天一早也動身了。梓宮已經拆開包裝，連同入殮的冠服，一起趕送熱河，是跟著兩位阿哥一起走的。」

「好！我就是為此而來的，既然已經辦妥了，我應該盡快趕回去。」

「也不必這麼急。」英和問道：「你不見見太后？」

「能見嗎？」和世泰遲疑地問。

原來清朝的宮規整肅，后妃與外臣隔絕，雖至親骨肉，無由相見；太后亦只是一年「三大節」受外臣在慈寧門外朝賀，並無接見之禮，但此刻卻正是一個可以從權的機會，英和認為和世泰雖不便「遞牌子」求見，而太后卻不妨主動召詢行在的情形，所以派人去請了太后宮中管事的太監來，囑他去請旨，要不要召見和世泰。

這得有一會工夫，和世泰接著中斷的話頭，談大行皇帝自得病至崩逝的經過，最後忍不住問說：「我現在擔心一件事，萬一硃諭上的名字是四阿哥，怎麼辦？」

「你這是杞憂。太后如果沒有把握，不會做這麼冒失的事。」英和又說：「你跟太后是一母所出的同胞姊弟，莫非還不知道太后的性情？」

和世泰點點頭：「先父常說，我姊姊不像個女孩子。」

「正是！從降這一道懿旨來看，太后真不愧女中豪傑。」

正在談著，儲秀宮的太監來了，傳太后的話說，天色已晚，宮門即將下鑰，讓和世泰第二天辰刻，到內右門候旨。

於是和世泰告辭出宮，逕回私寓休息，第二天一大早起身，正要出門，來了位不速之客，是由熱河來的內務府官誠普，因為隨扈的欽天監官員，已選定大行皇帝大殮最合宜的時刻是八月初一辰時，所以禧恩特為派他來催運梓宮，以免誤了大事。

「誤不了！」和世泰答說：「昨天已經啟運了，是跟著兩位阿哥一起走的。」

「那好！」誠普突然說道：「和大人，皇上的硃筆找到了，是在金凱身上。」

「喔！」和世泰急急問說：「硃筆怎麼說？」

誠普先不答他的話，管自己說道：「為這件事，恩大人跟軍機托大人、戴大人大起交涉，幾乎翻臉。」

「為甚麼？」

「為了名位，據說……」

據說七月廿五日深夜，八顧命會議以後，除了和世泰因為第二天一早要趕路，逕自歸寢之外，其餘七位分班守靈，禧恩直到天色已明，方始交班休息，一覺睡到近午，匆匆梳洗，奔到大宮門前的行在軍機處，向托津、戴均元大聲說道：「智親王有定亂安國之功，理當早正尊位，請諸公一起去迎駕。」

托、戴二人愕然不知所答，戴均元定定神，叫著他的別號說：「仲蕃，稍安勿躁，等金凱一來，便見分曉，何必如此之急？」

「如此大事，怎麼能不急？」禧恩的聲音越發高亢了，「倘或消息傳出去，以訛傳訛，或者奸人有意造謠，說宮中為爭皇位，相持不下，動搖人心，引起動亂，誰來負責？」

這頂帽子扣下來，誰也吃不消，於是托津支吾著說：「咱們先商量迎駕的儀注。」

這是緩兵之計，為的要拖到金凱回來。「到了未牌時分，」誠普說道：「終於有消息了，金凱身上有一個銀荳蔻盒子，還安了一把小鎖，打開來看，果然有一張小紙條……。」

「寫的是傳位給二阿哥？」

「不是這麼寫的，是立皇太子某某，就是二阿哥的名字。」

和世泰心一寬，不再擔心懿旨不符硃諭，造成無法解救的難局；定神想了想，覺得這件事有些不可思議，「恩大人怎麼睡了一覺，態度大變？」他問：「其中總有個緣故吧？」

「戴大人也問他了，何以前一天晚上八顧命開會的時候不提？他回答得很老實，他說：當時變起倉卒，根本就沒有工夫，也沒有心思去細想這件事。一覺睡下來，腦筋清楚了，越想越不妥，所以趕緊來想法子補救。」

和世泰點點頭，意味深長地說：「恩大人不但腦筋清楚，而且靈敏；這下，他要得意了。」

「大家也都這麼說。」誠普左右看了一下，低聲說道：「恩大人貼身的聽差，跟我們內務府的一個蘇拉是好朋友，據他私下說：恩大人先已另外派出人去，在路上截住金凱，叫他打開盒子來看，如果硃諭上不是二阿哥的名字，就叫他賴掉，說皇上根本沒有甚麼盒子交給他。」

和世泰駭然，「這種事也敢做？」他說：「恩大人倒不怕滅族？」

「不怕！」誠普答說：「等二阿哥當上了皇上，他還怕甚麼？」

和世泰恍然大悟，他心裡在想，禧恩是睿親王多爾袞之後，如果他的老祖宗像他一樣聰明，不要去搞甚麼「皇父攝政王」，當年逕自奪了他胞侄的皇位，哪裡會有後來的殺身之禍？

和世泰謁見太后，先行國禮，後行家禮；禮畢賜坐，和世泰頗為拘謹，一時竟找不出話來說。

「事情是怎麼出來的？吉倫泰說得不夠清楚，你倒說給我聽聽。」

帝后駕崩，宮中謂之「出大事」；太后之所謂「事情」，即指此而言，和世泰回憶著說：「七月廿四由喀喇河屯行宮啟程，皇上騎馬過廣仁嶺，還是好好兒的；到了山莊，說胸口有點不舒服，息了一會兒，也就好了，還到城隍廟拈了香；廿五那天，上午照常辦事，下午歇了午覺起來，又說胸口不舒服，傳御醫來看，叫把門窗都打開，晚膳傳了來，交代撤走，氣喘可是越來越急了，當時兩位御前、禧恩跟奴才都在，三額駙說：得把四位軍機請來。這時皇上已經不能說話了，看看情形不妙，奴才說：把兩位阿哥請來吧！奴才的意思是，皇上雖不能說話，或者有個手勢甚麼的，也是個交代。可是皇上甚麼表示都沒有，拖到戌時就不行了。」

「那麼，到底是甚麼病呢？」

「痰太多了，痰火上壅，氣接不上，成了哮喘，御醫用桔梗、枳殼、栝蔞這些藥攻痰，誰知道痰路始終打不開。」

「倒沒有人開口問一問皇上？」

「沒有。」

「為甚麼？」

和世泰想了一下說：「照奴才想，是大家都不忍問。說實話，也根本沒有人想到，皇上會這麼說走就走了。」

「那，八顧命會議就沒有一個人替二阿哥說句話？」

「御前賽大人倒是提了一下，可是沒有人答腔——」

「意思是——，」太后打斷他的話問：「都不願意二阿哥當皇上？」

「這倒也不是。」和世泰答說：「大家因為聽三額駙說，皇上有一道硃諭交給金凱，想來就是『密建』，而且看樣子，上面是四阿哥的名字，因為皇上鍾愛四阿哥，是誰都看得出來的事。」

太后沉思了好一會，突然說道：「告訴你也不要緊，皇上曾經跟我商量，打算把皇位改了給四阿哥；我不贊成，才沒有改動。」

和世泰大為驚異，脫口問道：「太后為甚麼不贊成？」

「我也是想了一晚上，前前後後都想通了，才去回覆皇上。我是為四阿哥好，當皇上哪裡有當親王舒服，而且四阿哥當了皇上，二阿哥心裡自然不服，三阿哥也未見得心甘情願，那時候，再有小人從中搬弄是非，就不知道會出甚麼禍事。皇上還不以為然，他說，他是為國擇賢，說二阿哥資質不高，小氣吝嗇，沒有人君之度，也沒有眼光，不會用人。我說，資質不高的人，謹慎老實，反倒是守成之王，從來荒淫無道的皇帝，絕頂聰明的很多。小氣吝嗇是儉省，漢文帝不就是這樣嗎？至於說沒有眼光，不會用人，是他現在沒有用人的機會，眼光根本還看不出來。總之，二阿哥做事有分寸，循規蹈矩，守成有餘；萬一有甚麼地方出軌了，我也可以說他。二阿哥雖比我小不了幾歲，我可是一直拿他當親生的看待，他很肯聽我的話，皇上聽我這麼說，才打消了原議。」

怪不得！和世泰心裡在想，太后亦曾參與「密建」的大計，所以那麼有把握。如今且看嗣君如何報答太后吧！

「請皇太后的旨，」和世泰問說：「奴才回到熱河，二阿哥——」

「要改口稱皇上了。」太后立即加以糾正。

「是。皇上見了奴才，也許會問：皇太后說了些甚麼？奴才該如何覆奏？」

太后想了一下答說：「你就說，但願他作個守成之主。」

「還有別的訓誨沒有？」

「就這一句話。」

在奉到懿旨以後，大行皇帝入殮以前，嗣皇帝便頒發了幾道「親親」的詔旨，其中一道是將惇郡王綿愷晉封為惇親王；如妃所出的五阿哥綿愉封為惠郡王。和世泰亦沾了太后的光，賞給都統銜，並在「紫禁城騎馬」；禧恩則因擁戴之功，特旨在御前大臣上「學習行走」，儼然朝廷重臣了。

八月初一大殮禮成，但梓宮未能立即啟運入京，因為梓宮用「大轝」，京城的「槓房」稱之為「十字槓」；前後左右四角，每角用三十二人，共須一百二十八人肩承，道路尤其是橋梁，非寬平堅實不可，直隸總督方受疇，動用順天府所屬京東各州縣民夫十一萬人，晝夜趕工，方於八月十二啟程，整整十天工夫，梓宮終於得以奉安在天子正寢的乾清宮。

八月廿七，舉行登基大典，頒發恩詔，改元道光。嗣皇帝以位於乾清宮左前方的上書房為「倚廬」，用一領鋪在厚氈條上的細篾席，席地而臥，用的是瓷枕頭，表示父母之喪「寢苫枕塊」。

太后已自儲秀宮暫時移居乾清宮西，在康熙朝作為皇帝小書房的弘德殿，以便於早晚在几筵前上祭。皇帝差不多每天都去請安，時間總在晚膳以後，其時「內廷行走」人員均已退出，宮門下鑰；是宮中一天最清閒的時刻，母子得以從容長談。太后常問：接見了哪些人？處理政務有何不順手之處？嗣皇帝怕上煩慈憂，即令有不順手之處，亦總是隱去不言。但有一回嗣皇帝說了老實話。

「兒子最近心裡發悶，常常在想，不知道怎麼樣才能不負阿瑪的付託？怎麼樣才能為百姓造福？真是國事如麻，不知該從哪裡下手？想找個人問問，也不知道該找誰才好？」

太后想了一會問道：「你是說，沒有一個人教你，該怎麼樣當皇上？」

她很準確地體會到了皇帝內心的難局；不能不清清楚楚地答一聲：「正是。」

「這就是你最吃虧的地方。當皇帝要老早就學，康熙年間，凡是自己覺得將來也許能接位的阿哥，都是請了有學問、有本事的能人，供養在府裡，虛心請教。」太后略想一想又往下說：「乾隆爺是雍正爺私底下親自教導，加以莊親王跟乾隆爺名為叔侄，其實跟親哥兒倆似地，無話不談，沒有甚麼忌諱，所以乾隆爺即位以後，有甚麼為難的事，常跟他商量。至於你阿瑪，是得師傅的力，尤其是朱師傅，」說到這裡，太后突然問道：「為了朱師傅，和珅在太上皇面前暗算你阿瑪，這段故事，知道不知道？」

「兒子聽說過，朱師傅當時——」

「朱師傅」指朱珪，字石君，乾隆十三年成進士時，年方十八。嘉慶元年，內禪禮成，太上皇仍掌大政，有詔命粵督朱珪來京，行將入閣拜相。朱珪於乾隆四十年以侍講學士值上書房時，是嘉慶皇帝的師傅，五年相處，師弟的感情極好；所以嘉慶皇帝傳此喜信，打算作首詩賀賀師傅，不道詩猶未成，詩稿已落入和珅手中，他到太上皇面前進讒，說嗣皇帝向師傅賣交情。自雍正以來，皇子結交大臣，懸為厲禁，太上皇晚年多疑，怕自己會成為唐明皇、宋高宗，所以聽信了讒言，便問同時晉見的軍機大臣董誥：此事該當何罪？太上皇要治嗣皇帝的罪，那不是千古奇聞？董誥磕個頭答奏：「聖主無過言。」太上皇沉默了好久，終於想明白，自己失言了，若非董誥及時提醒，幾乎鑄成大錯，便點點頭說：「你真是大臣，將來為我好好輔導嗣皇帝。」

「大致不錯，是這麼回事。」太后又說：「你阿瑪當時跟我說：『和珅罪大惡極，最不能寬恕的，就是離間我們父子之間的感情。』後來宣布和珅的罪狀，第一款大罪，就是太上皇冊立太子，和珅馬上遞如意賀喜，是『洩漏機密以為擁戴功』，就有人說，這也成了罪狀，好像有人來報喜，不但不賞，反而將人家打了一頓一樣，未免不近人情。殊不知你阿瑪有意拿這件事列為第一款大罪，是明明白白表示，不承認和珅有甚麼擁戴之功。」

皇帝恍然大悟，先皇對董誥之恩禮不衰；朱珪之歿而謚「文正」，都是這一重公案的淵源。敘往思今，不由得感慨地說：「兒子就是少這麼一位好師傅。」

「你的師傅是誰？」

「兒子有兩位師傅，一位姓萬，一位姓秦。」

「你阿瑪五十萬壽那一年，處分了一位師傅，好像也姓萬，江西人，是他不是？」

「就是他，萬師傅名叫萬乘風，江西人。」

「你阿瑪不喜這位萬師傅，說他好虛榮，不務實際；他的受處分，也是求榮反辱。」

皇帝默然，因為在批評他的老師的是太后，不敢辯護，也不便附和。不過心裡承認「好虛榮、不務實際」是對萬乘風很中肯的批評；原來乾隆四十六年，翰林出身的萬乘風，曾經三值上書房，總覺得能在內廷行走，是件很值得誇耀的事，嘉慶十四年皇帝五旬萬壽，以禮部侍郎提督江蘇學政的萬乘風，竟奏請開缺，以便回京祝嘏，奉旨嚴行申飭，並交部嚴議，斥責他不諳體制，這就是太后所說的「求榮反辱」。

「萬師傅如今幹甚麼？」

「去世好幾年了。」

「那，」太后問說：「還有一位呢？」

「還有一位秦師傅秦承業，養病回江寧原籍了。」

「你應該叫他趕緊回京。當上皇上，有時候面子拘著，好些話不便出口；上書房的師傅是從小問慣的，就無所謂了。」太后又說：「有個人在旁邊，凡事商量著辦，總比沒有人可以談來得好。」

「是，是。」皇帝欣然接納。

於是第二天便有上諭，召秦承業來京。另有一道「眷懷舊學」的上諭；萬乘風晉贈禮部尚書銜，追謚文恪。不過眼前誰是可以「凡事商量著辦」的人呢？

算算只有一個禧恩，他在嘉慶六年補了乾清門侍衛，曾教皇子們騎射，名為「諳達」；這個滿洲稱呼的涵義，彷彿北方大戶人家的「護院」或老家人，身分雖不相侔，關係卻很親密，皇子跟他說話，比較沒有顧忌。

師傅與諳達供職，都在上書房，所不同的是，師傅的座位在室內，諳達只能在廊上休息；皇子經過面前，師傅安坐不動，諳達便得站起來，這不僅由於責任不相等，亦因知識高下有差異，因此，皇子們對兩者說話的語氣不同，對師傅是「問難」，老老實實發問；對諳達常用假設或談論旁人的語氣，譬如犯了一個讓皇帝知道了，會遭受申斥的過錯，如果求助於師傅，他不但會細心指點，而且絕不會在旁人面前多了一句嘴；諳達則難免口舌不謹，以致惹出是非。

如今身分雖已不同，在私底下嗣君對禧恩的稱呼未改，說話的語氣亦仍如舊，「諳達，我倒問你，」他很從容地，彷彿無事閒談，「譬如有一天你襲了爵，你的族人跟屬下，不怎麼怕你，凡事表面遵從，其實依然故我，那時你怎麼辦？」

禧恩一楞，何以突如其來地談到襲爵？細想一想才明白，皇帝是「夫子自道」，便大膽地也用「譬如」來作答：「要用嚴厲的手段，譬如像當皇上殺大臣立威那樣，殺雞就能駭猴。」

「殺大臣立威」這句成語，皇帝在書上看過，當時並沒有甚麼感覺；現在從禧恩口中聽到，不由得在心頭一震，連帶也引起好些感想，原來書本上也有許多做皇帝的訣竅，只是自己不留意而已。

禧恩看皇帝的臉色，心知話題對路，便又往下說道：「當年乾隆爺初接位，為了宗親和睦，凡事遷就，大家都以為他好說話，不怎麼怕他；乾隆十三年皇后駕崩，居然有人在百日以內薙髮，連大喪的規矩都可以不顧，這麼下去還得了？乾隆爺知道不能不『借人頭』了，把南河總督，還有個總督還是巡撫，拿交刑部，定了死罪。接下來是征金川的經略大臣訥親，喪師失律，乾隆爺派侍衛拿了訥親之祖遏必隆留下來的一把寶刀，砍了訥親的腦袋。從此以後，不論是誰，就再也沒有一個敢不聽他的話了。」

乾隆誅戮大臣的故事，皇帝從小就聽太監們談過，但沒有想到，是出於「立威」的緣故，再想到先帝之殺和珅，應該也是有這樣的作用在內。

「不錯，殺大臣可以立威；可是承平世界連一個百姓都不能無罪而誅，怎麼好端端地殺大臣？」

「這句話當然不能看死了，說非殺不可，反正只要能明明白白顯出皇上的大權就行了。」

皇帝的大權，無非生死進退，既不能殺大臣，黜退亦足以顯示權威。「諳達，」皇帝鄭重囑咐，「你要好好做我的耳目，看滿漢大臣誰犯了錯，打聽明白來告訴我，等『大事』一完，我來切實整頓。」

所謂「大事」指治理大喪，主要是飾終之典，大行皇帝尊謚為睿，廟號仁宗；陵寢在易州，定名昌陵，最後便是修實錄，為此，皇帝特為召見首輔體仁閣大學士曹振鏞面諭，籌劃實錄「開館」事宜。

修實錄工程浩繁，乾隆實錄修了十二年，方始告竣；「開館」初創，更是頭緒紛繁，得要找個熟手好好請教一番。

「現成有個人，」有人跟曹振鏞說：「劉鳳誥。」

這劉鳳誥號金門，江西萍鄉人，博學多才，寫得一手好字，而且是個美男子，真正是金馬玉堂中的風流人物，不知多少達官貴人想要他作女婿，可惜他的脾氣令人不敢恭維，自視極高，行事不中繩墨，兼以酒品極壞，一到有了七八分酒意，就甚麼禮節法度都置諸腦後了。

他是乾隆五十四年己酉恩科的探花。八位讀卷大臣中，有一位是江西南昌籍的禮部尚書彭元瑞，此人的文字，是連自覺眼力極高，對臣下詩文少所許可的乾隆皇帝都極佩服的；彭元瑞的詞藻，舉世第一，而劉鳳誥金殿射策的那本卷子，富麗華贍，自然大蒙賞識。也就因為如此，乾隆五十六年翰詹大考，列名二等，照定制只能是升一階，但因彭元瑞的力保，竟得超擢為侍讀學士，而且第二年就放了廣西學政。嘉慶元年丁憂，回籍守制。復起時已在嘉慶四年四月，太上皇駕崩以後，其時彭元瑞主持實錄館，奏請派劉鳳誥為纂修官，其間除一放湖北鄉試正考官，離京約半年以外，供職始終在實錄館，官職由侍讀學士升國子監祭酒，再升為「大九卿」的太常寺正卿；在實錄館的差使，亦由纂修而變為總纂，歷時不過兩年工夫。

不久，劉鳳誥放了山東鄉試正考官；又轉為山東學政，嘉慶九年十一月差滿回京，底缺已升至兵部左侍郎，仍回實錄館當差，但名義更上一層為副總裁，職司「專勘稿本」，當纂修官根據《起居注冊》分年分月分日纂成實錄後，須經劉鳳誥審核無訛，方成定本，是個總其成的要緊職務。

嘉慶十二年三月，乾隆實錄告成，在事出力人員，照例敘獎，劉鳳誥始終在事，出力尤多，特為賞加太子少保銜；這所謂「宮銜」，向例二品官除封疆大吏的巡撫以外，京官的侍郎、閣學都不得賞給，劉鳳誥是個可視為殊榮的特例。

接著，將他放了江南鄉試的正考官；闈中奉到恩旨，提督浙江學政。發榜出闈，由蘇州循運河到浙江省會杭州上任。

其時的浙江巡撫是劉鳳誥的同年，出身揚州府儀徵縣一位武將之家的阮元，此人亦是以文字受乾隆的特達之知，乾隆五十六年翰詹大考，試兩文一詩，兩篇文章的題目是：〈擬張衡「天象」賦〉、

〈擬劉向「請封陳湯、甘延壽」疏〉。詩題是「眼鏡」，得「他」字。阮元的一賦一疏，極其博雅，閱卷的大臣無不讚賞，但有個僻字，都不認識，疑為筆誤，因而置於三等；後來有人查字書，方知不誤，於是改列為一等第二名。

翰詹大考，共分四等，一等限定只有三名，例得超擢，如果是三等，雖不分名次，但排名有先後之分，排名在後者，可能降級，所以出入關係極大。及至進呈後，乾隆將阮元擢升為一等第一名，面諭閱卷大臣說：「第二名比第一名好，『疏』更好。」其實他是違心之論，乾隆所激賞者，尤在那首五言八韻的試帖詩。

試帖詩或稱「試律」，扣題要扣得緊，須運用典故，自正反前後各方面去形容，腹笥不寬，無法鋪敘，必落下乘。眼鏡是明朝從西洋傳入中土的，根本沒有甚麼典故；加以「他」字是一個極險的險韻，要押得工穩，頗為不易，但阮元舉重若輕、遊刃有餘，押「他」字的一聯是：「四目何須此？重瞳不用他！」這是「頌聖」，原來乾隆的體質，秉賦特厚，晚年雖不免重聽，但視力未減，可以不用眼鏡，堯四目、舜重瞳，恭維皇帝如堯舜之意，雖晦而實顯。及至召見時，阮元以他的姓名與殷朝的賢相伊尹相比，為皇帝斥為狂妄，不道阮元的口才亦很了得，從容答奏，自道他勝於伊尹，因為「伊尹所事的是無道的太甲；而臣所事者為堯舜。」這就越發博得皇帝的賞識，將他自正七品的翰林院編修，超擢為正四品的詹事府少詹。乾隆皇帝對識拔阮元一事，極為得意，曾對左右說道：「想不到我過了八十歲，又得一士。」

他是第二次任浙江巡撫，這年——嘉慶十三年戊辰，皇帝五旬萬壽恩科鄉試，阮元本應入闈擔任監臨，因為在寧波一帶，主持剿治海盜，奏請派員代辦，通常都請以藩司代勞，但亦可由學政擔任，阮元是奏請以學政劉鳳誥代辦監臨。

到了下一年的八月，御史陸言上摺參劾劉鳳誥，說他「性情乖張，終日酣飲，每逢考試，不冠不帶，來往號舍，橫肆捶撻。上年鄉試，該學政代辦監臨，遍往各號與熟識士子，講解試題，酌改文字，饋送酒食，以致眾士子，紛紛不服，將生員徐姓等刊刻木榜，遍揭通衢，並造為聯句書文。」在此以前，皇帝亦曾接到密報，心知確有弊端，但一直未發，而此時亦仍有顧忌，先採取了一個保全阮元的措施。

因為學政劉鳳誥監臨失職，固難課巡撫阮元以保舉非人之罪，但監臨在闈中有法所不許的行為，且經士子訐告，阮元如果不聞不問，便是溺職，尤其是監臨不派藩司而派學政代辦，他更應加意稽察；倘或能據實參劾劉鳳誥，猶可免議，否則即難逃包庇同年，以私害公的罪名。

於是皇帝親筆寫了一道硃諭示阮元：「朕聞劉鳳誥沉湎於酒，任性妄為，罵詈教官、生員，以致下人肆行亂法等事。汝係巡撫，又係伊同榜，必應嚴參，以示大公於天下；若意存徇庇，恐汝不能當此重咎。」

這道硃諭由軍機處照錄，以「廷寄」飛遞阮元。不道阮元親繕的覆奏，將劉鳳誥辨得乾乾淨淨，說他「實無使酒情事，惟代辦文闈監臨，場規從嚴，士子懷恨，致滋物議。」

劉鳳誥在浙江的口碑不佳，皇帝曾垂詢過好些清廉方正的浙江京官，大致都如陸言參摺中所說，所以一見阮元的覆奏，決定派員徹查，派的是正在江南查案的軍機大臣戶部侍郎托津，及刑部侍郎周兆基、光祿寺少卿盧蔭溥。其中周兆基，正就是上年浙江鄉試的正考官。

等周兆基與盧蔭溥出京到了杭州，在江蘇的托津已先抵達；三個人先密商進行的步驟，托津說道：「周公是去年浙江的主考，如今奉派查去年的科場弊案，這表示弊竇完全出在『外簾』，與『內簾』無關，此為皇上的深意，我們不可不仰體。」

「是！」盧蔭溥說：「今年是皇上五旬萬壽，慶典正在籌備，興起大獄，殊非所宜。照我的揣測，皇上亦絕不願見劉金門罪至大辟；因為不獨五旬萬壽、見刑戮犯忌，而且劉金門是恭修先帝實錄手定稿本的人，忽然說因科場案舞弊而被誅，難免成為話柄，譬如只要有人說一句：『喔，修乾隆實錄的，原來是這麼樣一個人！』試想，皇上心裡會好過嗎？」

「說得是！」托津深深點頭：「我們盡量查清楚，據實覆奏；不過，如有可以論死的罪證，要好好斟酌，想法子打住不提。」

「如果是這樣就好辦了，我想請南石兄，不妨以翰林前輩的身分，跟劉阮兩位說明白，請他們說實話，以便早早覆奏。」

「我贊成。」

原來別號「南石」的盧蔭溥，眼前談功名遜於阮元；但論科名卻是早於阮元，他是乾隆四十六年的翰林，早於阮元三科。

這樣一種身分與阮元打交道，態度可卑可亢，可軟可硬；等到盧蔭溥實告他們的決定，並剖析利害得失以後，阮元歎口氣說：「也不是我敢包庇同年，先是不知道，總以為劉金門名士氣太重，行事不按規矩，加以浙江的士子不好惹，愛用文字刻薄學政、考官，天下聞名，所以外面的傳言，雖有所聞，不以為意，後來才知不然，可是案情忒重，如果參奏，必興大獄；倘或以重為輕，反自蹈掩飾徇庇之罪，進退兩難，以致因循下來。」接下來，阮元盡其所知，對盧蔭溥作了坦率的陳述。

杭州有個兼營鹽業的藩司衙門書辦，姓徐，獨子徐步鼇勤奮好學，是個秀才，劉鳳誥蒞任後，舉行歲試，將徐步鼇取在前列，補了「廩生」。俗稱秀才的生員，有好幾種，廩生有名額的限制，一補上了，往往終身衣食無憂，因為「童生」考秀才，照例須廩生作保，稱為「廩保」，保證應試的童生，並未冒籍、頂替、揑造姓名等情弊，以及身家清白；做一個保照例要收謝禮，積少成多，數目可觀。

徐步鰲家道厚實，不在乎廩保的收益，所以參加了嘉慶十三年恩科的鄉試，而且志在必中；聽說監臨是由學政劉鳳誥代辦，認為有機可乘，便託一個江西籍的「鹽庫大使」嚴廷燮去見劉鳳誥關說，嚴廷燮表示，徐步鰲目前有病，鄉試考三場，恐怕支持不下來；他的業師叫沈晉，今年亦應鄉試，如果能與沈晉「聯號」，誼屬師生，即可獲得照應，徐步鰲中了以後，一定會「報恩」。

其實，徐步鰲已先「報恩」——行過賄了，賄款是由劉鳳誥的僕人所收，劉鳳誥是否知情，不得而知，但歷來科場弊案，類此情形，一筆帳都記在考官頭上；因為考官受賄，不會親自收受賄款，都是由幕友與僕人經手之故。

只要受了賄，便是法無可逭的犯罪；就算不受賄，劉鳳誥的過失也不輕，因為就士子舞弊來說，最穩當的辦法，自然是向考官花錢「買關節」；其次就是「槍替」，這也有好幾種方式，一種是「外應裡合」，預先請好時文高手，在外待命，題目一下來，立即傳出場外，做好文章再傳進來，照樣謄正，當然，這得預先買通場中好些執事，掩護接應，尤其是管號舍的「號軍」。

一種是冒名頂替，乾脆請槍手代為入闈，卷子上填的是自己的姓名年籍，槍手中了，就是自己中了，但這個辦法，難期周密，形跡稍涉疑問，就會敗露，而且牽連必然甚廣。再有一種是與槍手同時入闈，但號舍不同，關防嚴密，槍手做好了文章，要傳遞給士子，極其困難，因此，若能與槍手聯號，一切困難窒礙，就迎刃而解了。

這需要經過周密的布置，也就是需要打通重重關節。首先是卷號，向例每一場的前一天，由監臨召集「受卷」、「彌封」、「謄錄」、「對讀」四所官員，分手戳印號舍字號，於卷面及號簿同時印用，號舍用千字文編序列，每一列十餘號，即十餘間，如「地五」即地字號第五間，號戳預先抖亂，隨檢隨印，不准閱看，以防作弊，所以要印成聯號的兩卷，非預先安排不可。其次是領卷，每場當天寅時起開始點名，大門分中、左、右三門，監臨點中路，提調、監試點左右兩門，點進後隨即領卷，卷子疊置，並不按次序排列，自上而下，拿到哪一卷，就是那一卷，所以某一士子某一場會是某一號，誰也無法預知，既然如此，聯號的兩卷就必須預先疊放在一起，而且士子與槍手，應該按照約定的時間，同時受點進場，才能恰好領到聯號的卷子，如果聯號到了，而人未到，必須耽誤；去得早了也不行，發卷者不能從中間特意抽出聯號卷子來發。總之，配合稍欠周密，即易僨事。不過有作為闈官之首的監臨，作主擔待，自然一切都好辦了。

當然，徐步鏊的錢沒有少花，「四所」的官員，得了好處的很多。由於事情很順利，徐步鏊得意忘形，口舌難免不謹，以致流言四起，甚至傳說，已預定徐步鏊為解元。

這些流言很快地傳入劉鳳誥耳中，心想大事不妙，如果徐步鏊中了，一定會掀起軒然大波，一經徹查，聯號的弊端必將水落石出，幸好內外簾官，包括房考在內，都是由監臨自全省正途出身的州縣官中挑選到省，再經考試，視成績分別派差，所以要採取彌補的措施，並不困難。他從「內收掌」處查到那兩本聯號卷子的下落；緊接著向分到聯號卷的房考查問，也虧得尚未「呈薦」，得以擱了下來——主考是由房考「薦卷」，經覆閱後定去取；房考不薦，主考根本看不到試卷。

真相既明，三欽差密商覆奏的辦法，決定隱去已經受賄這一節，其餘照實直陳，結論是「劉鳳誥未經得受財物，無贓可計，照例擬流，請發伊犁。」也就是充軍到新疆伊犁。得旨：「劉鳳誥學問尚優，仰蒙皇考高宗純皇帝特加賞拔，迨朕親政後，由學士用至侍郎；又因恭修皇考實錄，錫以宮銜，屢畀衡文之任，疆荷恩施，極為優渥，當如何潔己奉公，勉圖報效，乃伊竟敢於科場大典，有心舞弊，試思監臨大員，原藉以彈壓糾察，今轉聽受人情，印用聯號，若徐步鏊萬一僥倖，自思當得何罪？昧良辜恩，莫此為甚，托津等照例擬流，請發伊犁，尚覺稍輕，劉鳳誥著革職拿問，交刑部嚴審具奏。」

刑部以原擬之罪，請比照「官吏未按財物枉法、杖一百、流三千里律」，加重發往伊犁效力贖罪，由「流三千里」改為「充軍邊遠」，業已加重；再加便成死罪，而大清律有「加罪不入於死」的明文規定，所以請仍照原擬。皇帝平時頗留意律例，「加罪不入於死」的規定，自然知道；在交刑部嚴審時，對如何加重，其實已胸有成竹，但為了彰明法治，不能不有「交部」這一道手續；在刑部覆奏後硃批：「伊犁路途雖遠，而地方近成繁庶，轉得在彼安處，著改發黑龍江效力贖罪。」此外阮元革職，但另賞編修職銜，從頭做起；提調、監試「於監臨舞弊，不能覺察舉發」，分別降二級調職；禍首徐步鰲、嚴廷燮亦發邊遠充軍。

劉鳳誥起解到黑龍江以後，頗受黑龍江將軍的禮遇；嘉慶十八年，劉鳳誥為將軍代撰元旦賀表，皇帝一看就知道了，對左右說道：「這是劉鳳誥的手筆，文章比從前更好了，莫非窮而後工？」以此一念，將劉鳳誥赦回家鄉；嘉慶廿三年又賞給編修，命來京供職。但在翰林院，連掌院學士都是後輩，他又何能跟比他年輕二、三十歲的編修、檢討在文字上作競爭？同時，掌院也不敢派他的差，自然也不必上衙門，帶著一個老僕，住在宣武門外江西會館，交遊極稀，益覺無聊，不斷在作告病回鄉的打算。

不道冷鑊中爆出熱栗子，這天突然聽說「曹中堂來拜」，身在室中，加以衣冠未具，不知如何接待？倒是他的老僕有主意，出面替他擋駕，說：「家主人訪友去了，一回來，立即到曹中堂府上請安。」隨後，劉鳳誥便換了公服去回拜曹振鏞，談起來才知道是為開實錄館的事，向他請教。

劉鳳誥心想，這不是真正復起的機會來了嗎？整個「人逢喜事精神爽」，加以他的談鋒，本就甚健，所以將修實錄的過程，自開館至書成為出力人員請獎，種種該當留意的地方，鉅細靡遺地講了一個多時辰，換過二道茶湯，方始告一段落。

曹振鏞靜靜地聽完，聽完發問，問得頗為詳細，最後問到用人，曹振鏞說：「館中頂要緊的人，除了提調以外，應該是誰？」

「看稿本的總纂官。」劉鳳誥答說：「實錄是分年分月，由好些纂修官編纂，雖有凡例可資遵循，但各人的看法難免有出入，如何消除分歧之處，以期整齊畫一，那就要靠總看稿本的人了。」

「這個人要怎麼樣，才算夠格呢？」

「第一要熟於朝章典故，第二在文字上不肯馬虎，一字一句不妥，要反覆推敲，斟酌盡善才算定稿。不過，最要緊的是有史識，帝皇的實錄，不是家乘，是國史，出入關係甚大，所以『書法』很要緊。」說到這裡，劉鳳誥停了下來，回憶了一會，接下去說：「記得我看乾隆實錄稿本的時候，遇見一個在我看來是難過的疑問，那就是高宗純皇帝，到底出在哪裡？」

這是一個令人好奇的疑問，已存在數十年了，曹振鏞亦很感興趣，不過他為人深沉，所以只淡淡地應一聲：「哦！」等劉鳳誥說下去。

「為了實錄，必得細看高宗的文集、詩集。《樂善堂詩集》定本雖只有三十卷，不過高宗生前所印的詩集，自初集至餘集，共有六個集子，總數不下五百卷之多，我從頭到尾，全部看過，其中提到降生於雍和宮者，共有三處；可是仁宗的製集中，有兩首恭紀太上皇萬萬壽的詩，詩注是高宗以辛卯歲誕生於『山莊都福之庭』。請問，實錄中怎麼寫，是聽高宗的，還是聽仁宗的？」

「高宗也好，仁宗也好，總當以事實為根據。」

「如果以事實為根據，就應該以仁宗的詩注為準，可是那一來就會引起後世許多疑問。」劉鳳誥想一想說：「姑不論皇子扈駕到熱河，能不能攜眷；以高宗八月十三日的生日來計算，當康熙五十年五月初，皇四子雍親王福晉隨扈到熱河時，至少已有六個多月的身孕，何能長途跋涉？只怕未到熱河，已經小產。如果一定要說高宗是降生在熱河避暑山莊，則生母一定另有其人，不是終年安居雍和宮的孝聖憲皇后。那麼，那另有其人又是甚麼人呢？疑問一個接一個，擾攘不已，只恐高宗在天之靈，亦為之不安。」

「喔，喔！然則你是用了高宗自己的說法？」

「是，這就是史法中的所謂『書法』。」劉鳳誥又說：「前一陣子，我讀大行遺詔，末尾說高宗誕生於避暑山莊，不知是誰執筆？何以不知檢點？此非尋常疏忽可比，核稿的人，咎無可辭。」

曹振鏞將他的話，一字不遺地緊記在心，但臉上卻無任何表示，換個話題問：「實錄要等稿本看完，毫無不妥之處，成為定本，才算告成？」

「是。」

「那得多少時間？」

「不一定。乾隆實錄，費時十一年，是因為高宗享祚至六十年之久，六次南巡，十大武功，上諭奏章，卷帙浩繁，勾稽頗費時日。仁宗實錄，照我看，三年可以告成。」劉鳳誥說：「三年也很快。像我在黑龍江四年，回想起來，覺得也不過是一晃眼的工夫。」

曹振鏞聽他語氣無意流露，竟似修仁宗實錄，也會讓他擔當「看稿本」的重任。這件事輕許不得，所以說了些「受教良多」的客氣話，便端茶送客了。

劉鳳誥在京城的日子很艱苦，本來京官多窮，尤以翰林為甚，但有一項好處，易於舉債；只要一放主考，贄敬所入，償債有餘。京城裡專有一班人借錢給翰林，名為「放京債」；但劉鳳誥這個翰林，不可能再當考官，所以債亦難舉，全靠老同年接濟。

他的同年，除了現任兩廣總督阮元以外，在朝的大官共有三位：那彥成、劉鐶之、汪廷珍，都是尚書。那、劉二人是貴公子出身，那彥成的祖父叫阿桂，籍隸滿洲正藍旗，是高宗的股肱之臣，「十大武功」無役不與，或贊戎機，或統大兵，勳業彪炳，高宗四次畫功臣像於紫光閣，阿桂皆在前列，入閣拜相之外，並以軍功封一等公；劉鐶之山東諸城人，他的祖父就是薦阿桂可大用，諡「文正」的劉統勳。另一位汪廷珍是榜眼，江蘇山陽人，由於脖子上長了一個瘻，所以外號「汪疙瘩」，有人說他肚子裡的疙瘩也很多，這話不一定可靠；但他是獨善其身的性格，連同鄉親友都不肯照應，卻是事實。

除了汪廷珍以外，那、劉二人每隔兩三個月，總有一筆饋贈，劉鳳誥受而不辭，並不言謝，亦少往來；常有往來的是另一位同年，山東德州籍的盧蔭文。

德州盧家是衣冠世族，代有顯官，最著名的是盧見曾，此人一生的遭遇，恰如「邯鄲夢」中的「盧生」，兩任號稱天下第一肥缺的兩淮鹽運使；兩獲嚴譴，第一次是充軍邊遠，第二次在乾隆三十三年，年已七十有六，告老在家，因徹查兩淮鹽課虧空案而牽連，定了絞監候的罪名，瘐死獄中，家產籍沒，子孫連坐，有個小孫子年方九歲，隨母倚靠外家，後來苦學成名，中了乾隆四十六年的進士，與曹振鏞同榜，即是現任戶部尚書軍機大臣的盧蔭溥。

盧蔭文與盧蔭溥是同族弟兄，此人的名士氣很重，往往不為上官所喜，所以至今只是四品官兒的通政司副使，但為人亢爽熱心，愛劉鳳誥才氣過人，每每攜酒相訪，快飲劇談，一坐就是大半天。

這天是深夜來訪，神色匆匆，尚未坐定就開口說道：「我是奉家兄之命，想來跟你打聽一件事。」他口中的「家兄」便是盧蔭溥，堂堂軍機大臣，會有甚麼事，要深夜派人來跟他這麼一個失意的人打聽？劉鳳誥不免詫異，怔怔地望著來客，說不出話。

「前幾天是不是曹中堂來看過你？」

「是啊！」

「談了些甚麼？是談乾隆實錄？」

「是。」

「你跟他怎麼說的？」

這話讓人難以回答，「他坐了好久的工夫，我說的話很多，一時也講不清。」劉鳳誥問：「你指的是哪件事？」

「是這樣的，我從頭說起吧。」盧蔭文說：「今天中午皇上派曹中堂、協辦伯中堂，英、黃兩尚書，一共四名大員，到軍機處傳旨，說大行遺詔，末尾有高宗純皇帝降生於熱河，避暑山莊，這話從何而來？命恭擬遺詔的軍機大臣，明白回奏。當時在值——。」

當時在值的軍機大臣兩滿兩漢，領班東閣大學士托津不通漢文；左都御史文孚對制誥文字亦不大在行，所以由戴均元與盧蔭溥斟酌定稿。當時由戴均元陳明，大行皇帝御製詩初集第六卷、第十四卷、慶賀萬萬壽節詩注，恭載高宗純皇帝於辛卯歲誕生於山莊都福之庭。語有所本，請曹振鏞代為回奏。

「當時曹中堂表示，代奏是一定的，不過只怕皇上未必以為是，乾隆實錄中記的是降生雍和宮。家兄回答說：實錄庋藏大內，臣下無由得見。曹中堂說：這倒也是實話，不過皇上手裡，只怕還有別的證據。大家都不知道所謂『別的證據』是甚麼？後來打聽到，遺詔有疑問是曹中堂的密奏；又打聽到曹中堂曾經降尊紆貴來看過老兄作長談。乾隆實錄是你一手料理，所以家兄叫我來請教，皇上手裡的『別有證據』，或許你老兄清楚，務必請你指點。」

「你們的意思是，高宗誕生地點的疑問，皇上也是聽了曹中堂說了才知道的？」

「那還用說嗎？明擺著的事。」

「真的如此，那是曹中堂賣關子不說。」劉鳳誥說道：「皇上手裡的證據。曹中堂不但知道，而且根本就是他告訴皇上的。」

「喔，那是個甚麼證據？」

「《樂善堂全集》中，有三處地方提到，降生之地為雍和宮。」

「啊——」盧蔭文猛拍雙掌，矍然而起，「那就怪不得了！」略停一下又說：「《樂善堂全集》，收詩兩萬多首——」

「不！」劉鳳誥糾正他說：「四萬一千八百首。」

「你看看！誰讀過《樂善堂全集》？大行皇帝以孝著聞，亦未必曾全讀高宗的詩。」

「這，」劉鳳誥問道：「從何見得？」

「如果大行皇帝完全讀過，一定會記得高宗降生在雍和宮，詩注有誤，他怎麼會不指出來？」

「言之有理！」劉鳳誥深深點頭：「我相信完全讀過樂善堂詩的，只有兩個人，都是我們江西老表。」

「喔，足下以外，還有一位是誰？」

「先師彭文勤公。」

劉鳳誥指的是彭元瑞：「對了，彭文勤曾集御製詩為《萬壽衢歌》，共有三百首之多，自然要翻遍全集。」盧蔭文將話題拉了回來：「既然高宗御製詩很少人讀，則不知高宗自言降生雍和宮，似乎不足為罪。」

「可是，軍機大臣，又是翰林出身，能說沒有讀過已經頒行四海的《樂善堂全集》嗎？」

盧蔭文不作聲，好半晌歎口氣說：「這個啞巴虧，看來是吃定了。事情恐怕還不小，不然不必由四員大臣來傳旨。」

風波說大不大，說小也不小，全班軍機大臣都受了降級的處分，托津、戴均元並以年老退出軍機，撤銷恭理喪儀的差使。

這是劉鳳誥的老僕去聽來的消息，到了下午，盧蔭文來了，帶來兩道上諭的抄本，說軍機大臣覆奏，「實錄未經恭閱，不能深悉」，「尚屬有詞」，但「皇祖御製詩集，久經頒行天下，不得諉為未讀。」關於仁宗御製詩注，亦有解釋，說：「皇考詩內語意，係泛言山莊為都福之庭，並無誕降山莊之句。當日擬注臣工，誤會詩意。」

看到這裡，劉鳳誥不以為然地說：「煌煌上諭，豈可如此強調奪理？」

「是啊！我聽說皇上對這一層亦頗遲疑，認為難以推翻詩注。曹中堂說：只要皇上這麼說，誰敢持異議？又說：實錄的說法，跟詩注不同，先帝對實錄的說法，未作糾正，即無異對詩注作了糾正。皇上聽他這麼解釋，才認可的。」

「這真是詭辯！曹中堂如果掌權，我看士林風氣要大變了。」

「已經掌權了！」盧蔭文說：「你看另一道上諭。」

另一道上諭是派曹振鏞、吏部尚書英和、禮部尚書黃鉞在軍機大臣上行走，英和曾值軍機，曹振鏞及以文學受知於仁宗的黃鉞都是初值軍機。

「曹中堂六十多了，是歸田的年紀，第一次入軍機，亦是新聞。」

「而且，」盧蔭文接著說：「初入軍機，便當領班，是別人替他『打簾子』，更是新聞。」

原來在軍機大臣上行走，不特要才具過人，且要年富力強，才能勝任繁劇，所以初入軍機每每是剛入中年的三、四品京堂，稱為「在軍機大臣上學習行走」。每天軍機全班進見，新進都是跟在末尾，但進出殿廷時，卻須搶在頭裡去打簾子，等大家都通過後，再跟在末尾，所以俗稱「打簾子」軍機。曹振鏞在內閣是首輔，入軍機便是帶頭的領班；雖為新進，並無打簾之勞。

正在談著，會館的長班送進一封信來，封套下方只寫「內詳」二字，抽出信箋來看才知道是曹振鏞送來的，客套數語以後，即入正題，說嘉慶實錄已派托津為「監修總裁官」，戴均元、伯麟、英和、汪廷珍等四人為總裁，他竟不預其事，以致「有心延攬，無由進言」，好在「貴同年」亦在總裁之列，想來一定會「借重」云云。

「來人走了沒有？」劉鳳誥問長班。

「走了。」

「說甚麼沒有？」

「沒有。」長班答說：「我問他要不要等回答？他說不必；只要劉老爺看到就好了。」

「好！我知道了，你下去吧。」劉鳳誥又說：「如果這人再送信來，你帶他來見我。」

「是。」

「誰的信。」盧蔭文在一旁問。

「你看！」

等盧蔭文將信看完，只見他連連冷笑；劉鳳誥不免詫異追問，「哼！」盧蔭文復又冷笑一聲：「本朝出過權相，如今看來要出奸相了。」

「這話從何而來？」

「托中堂不識漢文，皇上怎麼會派他監修實錄，是出於孟德後人的密保；他說，托某人一向習勞，先帝在日，沒有一年不奉使在外，如今退出軍機，恭理喪儀的差使亦免了，他是閒不住的人，不如把原來派他的監修總裁官的差使，改派托某人，讓他每天到實錄館去坐鎮，就沒有人敢躲懶了。皇上深以為然，但怕他不識漢文，會說外行話。孟德後人一力擔承：有臣在。這樣才定局的。後來托中堂去請教他，他說：恭修實錄，最緊要的一件事，就是看稿本，汪瑟庵是榜眼，你託付他沒有錯。」

「瑟庵」是汪廷珍的別號；「孟德後人」則隱一個「曹」字，聽盧蔭文竟不屑稱為之「曹中堂」，可以想見其憤懣之情，劉鳳誥便勸慰他說：「你不必為我生氣，這種事還算不上宦海波瀾，何妨一笑置之。」

「我不是氣別的，他一則籠絡托中堂，再則對你有個推託，這種事做了也就做了；不該做了還說嘴，明知道汪瑟庵從不肯保薦人的，不該還說你們是同年，當面欺人，還讓你無話可說。真是盧杞、李林甫之流亞！」

劉鳳誥不作聲，沉默了一會，歎口氣說：「此番歸志已決。我真是悔作出岫之雲。」

「回去也好！在京已經沒有意思了。不過，你兩手空空，怎麼回去？總不能一回家就變產或是舉債。」盧蔭文很熱心地說：「你先別急，我來找幾個人商量一下看。」

「足感盛情。」劉鳳誥拱拱手說：「不過，君子愛財，取之有道，第一——」

「我知道，我知道。」盧蔭文搶著說：「第一，取不傷廉；第二，不食嗟來。是不是？」

「還有第三，無功不受祿。」

聽得這一個限制條件，盧蔭文面有難色；但忽然間眉掀目舒，似乎有了計較。但他既不說，劉鳳誥亦不便動問，好在這不是很急的事，且擱下再從長計議。

其時秋已漸深，景象蕭瑟，益發增添了劉鳳誥落魄京華的愁緒，鎮日沉湎在醉鄉；這天黃昏，正在胡同口的「大酒缸」上獨酌時，突然發現老僕帶來一位不速之客，正是經旬未晤的盧蔭文。

「如何？」劉鳳誥起立相迎，「不嫌委屈，就在這裡領略一番屠沽風味？」

「很好！」盧蔭文四周看了一下，「我們挪個地方，便於講話。」

於是將座頭移到牆角比較偏僻之處，盧蔭文一面喝酒，一面告訴劉鳳誥，他去找過幾個比較闊的同年，都認為劉鳳誥再留無益，賦歸是明智之舉，但告病的摺子，以留到明年三月間，仁宗奉安易州昌陵以後再遞為宜，因為嗣君本來就是謹小慎微的性情，加以驟蒙寵任的曹振鏞，專門教導皇帝吹毛求疵，藉小故示大權；劉鳳誥受先帝特達之知，如今山陵未安，亟求還鄉，毫無依戀之意，倘或被扣上一頂「辜恩」的大帽子，豈非有冤無處訴的事？

「好！我准定明年春天出京。」

「再有件事，天造地設等著你來動手。」盧蔭文很興奮地說，「實在巧得很。」

「到底甚麼事？看看我幹得了、幹不了？」

「一定幹得了。陝西巡撫朱勳請你作一篇送人的壽序，潤筆從厚。」盧蔭文又說：「此既非嗟來之食，亦非無功受祿；朱中丞宦囊甚豐，潤筆多要些，亦是取不傷廉，而況文章無價，根本無所謂傷廉不傷廉。我已經替你答應下來了，你的意思如何？」

「你已經替我答應了，我還能說甚麼？」

盧蔭文笑了，「我問得沒有道理。這且不談。」他從身上掏出一個信封遞了過來說：「這是壽翁的事略，你帶回去看；我先要跟你談談朱中丞發跡的經過，你聽說過沒有？」

「沒有。」

「其事頗堪下酒，你先喝一杯。」

劉鳳誥如言乾了酒，盧蔭文也陪了一杯，然後慢條斯理地說：「這朱勳是江蘇——」

朱勳是江蘇靖江人，本是個監生，賦性熱中、急於入仕，便捐了個按察使經歷，分發到陝西。到了西安一打聽，才知道前面有兩個人在候補；按察使經歷，只得一個缺，輪到他遞補，不知在何年何月？

但朱勳並不氣餒，依舊勤慎當差，他的儀表口才都很過得去，還有一項長處是，待人接物，顯得十分熱心懇切，在西安官場中的人緣極好，上官亦往往另眼相看，因此，缺雖難補，差使卻始終不斷，按察使經歷亦是七品官兒，所以候補知縣能當的差使，他亦能當，曾經幹過官錢局的提調，雖只短短八個月的工夫，也撈進了上千銀子的「外快」，排場亦就比那班「聽鼓轅門」的「磕頭蟲」不大相同了。

有一天朱勳接到一封信，是他岳家寄來的，說他的岳母病中思女，竟至不能成眠，希望朱勳能派人護送他妻子，歸寧省母。這一下，突然觸動了朱勳曾經起過的一個念頭，不由得在心中自語：這不就是機會來了嗎？於是整整盤算了一夜，打定了主意，派跑上房的聽差孫福送他太太回去。

動身的前一天，朱勳將孫福喚到他的書房，關緊了房門，指著堆在桌上的八個大元寶說：「你明天一走，就不要回來了！連人帶銀子，都是你的。」

孫福駭異莫名，結結巴巴地說：「老爺，我不知道你說的甚麼？」

「那我說明白一點兒。」朱勳倒是從容不迫地，「太太很喜歡你；你對太太亦不是沒有意思，這些我都看得很清楚。這樣子下去，總有一天會出事，到那時候，我怎麼還有臉見人？『帷薄不修』，有玷官常，我的功名亦保不住了。與其如此，不如我聰明些，趁早成全了你們。當然，我也有我的打算，不過，這不必跟你多說。」

孫福看主人的神情，不像開玩笑；而且這也不是可以開玩笑的事。雖不知道他的「打算」是甚麼？但絕非無因而發，以朱勳的精明，這件事如果於他沒有大好處，他絕不會做。

這樣一想，內心的不安，消除了大半，定定神問道：「老爺的意思，太太知道不知道？」

「不知道，我沒有告訴她。女人家總是女人家，你跟她一說，她一定又哭又鬧；等生米煮成熟飯，她就沒話說了。」朱勳停了一會又說：「不過，有件事你切不可疏忽，不准再到陝西來，以後我在甚麼地方，你都要避開。」

兩個月以後，朱勳說他的太太歸寧省親，不幸染患時疫，死在娘家。發訃聞開弔，臉上掛滿了悼亡的憂傷，朋友同事，紛紛勸慰；少不得也有人勸他續絃；其中有一個，正就是他期待中的月下老人。

此人姓陳，是個大挑知縣。舉人會試，三科未中，年紀已入中年，為求仕祿，得以申請「大挑」，額定十取其五，其中兩名是知縣，三名是學官；但雖挑中知縣，一樣也要分省候補。陳知縣在陝西已候補了十年，只署理過一任知縣，為時不過半年，所以談到宦途，有一肚子發洩不盡的牢騷。

他和朱勳很談得來，常在一起喝酒，有一回又談到功名，他很替朱勳可惜，「老弟，你路走錯了。」他說：「捐班的佐雜出身，一輩子也出不了頭；你年紀這麼輕，既是監生，怎麼不應北闈鄉試？」

「正途出身，自然是件再好不過的事，無奈筆底下拿不起來，只好認命。」朱勳答說：「我不相信一個人會一生一世出不了頭。一個人一生一定有一次機會，世事變幻莫測，是怎麼樣的一個機會，不但無法預知，甚至無法想像，因為如此，機會來了自己還不知道，以致交臂失之。如果看準了是個機會，能夠緊緊抓住，出頭也是很容易的事。」

「談到機會，現在倒有一個，可惜老弟亦不合格。」

「喔，你倒不妨談談。」

「黃廉訪有個外甥小姐——」

「廉訪」是按察使的別稱；陳知縣指的是陝西按察使黃本立，他幼失怙恃，由胞姊撫養成人，名為姊弟，情同母子。他胞姊臨終以前，將唯一的弱息，託付給胞弟；黃本立有子無女，所以將這個外甥女兒，視如親生，擇婿的條件，頗為嚴格，高不成，低不就，轉眼之間，過了芳信年華，如今已是將近三十的老小姐，不能不降格以求了。

但即令如此，亦仍難有適當的人選。以她的年齡，要嫁門當戶對的人家，只有做「填房」；那位小姐對做填房不反對，但提出三個條件：第一，年紀不能超過三十五；其次，並無姬妾；最後，前妻並未留下子女。這就很不容易物色了。

「若能中選，縱不能說坐致青雲，但飛黃騰達，可以預期，黃廉訪跟撫台是同年至交，言聽計從，提拔外甥女婿，容易得很。那位小姐繼承了一筆遺產，據說不下兩三萬金，掃數陪嫁，可以發一筆妻財。」陳知縣又說：「如今的京官死要錢，進京『引見』一次，各處打點，再起碼的地方官，至少也得花上兩三千銀子。如果娶了那位小姐，做官的路子有了，做官的『本錢』也有了。」

這是一年前的事，朱動當時心中一動，但旋即拋開；及至接到岳母思女的信息，想起陳知縣的話，驀地裡省悟：這不就是那個機會嗎？他今年三十三，既無姬妾，亦無子女，完全符合那位小姐的要求；這樁好事，可說有十足的把握。

果然，陳知縣是來說媒的；經過往返撮合，而且那位小姐私下還相過親，芳心默許，使得朱動如願以償地做了黃本立的外甥女婿。

滿月以後，要談功名了，「姑爺，」他說：「你的本缺要補，最快也得兩年，昨天我跟藩司商量，有個缺，可以『借補』；不過，不知道你肯不肯暫時委屈？」

朱動不置可否，只答一聲：「是。」等黃本立說下去。

「咸陽縣的縣丞出缺，如果你肯委屈，馬上可以『掛牌』。」黃本立緊接著又說：「這是一時過渡，快則半載，多則一年，包在我身上，讓你抓印把子。」

七品的按察使經歷，「借補」八品的縣丞，故而謂之為「委屈」。既是一時權宜之計，而況又有一年半載可升縣令的保證，朱動自然樂從。

「我遵舅舅的吩咐！」朱動在私底下照他妻子的稱呼，管黃本立叫舅舅。

由於預告是個短局，朱動隻身上任，將新婚妻子仍舊留在省城。他的運氣不錯，黃本立確實也夠力量；不過八個月的功夫，由咸陽縣丞，調補附郭的咸寧縣令。

天下的府城，除了蘇州府人煙稠密，轄有三縣以外，一般都是兩縣，稱為「附郭」。西安府的附郭兩縣，西面長安為首縣；東面咸寧，號稱難治。

原來咸寧縣境界，便是唐朝京兆府萬年縣的轄區，高宗以後作為天子正衙的「東內」大明宮；亦宗內禪成為太上皇以後頤養天年的「南內」興慶宮，以及高僧玄奘主持的大慈恩寺，還有名聞天下的平康坊，都在萬年縣內。入清以後，八旗駐防的各名城，皆築有「滿城」；西安的滿城，就「東內」與「南內」的遺址建造，旗民雜處，糾紛不斷，所以咸寧縣令，是個有名的吃力不討好的缺分。

但朱勳手腕靈活，將駐防的將軍及副都統敷衍得很好，因此向來旗民糾紛總是百姓吃虧的情況，竟能扭轉，大致算是平等對待，朱勳的官聲大好，先調乾州直隸州知州，然後擢升為關中咽喉要隘的同州府知府。

其時教匪之亂，漸成燎原之勢，西安成為制馭四川、湖北兩省的關捩之地；欽派大員，由京師到西安，經山西入陝，必經同州，朱勳送往迎來，不知遇到大大小小的多少麻煩，卻從未難倒過他。因為如此，當朝廷決定派遣東三省的騎兵，赴川鄂兩省會剿時，朱勳得由同州知府擢升延榆綏道，駐紮榆林；東三省的部隊經內蒙古由榆關入陝西，大軍過處，要夫子、要糧秣，甚至還要聲色的供應，朱勳都有辦法應付，這也正就是上官要調朱勳任此缺的作用所在。

到得教匪之亂平定，朱勳已升到陝西按察使，一方面是撤軍善後事宜，以西安為兵站；另一方面，控制回疆，亦以西安為樞紐，所以陝西仍是安危所繫的西陲重地，非用熟悉當地情形，而且能駕馭所屬文武大小官員的人主政不可，這就造成了朱勳在陝西堅不可拔的地位，由臬司而藩司、而巡撫，三十年的宦轍，始終不離陝西。

「自佐雜到封疆，始終服官於一省，這在本朝尚無先例。」劉鳳誥問道：「我想其中一定還有別的道理，你說呢？」

「不錯。不過這個道理，是功名之士萬萬想不到的；他之能夠三十年不離陝西，跟他的出身有關。」

「你這話費解。」

「我一說，你就明白了。他是沒有地方可調。」盧蔭文進一步解釋道：「他肚子裡有多少墨水，姑且不論，反正監生出身，當京官就不夠格。即以小京官而論，中書科中書，行人司行人，大理寺評事，國子監博士，所謂『中行評博』最起碼也是個舉人；他一個監生，怎麼混得到一起？至於調到別省，州縣官中，『榜下即用』的兩榜進士，比比皆是，外官中的正途出身，格外矜貴，不跟他論功名而論科名，他一個監生，敢受『老虎班』州縣官的『手本』嗎？」

「這倒也是。」劉鳳誥的聲音，既欣慰，又感傷：「出身還是很要緊。」

「言歸正傳。」盧蔭文停了一下說：「那位黃廉訪，當年不知受甚麼案子的牽連落職，家居二十多年，未能復起，今年八十歲了，還健旺得很。朱中丞為了報恩，歲時令節，存問不斷，今年十二月八十生日，本來想為他舉觴祝壽，大宴賓客，不想適逢國喪，不能宴客唱戲。黃廉訪表示，與其熱鬧一時，不如得一篇壽序，可以傳諸子孫；同時開出條件，這篇壽序，須出於才子的手筆，最好是鼎甲出身。足下不正如其選？」

劉鳳誥想了一下說：「這朱中丞總算是有良心的，我可以勉為其難。」

「那太好了。」盧蔭文說：「潤筆是這個數。」他伸出四指比了一下，自然是四百兩，不會是四十兩，且又加了一句：「你如果嫌薄，我還可以託人去說，請他再從豐。」

「不、不！四百銀子也很豐厚了。再多要就傷廉了。」

「那末，我希望你這兩天就動起手來，早早脫稿，交了出去，銀貨兩訖。免得夜長夢多。」

「何以謂之夜長夢多？」

盧蔭文說：「傳說開年以後，各省督撫有大調動，這是閒話，不必管它，你只趕緊動筆好了。」

由於盧蔭文諄諄叮囑，劉鳳誥便關起門來，潛心構思；花了十天的工夫，將一篇駢四儷六的壽序，字斟句酌，修飾得毫無瑕疵，方始交了出去，第三天便收到了盧蔭文送來的一張四百兩的銀票。

於是劉鳳誥早早付清了年下應付的各種帳目，寄了一百兩銀子回家，手裡還剩下一百多兩銀子，便天天去逛琉璃廠，物色好書；這天正坐在來青閣看一部明末遺老詩文集的抄本，發現老僕滿頭大汗、匆匆奔來，「老爺快請回去。」他說：「兩廣阮大人的官差在會館裡坐等。」

「喔，」劉鳳誥問：「甚麼事？」

「是來投一封信，還有東西，要當面交代。這位差官，明天一早就要動身回廣東，今天非見老爺不可。」

「好！我們走。」

這「兩廣阮大人」指的是現任兩廣總督，兼署廣東巡撫阮元。他自受劉鳳誥的連累革職以後，隨即蒙賞翰林院編修，在文穎館行走，編集《全唐文》，第二年擢侍講，第三年擢詹事府少詹，接著升內閣學士，轉工部侍郎，外放漕運總督，調江西巡撫，再升湖廣總督，嘉慶廿二年調任兩廣。向例一、二品大員革職之後復用，升遷往往不照常例，阮元巡撫革職到復任巡撫，只不過五年工夫，雖受挫折，不算重創，反而非常惦念充軍遙遠的劉鳳誥，一直都有不算菲薄的接濟。

因此便有人覺得奇怪，道是劉鳳誥把你害得很慘，你不記他的恨，已經很寬宏大量了，居然還不斷接濟，舉措未免大出常情。而阮元另有一番解釋，他說他少年得意，從點了翰林以後，六年工夫便當到內閣學士兼禮部侍郎，年方三十二歲，是從來未有之事。懂命相的人，為他憂慮，怕他「中年不祿」，不想有劉鳳誥一案的意外之禍，賞給編修是他入仕的初階，等於從頭幹起，自然就將盛極必衰的「中年不祿」之厄解消了。所以他對劉鳳誥只有感激；不斷接濟，不過盡同年之義而已。

因此，劉鳳誥可以想像得到，阮元的差官，要「當面交代」的「東西」，必然是一筆「炭敬」。果然，這筆炭敬是二百兩銀子；不過差官表明：「敝上交代，一定要請劉老爺回覆一封信，我好帶了回去。」

「好，好！」劉鳳誥關照老僕：「你陪這位總爺到胡同口的冷酒館坐一坐，我好寫回信。」

阮元的信上說，接到京信，知道他打算辭官回里，他希望劉鳳誥辭官准了以後，先到廣東去盤桓一陣子，因為他想在廣州辦一個書院，打算請劉鳳誥做一番籌劃。

這是意外的機緣，劉鳳誥心想，此番復出，家鄉親友寄望甚殷，不想一事無成，等於鎩羽而歸，如能到廣東贊助阮元辦一座書院，多少也是一番成就，不枉出山一趟。可是又怕有人說閒話，既然告病回鄉，何以又跋涉南遊，足見是個不安分的人。

想來想去，委絕不下，只好先虛晃一招；當下舒紙伸毫，匆匆寫了一封覆信，除了致謝雪中送炭的「炭敬」以外，關於書院一節，覺得茲事體大，衰年恐難勝任，需要好好思考，才能決定行止；一等考慮停當，立即函告。

寫好信又包了四兩銀子的一個賞封，打發了阮元的差官以後，命老僕先到胡同口的二葷鋪叫一個火鍋，另買一個「盒子菜」，再沽兩斤上好的蓮花白；然後去請盧蔭文來小酌。

等客人一到，圍爐把杯，劉鳳誥一面勸酒，一面談起阮元送「炭敬」及邀他赴廣東的事，盧蔭文也很替他高興；但聽說劉鳳誥還在躊躇，卻又不免訝異。

「這是個好機會，我不知你為甚麼猶豫？」

「人言可畏！」劉鳳誥說：「我是怕極了那些無中生有、辯既不可、忍又不能的流言。」

「那就回絕了人家。」

「可是又覺得可惜——」劉鳳誥搖搖頭說不下去了。

盧蔭文默默喝了一口酒，忽然說道：「你這件事，無法從理路上去論是非，純然是心裡有一個疙瘩、化解不開。你不妨去求一支籤看看。」

「哪裡去求？前門關帝廟？」

「關帝廟可以。還有個地方，離你這裡很近，你應該知道。」

「我不知道。」劉鳳誥問：「是個甚麼地方？」

「是座土地廟，裡面住了個四川來的舉子，兩科未中，白住了四五年，自覺過意不去，替土地廟的住持搞了一套籤，頗為新奇，香火竟因此大旺。」盧蔭文接著講那套籤之所以新奇，「那套籤一共一百支，用十二生肖的各種典故，開譬分解，頗為玄妙。」

「靈不靈呢？」

「靈不靈，就要看個人的會心了，有的靈，有的不靈，沒有準譜。」

劉鳳誥好奇心大熾，「你說不遠，」他問，「在甚麼地方？」

「由你這條胡同的北口，往東一拐，就是牛角灣胡同，一走過去就看到了。」

「那很近嘛！不知道現在關了廟門沒有？」

「沒有，沒有，起碼要到三更天才會關。」

「那！」劉鳳誥興致勃勃地，「咱們去走一趟，如何？」

「行！」

於是兩人戴上帽子，穿上皮袍，頂著西北風到了牛角灣胡同，很容易地找到了那座土地廟。

盧蔭文口中的所謂「住持」，其實是個廟祝，四十來歲年紀，梳個道髻，卻又不全是道家打扮，不衫不履，人還不俗。盧蔭文跟他見過兩面，管他叫老胡，介紹劉鳳誥，只說是「江西來的劉老爺」；又說「劉老爺有事來求支籤，你請便吧！」

老胡很知趣，知道這是不願意他在場；當下告個罪，回裡面去了。當方土地是最起碼的神道，但劉鳳誥既是來求指點迷津，不能不盡禮貌，上了香跪了下來，默禱一番，方始從盧蔭文手中接過籤筒，搖了三下，往上一聳，跳出一支籤來，上面寫的是：「第八十七籤，的盧」。《相馬經》上說，白額馬的白紋，自額上下沿，由鼻而入口齒者，名為榆雁，一名的盧，「奴乘客死，主乘棄市」，是「凶馬」。但《三國志．蜀志書》的〈先主傳〉注，說劉備失意時，南依劉表，屯兵襄陽對岸的樊城，劉表麾下的大將蒯越、蔡瑁，打算殺劉備向曹操獻功，請劉備過江赴宴。酒半，劉備警覺，託詞如廁，騎馬逃走，這匹馬便是的盧。

逃到襄陽城西檀溪，的盧陷在水中，進退不得，而追兵已經殺到，劉備對馬說道：「的盧！今天遭遇難關了！你要努力。」的盧奮力一躍，三丈之遠，竟越過檀溪，而得脫險。

籤詞譬說，當然脫不了這些典故，取籤來看，共是四言八句：「奴惟司閽，何由客死？主不犯法，何由棄市？檀溪一躍，脫險及時。動或求福，靜則禍止。」

「這很明白了。」劉鳳誥說：「一動不如一靜。」

「不然。」盧蔭文立即接口：「『吉凶悔吝生乎動』，禍福在人不在馬，動不一定不吉。我實在不明白，你一個已無官職的翰林，應故人之邀，參作育人材之謀，會有甚麼禍事臨到你頭上？」

劉鳳誥沉吟不語，好半晌，用平靜而堅決的聲音說：「阮伯元用我，我就是的盧；的盧妨主，我決意謝絕他的好意。」

盧蔭文點點頭：「這就是我所說的，『各人的會心了。』你這麼解釋，就再無旁人置喙的餘地了。」

「回去喝酒吧！」劉鳳誥失聲道：「糟糕！沒有帶錢怎麼辦？」

「你要送香金是不是？」

「是啊！不送，籤就不靈了。」

「那好辦！你先在緣簿上寫一筆，叫他到會館中去取好了。」

於是劉鳳誥在緣簿上寫了四兩銀子，說明了住處，方與盧蔭文回到會館，重拾酒杯；興致也似乎比先前好得多。

「這四兩銀子其實只買了一句話：『靜則禍止。』如果奴僅只是在家看門，根本就不會死在旅途上；主人不犯法，從何而得大辟之罪？」盧蔭文喝了一大口酒，搖頭晃腦地說：「有味哉！『靜則禍止。』」

正在談著，老僕引進一位初交的不速之客來，便是那土地廟的廟祝老胡。只見他左手一瓶酒，右手提一個白磁大罐，不知內盛何物。

「盧老爺、劉老爺，」他說：「我首先聲明，此來跟緣簿無關。」然後將所攜之物放在桌上，看著盧蔭文問：「盧老爺，你老倒猜上一猜，白磁罐裡是甚麼東西？」

盧蔭文望空使勁嗅了兩下，又想一想，說：「彷彿聽說過，你製『東坡肉』是一絕，莫非即是此物。」

「一點不錯。等兩位走了以後，我才知道劉老爺是探花。」老胡答說：「狀元，有的靠運氣。榜眼、探花，可一定是真才實學，恰好今天燉了一鍋肉，特為舀了些來請劉老爺嘗嘗，聊表敬意。」

「不敢當，不敢當。」劉鳳誥急忙接口，「不嫌委屈，一起喝一杯如何？」

「既然闖了席，自然要叨擾。」

於是添了一副杯筷，坐了下來，劉鳳誥問道：「聽足下口音是四川？」

「是。我是川東。」老胡打開了帶來的酒瓶，一面幫主人斟酒，一面說道：「老王賣瓜，自贊自誇。我這酒，亦是市面上買不到的，一共八種四川老山藥材，泡的瀘州大麯，補中益氣，久服毫無流弊。兩位試過就知道了。」

「你的肉呢？」盧蔭文開玩笑地問：「有些甚麼好處！」

「東坡肉，天下的製法只有一種，『少著水、慢著火，火候足時它自美。』我與眾不同的是，我有一鍋老滷，至今十四年了。」

「足下在京多年了吧？」劉鳳誥問。

「也就是十四、五年。」老胡略想一想說：「我是嘉慶十年，跟劉青天一起進京的。」

原來老胡本是劉清部下的鄉勇，由軍功保舉，已當到千總，為劉清的衛士之一。嘉慶十年，劉清以四川按察使的職銜，奉召入覲，老胡跟隨到京，酒後與同事口角，鬥毆致死；聽同事的勸，畏罪潛逃。後來想想不妥，打算投案，託人向劉清說情；劉清的答覆是：「殺人償命，無話可說。他如果回來，我一定按軍法從事；即令以後在四川，只要我知道了，亦不放過他。他如果想活命，只有飄流在外；我不能用『海捕文書』去抓他。」又說：「亡命天涯，有家難歸，就是他無故殺人應受的懲罰。都是我的部下，如果他殺了人可以不抵命，我對死者如何交代？如抓不到他，沒有人可以指責我不對。」

這就很明白了，老胡只要不回四川，劉清就絕不會為難他。因此，找了一座破敗的小土地廟棲身，他會的花樣很多，哄哄愚夫愚婦，聚斂些不算過分的財物，居然也很逍遙地活了下來。

「那麼，」盧蔭文問：「你想不想回四川？」

「人哪有不想念家鄉的？」

「莫非劉青天還在四川？」

「劉青天早就離川了。」老胡答說：「他從那年回川不久就調差——」

劉清於嘉慶十年入覲事畢，攜著仁宗御製的詩卷：「循吏清名遐邇傳，蜀民何幸見青天？誠心到處能和眾，本性從來不愛錢。」回到四川，以繼母去世、丁憂開缺。限滿起復，改授山西按察使，又調布政使；眼看要成封疆大吏了，不想得罪了巡撫，參他袒護屬吏；降四級改敘，以從四品京堂任用。劉清亦上了一個奏摺，自陳不勝藩司之任；仁宗大為不悅，因為這好像是指朝廷用錯了人，有旨斥責他冒昧，降調為刑部員外郎。正好熱河要設一名掌理刑名的司員，就近處理訴訟，這是個苦差使，大家都不願意去，結果落到了劉清頭上。他在熱河，審理蒙、漢糾紛，斷獄公平，蒙民亦呼之為「劉青天」。

嘉慶十七年改授山東鹽運使，下一年河南滑縣教匪起事，山東匪黨起而響應，梁山泊附近的曹州、定陶，相繼淪陷，巡撫大懼。劉清自動請纓，帶兵進剿；山東多年來平靜無事，士兵習於安逸，已不大能打仗了，劉清脫下朝靴，換上草鞋，親自帶頭領兵，連戰皆捷，兩月事平，特詔嘉獎，升任雲南布政使，但仍留山東，防匪復起。

劉清不喜歡坐下來處理文書，亦不耐煩對上官虛禮周旋，因而上奏告病。朝廷知道他不是真的有病，改文為武，授職登州鎮總兵，又改調曹州，至今仍在山東。

「既然劉青天早就不在四川了，你還怕點甚麼？」

「我不是怕劉青天，不敢回去。」老胡答說：「我覺得人總要講公道，當時劉青天是劃出兩條道兒，讓我挑一條走，一是回去領死；二是不回四川。我挑了後面一條，不管劉青天在不在四川，我都得說到做到。」

聽完他這番話，盧、劉二人不約而同地，深深點頭。劉鳳誥心裡在想，看他能言善道，帶幾分江湖氣；不道倒是修養甚深、律己甚嚴的君子！

即由此一念，他跟老胡結成了朋友。年底下家家都忙，盧蔭文也很少來看他，所以常跟老胡在一起盤桓，為他的東坡肉及藥酒，作了好幾首詩；又替他的那套籤補充了好多條。客邊孤身的蕭瑟淒清，好像一掃而空了。

第二章

道光元年三月二十三日，仁宗大葬。陵名「昌陵」，在京西易州永寧山。歷代相沿的規矩，嗣君即位以後，即須為自己經營山陵，皇帝年已四十；元后病歿時，還是福晉的身分，道光皇帝即位，追封孝穆皇后，園寢規制簡樸，亦亟待改葬，陵寢之建，更不可緩。照高宗定下的規制，陵寢依昭穆次序，東西分建，世宗泰陵在西，他的裕陵在東，仁宗昌陵在西，當今皇帝的陵寢便應在東。昌陵事完，隨即派遣大學士托津、內務府大臣英和，帶同精於堪輿的工部司官赴遵化鳳台山相看地勢，擇定一處萬年吉地，賜名「寶華峪」，派英和主持，興工建造陵寢。

但英和並不能常駐寶華峪監工，因為內務府還有許多緊要的公事，必須他「拿主意」，首先是為皇太后修一座頤養天年的園子，幾經踏勘，選定了圓明園東面含暉園的遺址。此園本為仁宗第三女莊敬公主的賜第，嘉慶十六年莊敬公主薨逝後，額駙亦即現任御前大臣的索特納，照定制將園子繳回，事隔十年，不過略有荒廢，修起來還不算費事，但皇帝為了尊崇太后，又將緊鄰的成親王的園寓西爽村併入，並改名「綺春園」，孝養太后。這一來，工程就大了。

為此，還特地頒發了一道上諭。

上諭說：「乾隆四十二年皇祖高純皇帝聖諭，以暢春園距圓明園甚近，事奉東朝，問安視膳，莫便於此。子孫當世守勿改。此旨恭錄存貯上書房，朕從前曾經祇誦。惟是暢春園自丁酉年扃護以後，迄今又閱數十年，殿宇牆垣，多就傾欹，池沼亦皆堙塞。此時重加修葺，地界恢闊，斷非一、二年所能竣工。明年釋服後，聖母皇太后臨幸御園，不可無養志頤和之所。朕再四酌度，綺春園在圓明園之左，相距咫尺，視膳問安，較暢春園更為密邇，於此尊養承歡，當於追奉東朝之旨，尤相契合也。」

三年之喪，例服二十七個月，到道光二年十月，即算服滿，綺春園要趕在這個日子前重修完工，加上內部裝修布置，一切妥善，能讓太后安然遷入，期限並不寬裕，所以英和及內務府的司員都忙得不可開交。

除此之外，還有件很瑣碎繁雜的事，那就是選宮女。宮女在內務府所屬，也就是「上三旗包衣」的女兒中挑選，例於每年秋季舉行；明年要新添一座園子，亦就是要新添好些宮女，所以這一年的挑選宮女，格外認真嚴格，絕不容家有合格報選的女孩子，隱匿不報的情事發生，那就必得多派出人去查察了。

挑完宮女，就該忙著明年挑秀女這件大事了。八旗秀女，三年一選，例於初春舉行。事先由戶部陝西清吏司的八旗俸餉處起造名冊，京內京外，八旗文武官員，凡三品以下，八品以上家有十四歲至十六歲女兒者，都列名於冊，通知家長攜女入宮，聽候挑選。

秀女赴選，亦要經過初選、再選，甚至三選，到複選時，就跟進士的殿試相彷彿了，上等者選為妃嬪，或者皇子的福晉；其次則是「指婚」，或稱「拴婚」，凡近支王公子弟，都不能自行擇配，須由帝后就秀女中指名成婚。明年——道光二年選秀女，格外令人矚目，是因為「大阿哥」的福晉，將在明年的秀女中選出，一旦中選，將來就可能是皇后。

原來當今皇帝，雖曾生過三子，但二、三兩子皆夭折，大阿哥奕緯成為獨子。奕緯的生母那拉氏，原為宮女，嘉慶十三年生大阿哥，仁宗時特命為側福晉，當今皇帝即位後，始封為和嬪。

清朝的家法，子以母貴，母以子貴；大阿哥的生母既為宮女，便是「出身微賤」本來難望帝位，但大阿哥年已十四，書亦讀得不錯，頗得皇帝鍾愛；而繼立的皇后佟佳氏，年已三十有餘，生子之望，極其渺茫，所以將來大阿哥必繼皇位，是件很靠得住的事。

每逢到這種年頭，京中八旗人家都會談論，某家的女兒，容貌如何、德性如何、有無中選之望？這一回被討論得最多的是，二等男爵頤齡之女鈕祜祿氏。

頤齡的家世頗為烜赫，他的始祖叫額亦都，是跟太祖一起舉事的從龍之臣，他有十六個兒子，幼子遏必隆為世祖臨終特命的顧命大臣。

額亦都本人雖隸鑲黃旗，但子孫眾多，分隸各旗，在正紅旗中，有一個名叫成德，久經戰陣，頗有軍功，曾兩番圖形紫光閣，官至荊州將軍。

成德的兒子穆克登布，曾從征金川，教匪初起時，轉戰湖北、四川、陝西三省，隸屬額勒登保帳下，驍勇善戰，與楊遇春同為額勒登保的左右翼長。嘉慶六年因軍功授雲騎尉世職，官職亦升至甘肅提督。教匪亂平敘功，擢為御前侍衛，再進一步便是御前大臣，同時世職亦晉了兩等，成為騎都尉。

但穆克登布尚未到御前當差，在四川掃蕩教匪餘孽；平地之匪，幾乎完全肅清，棘手的是，盤踞在四川、湖北接壤之處那一片「老林」中的悍匪，都是所謂「百戰滑賊」，很難對付。其中最厲害的一個頭目叫熊老八，部下一百多人，都是死黨，所用的長矛，特別加長，本來兵器是「一寸長、一寸強」，熊老八的長矛，不知傷了多少官兵？穆克登布性情急躁，加以輕敵，為熊老八設計誘入老林，中矛而死。

消息到京，仁宗極其重視，因為八旗自將領至士卒，一向自以為應比同階級的綠營將士高一等，待遇當然亦應比綠營來得優渥，剿平教匪既已大功告成，綠營紛紛調至後方各地，休養生息，而穆克登布既已擢為御前侍衛，卻不讓他回京當差，仍舊要他親冒鋒鏑，搜剿餘匪，似乎視八旗士卒不如綠營營伍。這個說法一傳開來，會影響八旗的士氣，所以一面優詔撫卹，加給輕車都尉世職，連同承襲自他父親成德的雲騎尉，合併為二等男爵，謚「剛烈」；一面降旨嚴飭額勒登保，非將元凶熊老八擒捕到案不可。

由於催促的上諭，接連不斷，額勒登保計無所出，只有不斷提高懸賞，以期有勇夫出現，軍中有個把總陳弼，心生一計，勾通投降的匪徒，指出一具賊屍說就是熊老八。額勒登保大喜，急奏到京，仁宗立即將陳弼超擢為參將，又命割取「熊老八」的首級，致祭於穆克登布之墓。一年之後，羅思舉捉到了真正的熊老八，額勒登保傳令凌遲處死；但不敢將真相奏報，白白便宜了陳弼。

穆克登布有一個兒子叫頤齡，承襲了二等男爵，但本身的官職，卻只得一個四品的「防守尉」。這是駐防將軍屬下的一個官員，職司駐防所在地旗人的戶籍。頤齡是派在江南將軍屬下，江南將軍駐江寧，所以俗稱江寧將軍，下轄副都統一員，分駐鎮江；由於江蘇省城在蘇州，旗人很多，所以特設城守尉一人，掌理戶籍。頤齡在這個職位上當了十年來，仁宗駕崩的前一個月才調任二等侍衛，回到京城。

他有兩子一女，長子叫文壽，次子叫文瑞，都是紈袴，但女兒卻極其出色，小名三寶，年已十四歲，剛及秀女赴選年齡的下限，頤齡夫婦還捨不得這顆掌上明珠離開膝下，但他的至親勸說：明年道光二年，三寶十五歲，非報選不可了！否則秀女三年一選，明年過後，要到道光五年再選，那時三寶十八歲了。過了年限，做家長的要受處分，這且不說；最可惜的是，誤了指婚給大阿哥的機會，也就是誤了將來當皇后的大好良機，這太可惜了。

幾乎頤齡的所有的親友，都認為三寶不赴選則已，一赴選必定會成為大阿哥的福晉。因為三寶的各方面，容貌、儀態、性情，在在與八旗閨秀不同，倒像是蘇州官宦人家有教養的小姐，因此得了個「蘇州格格」的雅號。

儘管至親好友，紛紛相勸，管轄的「佐領」亦不斷來催，頤齡卻始終未將愛女的名字提出去，因為他內心別有打算，也可說是別有苦衷。原來頤齡的家境不好，雖然祖父都官居武職一品，但都不是能坐致千金的好缺，西征教匪的統兵大員，凱旋時倒是滿載而歸，但穆克登布，前線陣亡，甚麼都不用談了。加以頤齡有些名士派頭，兩子又都是「旗下大爺」，雖有些「老底兒」也早就耗光了。在蘇州時，就常靠一班世交接濟；回旗以後，住房子雖不用花錢，但男爵的俸祿有限，經常入不敷出，多虧從小便很投機的遠親，一直有闊差使，現任御前大臣的禧恩，每月都有貼補，日子才過得下去。

但如三寶被指婚給大阿哥，這門闊親戚，他實在高攀不起。本來旗人嫁女兒是一大負擔，光說嫁妝好了，男家將成婚的洞房，裱糊得四白落地，十分漂亮，但只是一間空房，裡面的一切家具、動用擺設，乃至於姑爺的溺壺，都得女家一一填補，皇家當然不會如此，但有這樣的大喜事，照例要遍請親友「吃肉」——光是這一筆開銷就不得了。何況以後必常有來自宮中的賞賜，通常一名太監帶四名蘇拉來頒賞，哪怕只是一個時新果盒，亦必得這麼些人，開發賞封，不能過菲，亦是個終年不斷的累。

但如設法拖過這一回的選期，到得可以自由為女擇配時，情況就完全不同了，縱非將三寶居為奇貨，而有為難之處，可託大媒跟男家率直言明，讓男家出錢來讓女家做面子，亦是常有的事。不過這個打算，他一直延到報名的限期將屆，萬無可拖時，才去找到禧恩，細陳苦衷。

「你的苦衷，我早想到了。不過你不開口，我也不便提。」禧恩拍一拍胸，「咱們倆甚麼交情？姪女兒出閣，就跟我嫁女兒一樣；你放心，以後一切有我。」

有了他這番話，頤齡放了一半心，至於自己的真正打算，此刻還只能擺在心裡；選秀女名為戶部掌管，其實是由內務府主辦，禧恩在內務府多年，上下皆通，到時候請他怎麼樣動個手腳讓三寶「撂牌子」，在初選就刷了下來，便可另行物色好女婿了。

在禧恩亦另有打算，而且正好與頤齡相反，一個希望虛應故事，過了關可以自便；一個是志在必得，將來有位皇后作靠山，可以長保富貴。因此，對於三寶赴選這件事，他還比頤齡來得重視，認為應該拜一位女師傅，學習宮廷中進退應對的規矩禮節。

「拜誰呢？」頤齡說道：「我離京多年，好些世交都生疏了；不知道哪家的內眷熟於宮廷禮節。」

「我已經想好一個人了。」禧恩說：「繪貝勒你熟不熟？」

「你是說奕繪？」

「對了。」

「見過，不熟。」

原來這貝勒奕繪，是高宗第五子榮親王永琪的孫子，他的父親叫綿億，頗得仁宗器重；嘉慶二十年病歿，長子奕繪，降襲為貝勒。

奕繪有位側福晉，身世頗為隱秘，姓顧名春，字子春，號太清，她自己署名為「太清西林春」，西林是顧氏的族望。為甚麼不直截了當地說顧春，而要用西林代替？因而有人說她是旗人——為康熙朝大臣顧八代的後裔。但她實在是漢人，兒時曾住蘇州；可是怎麼又成了親貴的側室？尤其是除了膚白如雪、貌美如花以外，還作得一手好詩詞；詞更出色，可與納蘭性德媲美。這樣一位驚才絕豔的佳人，怎肯屈身為偏房？但也有人說，嫡庶之分，滿漢的看法不同，親貴照定制，嫡福晉以外，可有四位側福晉。地位相差不多。又如皇后與妃嬪的母家，往往並無分別，為后為妃，只看被選那一刻的一時運氣而已。

事實上旁人亦不須為太清春抱屈，因為奕繪待她，較之相敬如賓，有過之無不及，起別號名「太素」，以與太清相偶；太清春的詩集名《東海漁歌》，他的詩集便叫《南谷樵唱》，以相匹配。奕繪的正室妙華，待側室亦如姊妹，總之太清春的婚姻美滿，了無遺憾；在旁人只有豔羨，無須惋惜。

禧恩所指的女師傅，便是指這位側福晉。頤齡久聞其名，但素無往來，不便冒昧登門求教；自然也要有禧恩引見。

三寶得知此事後十分興奮。因為她曾見太清春遊西山的畫像，跨一匹黑馬，著一件猩紅呢子灰鼠出風的「一口鐘」，手抱鐵琵琶，款段而行，彷彿一幅昭君出塞圖，令三寶嚮往不已，渴望一見其人，可是禧恩卻一直沒有回音。

這天，三寶又催問了，頤齡歎口氣說：「誰知道那位側福晉的架子是那麼大！禧二爺碰了好大的一個釘子。」

「怎麼呢？」

「禧二爺去提這件的時候，正遇上太清春為一個姓陳的杭州人在生氣——」

這個姓陳的杭州人叫陳文述，字雲伯，是阮元當浙江學政所識拔的一名生員，一直追隨阮元，居於弟子之列，中了嘉慶五年北闈的舉人，亦以阮元的提拔，一度出任揚州府江都知縣，而且頗有惠政。但此人有一樣毛病，中了他同鄉前輩袁子才的毒，喜歡趨附權貴，收富貴人家眷屬為女弟子，他的詩集名為《碧城仙館詩鈔》，兩個女兒，一名萼仙、一名苕仙；妻子名叫羽卿，有人說他是「神仙眷屬」，而陳雲伯居之不疑，不以為是譏刺。

這樣的一個人，自然不會放過名滿海內的太清春，先是託人致送文物，作為進身之階，太清春拒而不受，因為她看過《碧城仙館詩鈔》，贈女弟子的詩頗涉輕佻，故而鄙視其人。不道陳雲伯寄友人的信，有西林太清春題其春明新詠一律，並和原韻云云，冒名作詩，以期自增聲價。太清春認為此事過於荒唐，因而用陳雲伯的原韻作了一首詩痛斥：「含沙小技太玲瓏，野鶩安和澡雪鴻。綺語永沉黑闇獄，庸夫空望上清宮。碧城行刊休添我，人海從來鄙此公。任爾亂言成一笑，浮雲不礙日光紅。」

這首詩罵得很凶，但太清春氣猶未休，卻逢禧恩來為三寶作先容，太清春沒好氣地說：「甚麼師傅、弟子！我最討厭這一套。」

禧恩碰了這麼一個釘子，無法再說下去。他跟頤齡表示，他會替三寶另外物色適當的人選。但三寶的想法不同；原來她的天性倔強，只是不會輕易發作，一發作了，怎麼樣也攔不住，越是太清春不理她，她越要接近太清春，非見著了面，不會死心。

於是她默默地盤算好了，而且軟語央求，磨得她家的老僕，也是她乳母之夫的張貴無可奈何地作了她的搭檔。

奕繪的府第，在內城西南角的太平湖；三寶家住石老娘胡同，相去不遠，安步當車，走著就到了。時當初秋黃昏，西山夕照落於十頃明湖，湖上樓閣，上下皆作胭脂色。三寶觀玩了好一會，方始越過湖北石橋，至府邸求見。

她是女扮男裝，青衣小帽作下人打扮，冒稱宗人府的蘇拉，奉堂官之命，來見側福晉回事。

本來宗人府有事，應該跟王府的長史，或者貝勒府的司禮長打交道，但奕繪府中由側福晉當家，在宗人府上下皆知；三寶已打聽清楚，所以登門逕自求見側福晉。司閽雖覺得三寶陌生，年紀也太輕，但不疑有他，依舊為她入內通報，太清春亦如往常接見宗人府來人那樣，在小客廳延見。

及至見了面，太清春不由得詫異，這小蘇拉貌似女子，看不出一點身分上低三下四的痕跡，但亦沒有甚麼書卷氣。不由得在心裡想，宗人府的堂官，自然是指正三品的「府丞」，聽說現任府丞性好聲色，或許是在徽班中買了個伶人作小跟班，亦未可知。

這樣想著，不由得問道：「你今年幾歲？」

「小的今年十六歲。」

儘管她盡力裝出粗嗓子，但聽起來仍是女孩子的聲音，這就越發使太清春疑心她是個孌童了，當即沉下臉來問：「是你們堂官叫你來的？」

「是。」

「有甚麼事？」

三寶漲紅了臉，說不出話。她的本意，只想見一見太清春，至於見了面以後應當如何，根本沒想過。此時一方面心裡著急，不知怎生應付；一方面又貪看太清春的顏色，以至於像個傻子似地，只是怔怔的站在那裡發楞。

那副模樣，讓太清春又好笑、又好氣，但為了維持治家的威嚴，她不能不作生氣的表示，「護衛呢？把他看起來！」她大聲喝道：「通知宗人府來把這小渾球領回去。」說完，一摔衣袖，起身便走。

在廊下的張貴，眼看要闖禍了，急忙喊道：「側福晉、側福晉，請留步！家人有下情回稟。」

太清春停住腳問道：「這是甚麼人？」

「那個蘇拉帶來的人。」

太清春看張貴老成知禮，臉色稍微和緩了些；張貴便跨入廳中，搶上兩步，請個安說：「我家格格年輕胡鬧，請側福晉息怒，別跟她一般見識。」

「你家格格？」太清春越發不解，「她是女孩子？」

三寶聽得這話，便將小帽摘下來，這一下原形畢露了。男人腦袋的前半，約自耳際往前，頭髮完全剃光，俗稱「月亮門」；女人則絲毫不動，完整如初。太清春看三寶齊額開始，頭髮如一方黑緞子地往後梳了去，在腦後結成一根不施膏沐而自然光亮的大辮子，不由得笑道：「我還以為是個小旦呢？」接著又問：「你父親叫甚麼名字？」

「我父親的名字，」三寶低著頭輕聲答道：「上面一個頤字，下面一個齡字。」

「啊！」太清春驚喜地，「大家都在談的蘇州格格就是你！」

三寶不作聲；張貴開口了，「我家格格，也是仰慕側福晉，急於想見一見，才使了這麼個荒唐的招數，雖是胡鬧，心是誠的。」

「我知道，我知道。也怪我自己不好。」太清春說：「管家，你先回去吧，我留你家格格在這兒聊聊，回頭我派人送她回府。」

於是太清春將三寶帶到樓上她專用的書房，細細問了三寶的境況，留她吃了晚飯，才派人送她回家。

因此兩家結成至好，三寶每天下午必到太平湖，跟太清春學習宮廷應對進退的禮節；這些禮節，在八旗世家大都熟悉，無足為奇，但太清春的見解不同，譬如說攙扶太后，只是虛托著作一個攙扶的樣子，能表示出尊敬的意思就行了，並不需要真的去攙扶。

「名為老太后，其實都不老，像當今太后，今年才四十幾；又不是真的七老八十，行動不便。宮中講的是規矩，一絲一毫差不得，只要表面文章做到了，合乎規矩，就不會落褒貶。至於心裡想的甚麼，那是另一回事。」太清春又語重心長地說：「我看你有時候很倔強，這脾氣不太好，會吃大虧，你千萬記住了。」

三寶深知，這是十分有用的好話，但心裡總不免懷疑，眼前就是個彰明較著的例子，如果不是那種你不願見我，我偏要見你的倔強心情，怎能結交太清春？

選秀女的日子定出來了，自正月十九「燕九節」那天起始初選，每天選兩旗。初選終了，隔兩天開始複選，預計二月初前後，便可竣事。

正紅旗定正月廿三挑選，前一天黃昏先「排車」，依照滿洲、蒙古、漢軍的次序，再依年歲大小，排定車行先後。排車很費工夫，所以從前一天的黃昏便已開始，到得午夜時分只見地安門大街，車前雙燈，接連不斷，像一條蜈蚣似地，蜿蜒前進，一直到神武門前停住。等神武門一開，秀女由家長陪著下車，進順貞門；空車即由神武門夾道駛出東華門，在大街上兜一個圈子，復經地安門至神武門前等候，那時已是第二天上午辰、巳之間了。

秀女初選的起點就在順貞門內，秀女五個人一排，立而不跪；三寶的個子比較高，所以在她那一排中，居於首位，一進門便看到禧恩站在御案旁邊，有熟人在，膽子便大了，從從容容地踩著花盆底，到了適當的地位站定，順勢抬一抬眼，望上偷看了一下。

這是初次見到太后與皇帝，在御案後面、東西並坐，太后後面，站著一位三十多歲的婦人，想來就是繼立的皇后了。

這時站在皇帝旁邊的御前大臣禧恩，拿起「綠頭籤」報秀女的履歷。頭一個便是三寶：「鈕祜祿氏，年十五歲，滿洲正紅旗，父頤齡，二等男，現任二等侍衛。」

「這頤齡，」皇帝問道：「就是在四川剿匪陣亡的穆克登布的兒子？」

「是。」

「本來幹甚麼？」皇帝問道：「怎麼我沒有見過？」

「頤齡本來是江寧將軍屬下的防守尉，一直駐防蘇州，調回京當差還不久。」

「喔。」

「她叫甚麼名字？」這回是太后發問。

禧恩有意要讓三寶「露一露」，所以不即回答，走前兩步，指著三寶說道：「皇太后問你叫甚麼名字？你自己朝上回奏吧！」

於是三寶一正顏色，垂著手用不疾不徐的聲音說道：「奴才小名三寶，三十三天的三，寶貝的寶。」

三寶的聲音，本來就清澈圓潤；而用蘇州口音作京腔，更覺別有韻致，有人說，吳人京語，其美如鶯，這句話在三寶口中證實了，因此，太后與皇帝不由得都深深地注目。

「你轉過身去！」太后吩咐：「往前走幾步。」

「是。」三寶緩緩地轉過身去，慢慢向前走。踩著「花盆底」走路，已經練了兩個月了，姿勢亦經過太清春細心糾正，改掉了兩個毛病，一是臀部不再扭動，二是左右擺動的幅度收斂了許多。同時關照，旗袍下襬尺寸要放寬些，使步子能跨得開。這一來，步伐自然就穩重了。

就在她背朝兩宮往前走時，太后向身旁的宮女使了個眼色；宮女便拿起放在御案一角的一碗水，悄無聲息地，潑在三寶原來站立的位置上。

「回來！」太后略略提高了聲音交代：「一直往前走。」

三寶在回轉身時已一眼瞥見地上一灘水，頓時想起太清春曾經教導過的規矩，若無其事地從那一灘水上走過，既不曾避道而行，也未曾提起旗袍下襬，怕沾濕、沾髒了。

這便是知禮，太后點點頭，轉臉向皇帝徵詢意見：「留下吧？」

「請皇額娘作主。」

「留下！」

聽這一說，禧恩便將三寶的綠頭籤置在另一邊，這就是所謂「留牌子」；初選合格，定期覆看。那一排只留下三寶一個人；禧恩說一聲：「跪安！」五個人一起蹲身請了安，然後仍然由三寶領頭，退出蒼震門。

這時各家的車子已繞了一個大圈子，陸續由崇文門大街轉地安門，回到神武門前，輪序上車，仍由東面夾道出東華門，各自回家。

三寶是由母親及大嫂陪著去的，在車上已細說了初選的經過；大嫂曾在數年前赴選到覆看時才被刷了下來，對於當時的情況，記憶還是很真切，「向來初選只是照個面，看一看；要到覆看中意了，才會問話。」她很高興地說：「如今又看走路，又問話，看樣子，太后心裡已有譜兒了。妹妹，大喜啊！」

三寶的母親卻並不高興，反有憂容，因為一被選為大阿哥福晉，豈止侯門如海，可能三年五載難得會一次親；這份想念的心情，真不知將如何排遣？

「你別著急！」頤齡安慰妻子說：「等禧二爺來了，我來跟他商量，想個甚麼法子，讓上面撂牌子。想選上不容易，要選不上，還會難嗎？」

到了第二天，該管的佐領親自來通知，定在二月初二覆看，「二月初二龍抬頭，」那佐領說道：「這回，大阿哥福晉誰中選了，將來一定能當皇后。」

聽這一說，頤齡趕緊派人去將禧恩請了來，率直提出要求，禧恩搖搖頭說：「這件事很難。這回凡是替宗室子弟拴婚，皇上都請太后作主。我雖在御前當差，也不能隨便上太后宮裡去，面都見不著，哪裡能在太后面前說得上話？」

「我不是想請你在太后面前說甚麼，是想跟你請教，怎麼能讓三寶逃過這一關？」

「除非告病。可是那得太醫院診驗；你想哪一個御醫有這麼大的膽子，敢替你擔待？」禧恩舉手在腦後比畫了一個手勢，「欺罔之罪，是要腦袋的事！你以為是可以鬧著玩的嗎？」

頤齡廢然無語，好半晌才無可奈何地說：「那就只好聽天由命了。」

「對了！聽天由命。」禧恩微帶責備地說：「我也不知道你是怎麼想的？三寶真的有那當皇后的福命，你由『下五旗』抬到『上三旗』；照例封承恩公就是兩份爵祿，將來老大襲公爵，老二襲男爵，多少光彩！有甚麼不好？」

受了禧恩這一頓排揎，頤齡也想通了，「都是內人捨不得女兒！」他說：「我來開導她。」

「這捨不得可真是多餘的。皇子福晉有了喜，到快足月了，許生母陪伴照料；一住幾個月，有多少話談不完，說不盡？」

「這些宮規，只有你才知道。」頤齡連連點頭：「反正有你在宮裡，我們凡事都不用掛心了。」

事有湊巧，下一天禧恩便奉旨去見太后，為的是綺春園的工程，快將竣事，往後便得開始一切陳設布置；皇帝命禧恩去請示太后，指定一個日子，以便皇帝抽出工夫，陪太后去看看工程，看有甚麼地方不中意，可以及早修改。

「我反正天天都閒著。」太后答說：「等忙完了選秀女的事，哪一天暖和，我跟皇帝去走一趟也好。」

「是。奴才回明了皇上，排定了日子，再來回奏。」說著，禧恩便待跪安退出。

「你慢點走。我有事要問你。」

「是。」

太后不即開口，喝著茶，想了一會方始說道：「這回報選的秀女之中，皇帝自己有看中的人沒有？」

禧恩一楞，想定了才回答：「皇上沒有說。奴才也不敢問。」

「皇帝很孝順，對幾個弟弟也很好，這是我最高興的事。不過我有一樁心事，皇帝恐怕不知道。」太后停了一下又說：「皇帝過了四十了，只得一個阿哥。萬一有個三長兩短，怎麼辦？」

這談到國家的根本大計了，禧恩不敢答腔，只面無表情地垂手肅立著。

「我跟你說一段老話，」太后問道：「雍正爺的三阿哥，你知道不知道？」

「知道一點兒。」

「那位三阿哥名叫弘時，比乾隆爺年長得多。」太后又問：「你知道他是怎麼死的？」

禧恩很小心地答道：「奴才不大清楚，只知道乾隆爺即位沒有多少日子，就有一道上諭，奴才家從前有這道上諭的抄本，其中似乎大有文章，不過奴才琢磨了好久，也摸不透是怎麼回事？」

「那道上諭，你還記得嗎？」

「大意還記得。」禧恩接著念雍正十三年十月，乾隆即位不久所頒的一道上諭：「從前三阿哥年少無知，性情放縱，行事不謹，皇上特加嚴懲，以教導朕兄弟，使之儆戒。」

「對了，『性情放縱，行事不謹』這八個字裡頭確有文章，如今也不必去談論了。至於這『嚴懲』兩個字，說出來叫人不敢相信，但真的有那一回事。」

禧恩不敢作聲，因為他實在曾聽老輩說過，弘時是在雍正五年、乾隆成婚之前，為雍正所殺。至於招致殺身之禍的原因，其說不一，但絕非尋常過失，可以斷言。

「先帝在日，有一回談起那位三阿哥弘時的事，告訴我，三阿哥弘時年輕荒唐、好酒色，康熙爺最不喜歡的，就是這個孫子。康熙五十九年，誠親王跟恆親王的長子，都奉旨立為『世子』。誠親王行三恆親王行五、獨獨行四的雍親王的兒子不是世子，可又不是未曾成年，那時三阿哥弘時居長，至少有二十歲了。你說，是為甚麼？」

「想來是康熙爺不喜歡這個孫子的緣故。」

「當時我也這麼說，先帝說不是，親王立誰當世子，自己奏報，雍正爺根本就沒有提三阿哥。世子是將來要襲爵的，所以雍正爺不立這個兒子為世子，就是不打算將爵位傳給他。不過，」太后想了好一會，徐徐說道：「我後來常想這件事，有一天想通了，雍正爺如果立了三阿哥弘時，以後就不能說，康熙爺早就定了要傳位給他了。」

「是。」禧恩答應著，但口中答應，眼中卻透出希望瞭解原因的意思。

「我是怎麼想通了的呢？」太后自問自答：「有一回先帝叫人把玉牒請出來，要查一個遠支宗室的先世；我順手翻了一下，正好翻到三阿哥弘時，記得是他廿一歲那年的情形，有妻有妾，十六歲生過一個兒子，夭折以後，就沒有再生子女。我心裡在想，富貴人家的子女，哪一個不是後房有三四個年輕俊俏的丫頭，只要會生，自然有人替他生。這位三阿哥，十六歲生子以後，一連五年，沒有再生，以後也不會生了，如果他傳了皇位，怎麼再傳下去？所以雍正爺如果知道自己要接皇位，就絕不會立這個兒子當世子，不然怎麼對得起祖宗，你懂我的話了吧？」

由於太后格外提示，禧恩將她前前後後所說的話，合在一起細想，懂了太后的意思是，康熙絕不會傳位給皇四子雍親王，因為雍親王年長的兒子不成材，且會絕嗣；另外雖有兩子，皆在稚齡，賢愚不可知，然則傳位給雍親王豈非極其危險的一件事？倘或一傳而斷了帝系，如何對得起祖宗的付託？

想是想明白，但太后含蓄，他自然也不敢明言，只答一聲：「是。」

「我在想，大清的家法，立賢不立長，就得多生幾個皇子，才能挑出最好的來。如今皇帝只得一個阿哥，根本就談不到甚麼立賢；萬一大阿哥有個意外，另外立嗣，一定會起糾紛。到那時候，我不能說沒有責任，所以我常擔著心事。這是我頭一回跟人說我心裡的話，你可別跟人去談！」

「太后請放心。」禧恩急忙答說：「奴才不能不知道輕重。」他停了一下又說：「至於皇上膝下，眼前只有一位阿哥，太后也不必太擔心這件事，皇上看上去像三十剛出頭，精力飽滿，太后還會抱好多孫子。」

「就是這話囉！應該趁皇帝氣血未衰的時候，多生幾個。我要問你的就是皇帝有沒有看中了的女孩子？」

「其實不必問皇上，太后作主選了誰，皇上一定不會說甚麼。」

「話不是這麼說！總要皇帝自己喜歡的才好。」太后又憐惜地說：「皇帝很勤政，聽說看奏摺，每天都要看到三更天，一夜睡不到三個時辰，要有個他中意的人在旁邊，陪他說說話甚麼的，才不會覺得疲勞。」

「太后真是慈愛！皇上知道了，一定會格外孝順。」禧恩想一想說：「太后既有這番意思，等奴才找個機會，來探探皇上的口氣。」

「對了！你探明白了！來告訴我。」

「是。」

「那可得快，覆看的日子快到了。」

「是。奴才兩三天之內，就來回奏。」

禧恩退出宮來，感到太后出的是難題，不知如何交卷？想了好一會，有了計較，見皇帝覆命時，將太后的意思，率直回奏；當然，他不會談弘時的故事，以及太后因為皇嗣不廣而生的隱憂。只說太后認為皇帝身邊，應該有個能陪著談心的妃嬪，庶幾可以紓解勤政的疲勞。問皇帝喜歡怎麼樣的女子，以便在覆看秀女時留意。

「太后這番話，可是說到我心裡了。」皇帝很高興地，「我就是少那麼一個能說得上話的人！眼前那幾個，不是蠢如鹿豕，就是語言無味。不過，要問我中意誰？我怎麼說得上來？人不可貌相，女孩子會不會說話，臉上是看不出來的。」

「是。」禧恩靈機一動，「太后跟皇上的意思，奴才全明白了。奴才請旨，是不是由奴才打聽明白了，來回奏皇上？」

「不用告訴我。跟太后回奏好了。」

於是禧恩在覆看的秀女中，選了三個人去奏報太后，其中頭一個便是三寶，說她不但錦心繡口，善於詞令，而且深識大體，不該說的話，絕不會出口。至於溫柔體貼，不在話下，皇帝批閱章奏，正需要這麼一個人在一旁照料。

「這三寶確是不錯，我也想到了。而且，」太后回憶著說：「看相貌，似乎是個宜男之相。」

「那豈不更好？」

「好！」太后叮囑：「你可千萬別說出去！」

「這種大事！奴才絕不敢隨便跟人去說。」

「就是頤齡家也不能說，萬一覆看時倒看出了不妥當地的地方，撂了牌子，那多沒有意思！」

「是。」

禧恩本想到頤齡家報個喜信，由於一再叮嚀，只好作罷。到了二月初二，開始覆看，頭一天就傳出消息，大阿哥的婚事有著落了，一名道員的愛女，已指婚為大阿哥福晉。這一下，頤齡夫人略為寬慰了些，因為縱或三寶指配給近支宗室，至少不會像住在文華殿後「南三所」的大阿哥那樣，宮禁森嚴，非奉旨不能會親見面。

二月十二日五鼓時分，三寶已由母親及大嫂陪著，到了順貞門，等到辰末巳初，才有內務司的官員，將三寶引入御花園；約莫一頓飯的光景，只見禧恩匆匆而來，一見面便拱手作了一個揖，「恭喜，恭喜！」他說：「姪女兒讓太后留下了。」

這話怎麼說？頤齡夫人不知所措！倒是她的兒媳婦問了一句很要緊的話：「禧二叔，你說太后留下了，就是今天不能回家了？」

「不錯。」

聽這一說，頤齡夫人頓有人天永隔之感，「哇」地一聲哭了出來，她的兒媳婦立即拿手絹捣住她的嘴，「不能哭、不能哭！」她著急地說：「娘！這是甚麼地方？」

頤齡夫人哭聲是止住，眼淚仍不斷在流，禧恩便說：「嫂子，這是大喜事。姪女兒馬上會出來，你們母女見一見，看她有甚麼話交代？你可千萬不能哭，惹得姪女兒也傷了心，眼圈兒紅紅的，怎麼見太后？」

正談著，原來引導的那官員，復又領著三寶回到了順貞門；母女相見，都忍著眼淚，好久說不出話。

「怎麼說，太后留下來了呢？」

「我也不知道。」三寶答說：「光聽太后交代，你今天跟我到宮裡，不用回家了——」

「這會兒沒有法子細談。」禧恩插進來說，「回頭我到你家詳細談。三寶，你只揀最要緊的事，交代一下好了。」

「沒有甚麼最要緊的事——。」

「妹妹，」大嫂問道：「要送甚麼東西進來？」

「不用、不用！」禧恩代答：「她在宮裡有她的分例，衣服甚麼的都有。」

「喔，」三寶說道：「要把我的梳頭匣子送來。」

「還有呢？」

「還有？」三寶想了一下說：「把我的那副『益智圖』送來。別忘了，我有兩本『圖譜』，看是哪家借去了，務必替我要下來。」

「還有甚麼？」

「沒有甚麼了。」

「你們再想想。」

「再想甚麼？」三寶微生嗔意，「又不是從此就不通音問了！等我想起甚麼來，自然會想法子再告訴家裡。」

「寶寶，」做母親的開口了，「凡事你可要自己留意！別惹太后生氣。」

「不會的。」

母親猶自絮絮叮嚀，內務府的官員，在一旁催了好幾遍，母女倆才忍淚分手。頤齡夫人目送愛女，直到身影消失，才由她兒媳婦攙扶著離去，步履蹣跚，倒像一下子老了十年。

回到家，三寶的大嫂按照小姑的交代，收拾好她常用的梳頭匣子，然後檢點益智圖——這是三寶自己創製的玩具，其實是改良的七巧版，加了好多塊不同樣式的木板，遠比七巧板能拼成的花樣來得多。那兩冊圖譜，是在蘇州與一班漢人縉紳家的閨中好友，切磋琢磨而成的心血結晶，每一幅都用現成的詩句題名，如「兩個黃鸝鳴翠柳，一行白鷺上青天」；「老妻畫紙為棋局，稚子敲針作鈎鉤」、「手倦拋書午夢長」等等，蘭閨清玩，比用牙牌要文雅得多。

「託誰捎進宮去呢？」頤齡夫人問。

「自然是託禧二爺。」

到得晚上，禧恩來了。平時他來，都是在大廳旁邊，頤齡的書房中相敘，這天因為要聽他談三寶的情形，所以特為請他到上房來坐，頤齡一家或坐或站，都聚在他周圍。

「說實話，太后是老早就看中三寶了，要讓她伺候皇上。只為太后再三交代，不可洩漏。所以我不敢先告訴你們。」

「可是，」頤齡問說：「怎麼沒有封呢？」

「這又不是立皇后，不會馬上就封的。照通常的規矩——」

以常規而論，三寶現在還是宮女的身分，但與內務府出身的宮女不同，秀女選入宮，都在太后或皇后宮中執役，經皇帝臨幸，才有名號，一共是三等，答應、常在、貴人，有一間自己的屋子，也有「鋪宮」的陳設、「月例」的銀兩布料，以及「日用」的食料等等。

這三等有名號的宮女子，如果不得寵，一輩子如此；倘若得寵，或者宮中有喜慶，如太后萬壽等等，普遍加恩，才有晉位為嬪的可能，那時候才發冊遣使加封，既有封號，且常能獨主一宮。

「不管怎麼說，總是一件喜事。」頤齡問說：「你看要不要請『吃肉』？」

旗下的世家大族，遇到家有喜慶，照例要廣招親朋「吃肉」，只請客不收禮，這頓肉吃下來，所費不貲，頤齡要早早問明白了，以便籌劃。禧恩回答他說：「眼前還不必。不過那個日子也不會太遠。到時候有我，你放心。」

禧恩官符如火，又兼署了理藩院尚書，而且拜命為欽差大臣，偕盛京將軍瑚松額兼程赴湖南督師平亂。

作亂的是湖南的傜人。傜人大部分分布在湖南、廣西接壤的萬山叢中，這回作亂的是江華傜，江華縣屬永州府，地在九疑山下，內另有豸山、吳望山、蒼梧嶺等；又為沱江與靈江交匯之處，山環水複，形勢險峻，江華傜的頭目叫趙應龍，勾結廣西的傜人，一起稱兵作亂，湖南提督海凌阿及副將、游擊等多名武官，皆因進剿中伏而陣亡。

於是湖廣總督盧坤，奏請以新升的湖北提督羅思舉，帶兵赴湖南剿匪。等羅思舉趕到永州，盧坤先已作了一番部署，由於駐在常德的水師，以及荊州駐防的滿營士卒，都不擅於在山地作戰，以致屢戰屢敗；盧坤將這些部隊，全部撤離回防；另請駐紮鎮筸的苗疆兵，分屯要隘，堅壁清野，等待羅思舉及貴州提督宋步雲，以及雲南派來會剿的副將曾勝，提兵到達，大舉會剿。

客軍雲集永州，公推資望最高的羅思舉，主持全局；他花了一天一夜的工夫，將湖南南部的地形作了個透徹的瞭解，定下了聚殲的策略。先派精兵，將江華西北兩面，道州、零陵、祁陽入山的道路封鎖；並知會廣西的守軍在南面防堵，然後派兵多攜火種，入山搜索，留下東面入常寧的一條出路，逼得趙應龍只能由此脫逃，羅思舉親自指揮各路人馬，合圍追剿，大破傜人，趙應龍中火槍而死，他的妻子及死黨數十被擒。

提報到達大營，羅思舉親自檢驗了趙應龍的屍體，裝棺待葬，同時又搜到了趙應龍的印、佩劍，以及縛在胸前作為守護神的一個木偶。處置完竣，方始飛章奏捷。

奏摺拜發之後三天，禧恩帶著隨從及親兵，浩浩蕩蕩到了永州，在欽差的行館安頓下來，才知道江華傜之亂，已經完全平定了。

令禧恩深感惱怒的是，羅思舉竟不等他到達，搶著奏報大捷，竟似有意掃他的面子，當下在行館中，盛陳兵衛，傳令羅思舉進見。

他是欽差，又是督師的長官，正一品的提督，亦須「堂參」；羅思舉行禮時，禧恩高坐堂皇，倨傲無禮；在羅思舉的記憶中，覺得他的架子比當年的福康安還大，心中便也有些不悅。

「你知道不知道我快要到永州了？」

「知道。」

「既然知道，為甚麼不等我到了再出奏？」

羅思舉明知他指的是奏捷這件事，故意裝糊塗，「提督原有專摺奏事之權，」他說：「卑職並未越分。」

「我是說你奏報接仗大勝，這樣的大事，你居然敢不等我到，擅自奏報，你心目中還有王法嗎？」

「這，卑職就不明白了。從沒有人告訴過卑職，仗，你跟弟兄們去打；命，你跟弟兄們去拚，奏捷報功，可要讓欽差當先。」

這不但公然頂撞，而且語帶譏刺，禧恩氣上加氣，大喝一聲：「你當了這麼多年官，一點規矩都不懂嗎？」

「欽差是貴人，處處講規矩；羅思舉無賴出身，受國家厚恩，只知道以死報答，不知道其他。」

已經自承無賴了，禧恩知道不能再往下說，否則他會耍無賴；不過要找他的麻煩也不難，當下換了一副冷峻的聲音說：「你說趙應龍死了，他是怎麼死了？」

「在混戰中，中了火槍死了。」

「是你親眼得見？」

「不是。」

「那麼，你怎麼知道他真的死了呢？」

「找到了趙應龍的屍首，經他的家屬、黨羽指認無誤。」

「你怎麼知道不是他的家屬、黨羽，有意隱瞞？」

「趙應龍的屍首，棺殮未葬，大人如果不信，儘請檢驗徹查。」羅思舉接著又說：「此外又找到他隨身所帶的印跟劍，還有一個刻了『趙應龍逢凶化吉，百戰百勝』字樣的小木人，大人要看，卑職可以運到大營來。」

「你送來等我查看。」

就這麼一句門面話，結束了尷尬的局面。羅思舉看任務已了，帶領所部回到湖北武昌，正好他請假回籍掃墓的奏摺，亦已批回，准予給假三月，於是輕裝簡從，自武漢溯江西上。

這天傍晚，船到夔州，停泊過夜；夔州知州姓何，湖南人，原是羅思舉的舊識，特地備了一份全帖，親自來請赴宴，羅思舉一口謝絕。

「老哥知道的，逢州過府，我一不拜客，二不赴宴。謝謝、謝謝。」

「大人的規矩，我也知道。不過今天要請破例；川東道陶大人榮昇福建臬司出川，兩天前到了夔州，聽說大人要回鄉掃墓，特為留下來，等著要見大人一面。他說他不認識大人，不過慕名已久，既有此識荊的機會，不願交臂失之。看在陶大人這番誠意，請大人勉為其難吧！」

羅思舉頗為感動，「我也聽說了，川東道的陶大人是難得一見的好官，既然承他這麼看得起我，『行客拜座客』，應該我先去拜他。不過，」他說，「這陶大人的生平，我一點都不清楚，真正素昧平生，見了面，只怕閒談的材料都沒有。」

「這陶大人是我們同一府的小同鄉，他的生平，我很清楚——」

這所謂「陶大人」，單名澍，號雲汀，湖南長沙府安化縣人，從小定了一門親事，女家姓黃，及至陶澍快成年時遭遇橫禍，家道驟然中落。黃家便有悔婚之意，而有個姓吳的土豪，垂涎黃小姐的美色，正好乘虛而入，送了極重的一份禮，黃老頭退了陶家的婚，將女兒改許吳家，可是黃太太很賞識陶澍的人品才學，堅持原來的婚約。老夫婦各執己見，相持不下，只好取決於黃小姐本人，誰知她嫌貧愛富，明明白白表示願意嫁到吳家。

於是黃老頭託人到陶家去辦交涉。本來陶澍是極有骨氣的人，如果明言黃小姐嬌生慣養，不耐作貧家之婦，要求退婚，陶澍絕不會強求。不過中間人既不識人，又不善言辭，勸陶澍退婚，黃家可以加倍退還聘金；這一來變成陶澍出賣未婚妻，豈非行止有虧？因而嚴詞拒絕，並且給女家「送日子」，準備迎娶。

由於黃小姐不願嫁到陶家，便只好飾詞拖延，一拖再拖，拖到嘉慶五年，陶澍表示非完婚不可，否則不惜對簿公堂，但同時亦表示，態度如此堅決，出於事勢所迫，請女家諒解。

原來太上皇未駕崩以前，曾有一道上諭：嘉慶五年庚申，欣逢太上皇帝九旬萬壽，特開恩科。及至嘉慶四年正月，太上皇龍馭上賓，所有慶典，一概停止。但隨後又有恩旨：「開科一事乃皇考嘉惠士林至意，自應師體聖慈，無庸停止。」一向例恩科開科，以會試為準，鄉試則應於前一年舉行，但本年因忙於治喪，鄉試籌辦不及，改在嘉慶五年庚申鄉試，翌年辛酉會試。

辛酉本是大比之年，因此，陶澍以監生的資格，赴庚申北闈鄉試，如果中了舉人，第二年辛酉春天參加會試；倘或失利，留京讀書，一年以後的正科鄉試，還可奮力一搏。這種恩科、正科接續而至的機會，極其難得，不容錯過。但進京以後，如果聯捷，多半在京供職，一時不能歸省，否則連應兩科鄉試，離家至少一年半，老母不能無人照應，此所以亟亟乎要迎娶。

可是黃小姐寧死亦不願嫁到陶家，事情成了不可解的僵局。而就在這窘迫萬分的當口，黃小姐的侍女碧蓮，悄悄向黃太太說：「看來只有我冒充小姐，去坐陶家抬來的花轎。」

黃太太又驚又喜，躊躇著說：「人家會答應嗎？弄不好，真的要打官司了。」

「不會。我自有一套話對人家說；姑爺不是不講理的人。」

事到如今，不容多作考慮；不過黃老夫婦還是認了碧蓮作義女，說起來是將另一個女兒嫁作陶家媳婦，比較冠冕些。

到得合巹那天，陶澍將新娘的蓋頭挑起來一看，不由得駭然：「你不是碧蓮嗎？」

「不是。」陪嫁的伴房在一旁答腔：「是我們黃家的二小姐。」

於是碧蓮努一努嘴，示意伴房退出房門，方始說道：「不錯，我是碧蓮。我家小姐不肯上轎，事急無奈，只好我李代桃僵。我亦不敢妄想高攀，不過我在想，姑爺催促我家小姐過門，為的是要有人伺候老太太，好讓姑爺安心進京趕考；說到這一層，姑爺請放心，都交給碧蓮好了，我來替姑爺盡孝。將來姑爺金榜題名，衣錦榮歸，儘管另聘名門閨秀，同諧花燭，碧蓮絕不敢爭名分。」

聽到一半，陶澍已忍不住雙淚交流，「說甚麼另聘名門閨秀，碧蓮姊，你替我盡孝，我一定會有報答。」他指著高燒的紅燭立誓：「花燭為證，我陶澍一定為碧蓮姊掙一副一品誥封，酬答閨中知己。」

安心進京應試的陶澍，一戰而捷，中了庚申鄉試恩科的舉人，第二年春闈，不幸落第；但一年以後，猶有機會，果然，壬戌正科會試，中了進士，而且殿試以後，點了庶吉士，留京供職。嘉慶十年散館留館，授職編修，但還是個窮翰林，無力接眷，直到嘉慶十五年放了四川鄉試考官，收了一筆贄敬，方始在回京覆命時，迂道安化，省母接眷。與糟糠之妻的碧蓮，新婚一別，整整十年過去了，方得重聚。

由編修升任都察院江南道監察御史。都察院稱為「御史台」，所以初當御史到任，又稱「到台」，第一次奉行言責，不論是言事，還是參劾，都格外惹人注目，因為可以看出這位御史的風骨。陶澍到台第一炮，竟是對準了吏部的書辦。

六部的書辦，個個難惹，尤以吏部為最。本來六部之中，最狠的書辦是戶部跟刑部，但此兩部與一般的官員不相干，跟他們既無瓜葛，即可不受其挾制；但吏部不同，官員的進退榮辱，都在他們的掌握之中，所以言官對於吏部書辦，亦往往抱著敬而遠之的態度，陶澍居然要針對此輩開炮，他的友好們都認為他特意去捅馬蜂窩，殊為不智。

但陶澍要講的話，卻又確確實實是每個人心裡要講的話，道理亦非常淺顯明白，原來吏部選缺分發，以掣籤分先後次序，這本來是各憑運氣，頗為公平的事，但吏部書辦想出一個花樣，凡是第一次未曾掣籤的，可以申請補掣，籌集有相當人數，第二次掣籤，掣到第一籤，稱為「重一籤」；第二籤稱為「重二籤」，重者重複之意，「重一籤」、「重二籤」排在第一次的第一籤、第二籤之後；換句話說，「重一籤」等於第一次掣到第三籤；「重二籤」等於第一次的第四籤。陶澍的奏摺中說：「既開濫幸之門，必啟賄托之漸，請將『重籤二〇』名目，概行停止。」言簡意賅，仁宗覽奏，甚以為是。

由於打響了第一炮，陶澍在御史臺成了響噹噹的腳色，不久調任陝西道監察御史；十五御史除審核本省刑名之外，各有兼職，陝西道稽察工部、寶源局帳目，及覆勘在京工程，是個有名的肥缺。但陶澍處脂不潤，凡所陳奏，皆本乎良心，因而放出去當「巡漕御史」。巡漕御史所巡視者皆為漕運要地，計淮安、濟寧、天津、通州四處，每處一人，陶澍派到淮安，通稱「巡察南漕」，亦是難得的闊差使。而陶澍在淮安三年，除了應得的公費以外，一無所染。

嘉慶廿四年，陶澍外放為川東道，駐紮重慶。四川不設巡撫，所以分守地方的道員，權責較他省為重。本來地方上府、道兩級，往往只是個公事承轉的衙門，但陶澍不同，他認為百姓打官司，如果在本縣不能獲結果，就必得由臬司提審，而臬司衙門遠在眉城成都，路途遙遠，盤纏可觀，原被兩告猶有可說，牽連作證的第三者，無端受此訟累，實在太冤枉了。因此，刑名案件到了他那裡，便作了裁決；該准的准，該駁的駁，如果必須提審，不必到省城，只到重慶，由他主審判決，不但百姓減了許多訟累，而且聽訟斷獄，平情酌理，不偏不私，因此官聲極好。

其時的四川總督叫蔣攸銛，字礪堂，先世是浙江紹興人，明末遊幕到了遼東，便在關外落籍，因而成為漢軍，隸屬鑲紅旗，從龍入關，定居在京東寶坻，已歷四世。

蔣攸銛是個神童，讀書過目不忘，十九歲便點了翰林，嘉慶初年，由編修升調御史，敢言有聲，頗受仁宗賞識，嘉慶五年外放為江西道員，由此扶搖直上，不過十年工夫，便當到了兩廣總督；因為他長於捕盜，所以在嘉慶廿二年將他調往大亂以後，伏莽可慮的四川。仁宗駕崩後，特許入京叩謁梓宮；當今皇帝召見時，要他保舉屬下人材，蔣攸銛首舉川道東陶澍，因而才有這一回升任福建臬司的恩命。

聽了何知州所談陶澍的生平，羅思舉又驚又喜，且有無窮的感慨，原來羅思舉年輕時是個亡命之徒，又偷又搶，只是不犯姦淫，有一回失風被捕，縣官是個苛史，為圖省事，吩咐「立斃杖下」，一頓重板子打得氣絕了，衙役用床草薦一裹，棄置荒野，將他餵野狗，哪知羅思舉命不該絕，到得半夜裡悠悠醒轉，在星光微茫之下，往有燈火之處爬了過去，為一個姓周的老嫗所救，經過調養，居然能夠下床了。為了報答救命之恩，羅思舉認了她作義母。

「我看你也不像一個一生一世沒出息的人。」他的義母勸他說：「你從此以後再不要幹那種犯法的事了，一頓板子打殺，你對不起父母，也對不起我救你的一番苦心。你只有一個人，自己的肚子混飽了，就等於養了一家人，何苦去做那種見不得人的事？害得我在人面前也抬不起頭來！」

羅思舉聽從勸誡，投身行伍，而且不嫖不賭，真個改邪歸了正；因此，竟能攢下錢來，娶了一房妻室。誰知命中災星未退，新婚不到一年就得了一樣奇疾，能吃能喝不能睡，由於家貧無力求診於名醫，不過搖串鈴的走方郎中倒是看了不少，卻都說不出他得的是何病症？眼看身子日瘦一日，不過半年工夫，形銷骨立，去死不遠了。

這天在門外閒坐，來了一個道士，打量了他好半天，方始開口，問他服的甚麼藥？羅思舉有氣無力地答說：「甚麼病都看不出來，吃的藥怎麼會有用處？我是在這裡等死。」

「你的病可以不死，我有把握把你治好；不過你這副藥要連服一百天，藥價不便宜。」羅思舉心中一動，姑且一問：「要多少？」

「三十千。」

制錢三十千，約值銀廿五兩；羅思舉的月餉只得二兩銀子，一年「一關」——一年只發十個月餉；這筆數目他實在負擔不起。

「那就沒法子了。」那道士說道：「我住在南街關帝廟，你信得過我，又能湊出這筆藥價來，不妨來找我。」說罷揚長而去。

羅思舉思索了一夜，打定了主意，第二天跟他妻子談了這個道士，然後開門見山地說：「我打算賣掉了你來看病。將來等我出頭了，我一定把你贖回來，重新做夫妻。」

羅太太自然不肯，於是羅思舉反覆開導，說得舌敝唇焦，好不容易才說服了他妻子，鬻妻求醫，居然痊癒。及至教匪之亂，羅思舉充當鄉勇，立功做官，訪著了妻子，用重金贖了回來，復為夫妻如初。但這位羅太太命薄如紙，破鏡重圓不過一年，竟爾一病不起；如今羅思舉官居一品，封贈三代，妻子誥封「一品夫人」，但身在泉台，不能及身享受榮華富貴，在羅思舉一直引為莫大的憾事，這天由陶澍的碧蓮夫人想到亡妻，越發抑鬱不歡。

在夔州歡聚了兩天，揚帆各自東西。陶澍順流東下，途中接到軍機處的「廷寄」，升任安徽藩司，先行到任接事後，再進京陛見。

於是陶澍改變了行程，原定起旱進京的，改為原船經九江，直駛安徽省會安慶，拜印接事，部署初定，方始入覲。

第一次召見是在養心殿東暖閣，照例垂詢路途是否平順，以示慰勞，然後問到安徽的情形，「安徽的庫款，經五任巡撫清查，沒有結果。」皇帝問道：「這件事你知道不知道？」

「臣職司通省錢穀出入，安得不知？」陶澍說：「不過誠如聖諭，歷五任巡撫清查並無結果，可知其中葛藤，但既有帳冊在，假以時日，不難查得水落石出。」

「你衙門裡這些帳冊，都完整無缺嗎？」

「是。」

「這好，你回去先預備起來，我想再清查一次。」

「是。」

「地方上的風氣怎麼樣？」

「安徽百姓，馴良樸實，但有一班衿棍，害官害民，實在可恨——。」

所謂「衿棍」，即是衣冠士豪，不是秀才，便是監生，平時出入衙門，包攬訴訟是非；最使地方頭痛的是，每遇開徵錢糧，必有衿棍興風作浪，或則包繳漕米，多收少繳，從中侵漁；或則需索陋規，不遂所欲，便會鬧事，如果抓住了官吏舞弊的把柄，更是勒索苛求，沒完沒了，以致地方官受了此輩的挾制，只有「浮收」來滿足他們的貪壑。

「臣在安徽，頗思整頓此事，無奈力不從心，實在愧對皇上。」

「喔，」皇帝很關切地問：「怎麼說力不從心？是巡撫跟你有意見？」

「不是。」

「那麼是甚麼呢？」

「是——，」陶澍終於一吐積之已久的憤慨，「是學政不贊成。臣不敢說他包庇刁生劣監；不過學政多方替他們開脫緩頰，等於處處掣肘，臣有力難使，徒呼奈何。」

安徽的學政，曾經充任過上書房的師傅，所以皇帝念著授讀的情分，不打算深究；而且看他批評學政時，鬚眉皆張，神情激動，也疑心他言過其實，就更不肯表示自己的態度了。

「你跪安吧！」皇帝吩咐：「十五再遞牌子。」這就是說，在這個月的十五，第二次召見。

這個月是十一月，十四日冬至；第二天十五，陶澍遵奉面諭，一早進宮，已經凱旋回京的禧恩，仍舊領著內大臣的差使，這天是他當班，為陶澍遞了又稱「膳牌」的「綠頭籤」，直到近午時分方始召見。

「你甚麼時候回去？」皇帝一開口就這樣問。

「臣領了聖訓，即刻出京。」

「是起旱，還是沿運河走？」

「只有起旱。」

「起旱比較辛苦。」皇帝問道：「旱路要走多少天？」

「大概二十到二十五天。」

「你回到任上就快封印了，年下事多，直正一刻千金，你趕緊回去吧！」

「是。臣明天就動身。」陶澍停了一下又說：「請皇上多賜訓誨。」

「你的官聲很好，要益加勤奮努力。跟同事要和衷共濟，彼此勉勵。」皇帝停了下來，似乎有些神思不屬的模樣，「我的話還多，想起來讓軍機處寫信告訴你。你跪安吧！」

陶澍是最後召見的一個，等他跪安退出，皇帝隨即啟駕到承乾宮——他答應了全嬪的，這天午前，會到承乾宮去看她的一樣「新玩意」。

明朝的東西六宮，毀於李自成破京之日；入清到了順治十二年，東西先各修三宮，東面三宮由北往南是鍾粹、承乾、景仁，居中的承乾宮與西面相對位置的翊坤宮，適當坤寧宮兩側，在明朝定為貴妃所住，崇禎的寵姬田貴妃，即住此宮。

在清朝，第一位住入重修後的承乾宮的妃嬪，是身後追封為「端敬皇后」的棟鄂妃，她就是江南四大名妓之一，以後嫁了如皋冒辟疆的董小宛，所以在順治御製的「端敬皇后行狀」中，逕稱之為「董氏」；而清初名家的詩詞中，提到這重公案，或用「雙成」——仙女董雙成的典故；或用「千里草」來切她的姓氏，而且弔挽董小宛的辭章，都只用「生離」之典，不談「死別」，在在證明了董小宛入宮，確有其事。

如今往在承乾宮的全嬪，正就是承恩後的三寶，她從小在蘇州，就聽人講過蒲松齡《聊齋志異佚稿》中，一篇〈吳門畫工〉的故事，知道「董娘娘」就是董小宛。因此在新承雨露，當皇帝稱讚她德言容工，四德俱全，恩賜「全嬪」的封號以後，問她在後宮中喜愛哪一處時，她毫不遲疑地選擇了承乾宮。

從此以後，承乾宮成了另一處的養心殿，皇帝常常由小太監捧了「黃匣子」到承乾宮來披閱奏章，倦了時欣賞全嬪的笑靨嬌語；享受全嬪督促宮娥所製的蘇州茶食，頓覺精神復振，精力彌滿，不過，皇帝從來不在承乾宮留宿——這是雍正朝傳下來的家法，歸寢必在養心殿後殿。

時逢冬至，南郊祀天，皇帝齋戒三天，在住入齋宮之前，全嬪奏告皇帝，說她有一樣「新玩意」要在冬至的第二天才能拿出來，請皇帝務必記得，到時候駕臨承乾宮玩賞。皇帝答應這天上午召見臣工以後來看她的「新玩意」。

「你的新玩意是甚麼？」

「原來的九九消寒圖，算日子得數梅花瓣，那有多麻煩！為此，奴才改了一個法子，這九個字，每個字都是九筆，填滿一個字，就是過了一個九，一望而知。」

「想得好！」皇帝連連點頭：「這『珍』字最後一筆，為甚麼用硃筆雙鉤？」

「不是硃筆！硃筆只准皇上用，奴才那敢擅動硃筆？是胭脂。」

皇帝很欣賞她的知禮，連連說道：「我錯了，我錯了！是胭脂，不是硃筆。用胭脂又有甚麼講究呢？」

「醒目。」全嬪答說：「從今天起入九，這個月月大，還有十五天；十二月小二十九天，加起一共四十四天。明年元日是第四十五天，正好到『珍』字最後一筆。」

「九九消寒圖」本不是甚麼「新玩意」。照《荊楚歲時記》上說，冬至翌日開始「入九」，九九八十一天「出九」，這差不多三個月的時間，冬去春來，由寒轉暖，萬物萌動，又是一番生氣勃勃的光景，為了計算日子方便，畫一樹梅花，共計八十一瓣，每天墨填一瓣，填滿就「出九」了。

全嬪將這消寒圖改良了，不是畫梅花，而是改用九個每一個都是九筆的字；「亭前垂柳珍重待春風」，每一個字便是一個九；「九五」之末，恰好是明年元旦，所以「珍」字末筆鉤紅，醒目之外，兼寓吉利慶賀之意。

「這想得也好。」皇帝看了好一會，又用右手食指在左手掌上比畫了一會說：「這個『亭』字要改一改，改成庭院的『庭』，那就家家都用得著了。」

「是。」原來就是「庭」字，全嬪特為將它改成「亭」，為的是好讓皇帝改回來，因為她兒時曾聽一位在乾隆朝當過御前侍衛的親戚談過，凡是進奉文字，一定要留下一點小小的瑕疵，等御筆改定；那一來，皇帝會覺得進奉的文字格外好，現在似乎真的如此！自然少不得恭維一句：「皇上真是點鐵成金。」

「你這幅圖很有意思，好比看外面的景色，一天一天廓填，春色慢慢就從筆底下顯露出來了。」接著吩咐一聲：「研墨！」

有每天由小太監研好的現成墨漿，注入硯池，化開了筆，皇帝在這幅消寒圖的上方，題了「管城春色」四字。

「御筆是賜給奴才的？」

「你喜歡就給你好了。」

全嬪笑顏逐開地跪了下來磕頭：「奴才謝恩！」

「起來！起來！」皇帝吩咐：「你叫他們傳膳吧！」

傳了晚膳來，全嬪站著侍膳。等膳畢皇帝漱口時，她已經關照另生一個火盆，擺在御書案旁邊，四周圍繞著南花園「熏花房」送來的十六盆唐花，蒸發出濃郁異常的花香；皇帝伸個懶腰，望著桌上的「黃匣子」對全嬪笑道：「我真懶得看奏摺。」

全嬪不敢答腔，因為皇帝在她宮中，懶理政事，這些情形讓太后知道了，她免不了會受責備。

當然，皇帝說的懶得看奏摺，多少帶點發牢騷的意味，他最感厭煩的是，有些實在沒有甚麼見解，但喜歡賣弄的言官，論到時政，本來簡單扼要幾句話可以說完的，偏偏引經據典，連篇累牘，不仔細看完，還真不知道他說的甚麼？而仔細看完了，不是老生常談，就是迂腐不通，完全是白糟蹋了精力與工夫。這種情形，非想個法子來矯正不可！

這個念頭，存在心中，已非一日，這天特別有股強烈的願望，恨不得馬上就能將那些冗長的奏摺，一掃而空，因此，第二天召見臣工已畢，吩咐奏事太監傳召曹振鏞進見。

大臣單獨奏召，稱為「獨對」，在乾隆朝是常有的事，高宗對信任特專的軍機領班，如前朝的傅恆、後期的阿桂，每在未申之間，單獨召見，軍機處有個專用的名詞，叫做「晚面」。當今皇帝學他祖父的辦法，不過不是晚面，通常都在近午時分，例行的召見結束以後。

「現在的言官，越來越喜歡發議論了，這本來不是壞事，不過議論發得沒有道理，無的放矢的居多，或者誇誇其談，根本就是行不通的事。每天看這些無用的摺子，花我不少工夫，你看，有甚麼辦法來應付？」

曹振鏞想了一會，從容不迫地答奏：「如果公然告誡，一定會有人在背後議論，說皇上閉塞言路；以臣之見，皇上挑奏摺中的瑕疵，或者立論不當，或者措詞失檢之處，加以詰責，著令明白回奏，然後輕則申斥，重則交部。這麼來幾回，就沒有人敢信口開河了。」

「你這個辦法，聽起來很好，等我試試看。」皇帝接下來說：「安徽藩司陶澍，我看他有點言過其實，你倒寫封信給安徽巡撫孫爾準：讓他多留心陶澍的行事，密考具奏。」

「是。」

然後便是談論各省督撫的近況。曹振鏞當朝一品，三任學政，四典鄉試，門生故舊遍天下，但凡到京，一定要來謁見，所以他的消息非常靈通，是皇帝最重要的耳目。

「阮元，」皇帝忽然說道：「他剛過三十，就當到封疆大吏，這是甚麼原因？」

「因為他學問優長。」

「何以見得？」

「只看他當到總督，還不忘著書、刻書，天天做學問。」

這是曹振鏞中傷阮元，他跟阮元不睦，遇到這種可以進讒的機會，自然不會放過；素知皇帝最厭惡封疆大吏不講吏治而提倡風雅，所以作此說法。

果然，皇帝原有意將阮元內調入軍機，由於曹振鏞這麼一說，決定作罷，以後看情形再說。

陶澍的官運，如下水船又遇順風，迅利無比。孫爾準密保陶澍才堪大用後，旋即調任福建；陶澍順理成章地升任了巡撫。

陶澍只花了兩個月的工夫，便將五任巡撫歷時三十餘年，未能清查完竣的安徽各州縣欠解的正雜錢糧，查得清清楚楚，依照虧欠原因，分為「應劾」、「應償」、「應豁」三項，皇帝深為嘉悅；因此，他在安徽不久，便又調任為天下第一大省的江蘇巡撫。

陶澍到任後，遭遇的第一件大事，便是籌議漕糧海運。原來南漕沿運河到了清江浦，須渡過黃河方能入北運河，由山東直抵通州。此黃淮交會之處，須水位相等，方能安然通航；調節水位的重心是在洪澤湖，所謂「蓄清敵黃」，清即洪澤湖湖水，須蓄積到與黃河水位相等，方可開啟位處黃河北岸王家營的「御黃壩」，接通運河。

道光四年冬天，黃河水位，一直高漲不下，因此「回空」的漕船，有一千八百多艘，膠著在黃河北岸，不能通壩，這一來勢必影響來年新漕的轉輸，朝廷深為憂慮，一再嚴催兩江總督孫玉庭、江南河道總督張文浩設法，幸好到了十一月，黃水消落，空船方能駛入運河。不料一波甫平，一波又起，而且這回的風波不小，洪澤湖「蓄清」過了頭，原應開放「仁義禮智信」五壩，宣洩洪水；而河督張文浩「應開不開」，偏偏這年的西北風格外猛烈，滔天巨浪，一個接一個打過洪澤湖東面保障淮揚七州縣的高家堰大堤。堤頂難免受損，但卻無法搶救，因為數九隆冬，滴水成冰，高家堰堤頂，大浪過處，隨即結成一層冰，滑不容足，難以施工。

於是小缺口併成大缺口，在一處名叫十三堡的地方，大堤潰決了一萬多丈，洪水滾滾而下，揚州、淮安兩府，盡成澤國。

皇帝得報震怒，特派軍機大臣左都御史文孚，及禮部尚書汪廷珍查辦。派汪廷珍的原因是，他是淮安府山陽縣人，熟悉地方情形，易於查明出事的真相；但深知汪廷珍為人的人，不免為張文浩捏一把汗，因為這一次潰堤，汪廷珍的祖墳，亦被洪水沖毀了，他一定會公報私仇，說不定會置張文浩於死地。

十二月初，文、汪兩欽差，隨帶司官四員，馳驛到了清江浦；孫玉庭、張文浩、漕運總督魏元煜以及其他文武官員總共一百多人，都在一處向來為南北往來大臣過境「請聖安」、名為萬柳園的接官廳待命。

日色將午，只見一名材官，飛騎而至，到得轅門，滾鞍下馬，口中高呼：「兩位欽差請漕督魏大人請聖安。」

孫玉庭聽得這話，知道他自己跟張文浩，都已革職，說不定還有嚴譴；因為皇帝即位以來，已有天威不測的名聲在外，欽差此來，亦許就會在行館審問，那就得即時布置一個公堂，所以將清河縣知縣傳來問道：「該預備的事，有預備沒有？」

清河縣是帶了差役、刑具來的，當下答說：「卑職已經預備了。」

張文浩的家人亦有預備，一件文青褂、一頂空梁帽，是犯官的服飾，張文浩一見，不免掉淚，孫玉庭便揮一揮手說：「現在還用不著，等一會再說。」

這時兩名欽差的轎子也到了，一直抬入萬柳園大門；魏元煜隨後跟了進去請聖安。等他回出來後，便有材官來關照孫、張二人連同魏元煜一起「聽宣」。

這時大堂上已設置香案，四名司官一起從中門走了出來，為首的手捧硃諭，在香案前面一字排開。面前跪著的是三名總督。

於是為首的司官宣讀上諭，這名司官是旗人，當過鴻臚寺的讀祝贊禮郎，天生一副好嗓子，音吐宏亮，聲調鏗鏘，讀到「孫玉庭辜恩溺職，罪無可逭」便停了下來，然後才徐徐問道：「皇上問孫玉庭知罪不知罪？」

孫玉庭將大帽子摘了下來，連連叩頭，口中答說：「孫玉庭昏憒糊塗，辜負天恩，惟求從重治罪。」

認了罪方始宣示罪名：「著革去大學士、兩江總督，再候諭旨。兩江總督著魏元煜署理。」於是漕運總督魏元煜，三跪九叩謝了恩；接下來便要處分江南河道總督張文浩了。

「張文浩剛愎自用，不聽人言，誤國殃民，厥咎尤重。」司員停一下，換一種聲音問：「皇上問張文浩知罪不知罪？」

張文浩伏在地上，痛哭失聲；哭聲一半是真，畏懼不測之禍就在眼前；一半則是做作，只聽他愈哭愈響，口中斷斷續續地自責：「張文浩罪該萬死，求皇上立正典刑。」

司員等到哭聲稍低，方又宣示：「張文浩著即革職，先行枷號兩個月，聽候嚴訊。」

一二品大員，只有河督不適用「刑不上大夫」這句古話，有「枷號河干」的刑罰——戴著枷在河堤上露立示眾；因為河督失職，以致堤防潰決，多少人家、家破人亡，民怨極深，不以此處置盜賊的辦法來羞辱他，以期平息民憤，或許會激起變亂。

當然，用的不會是真正用於盜賊、重數十斤的包鐵木枷，只是方廣尺許的一方薄板，外用黃綢包裹，開一個口子，套在張文浩的脖子上，隨即簇擁而去。

不久，張文浩與孫玉庭的處分都確定了，張文浩是充軍到伊犁；孫玉庭則戴罪圖功，上諭中說：「孫玉庭自嘉慶年間總督兩江，公事妥協，朕親政以來，授為大學士仍管督事務，數年來整頓地方，不遺餘力，即如查拿盜梟匪犯，節次緝獲數百名，商民均資利益，且其操守素好，正己飭屬，不愧封疆之寄。」

上諭又言：「本年因張文浩將御黃壩堵遏，致有高堰浸口之事，孫玉庭不早參奏，致誤要工，咎無可辭，本應革職，姑念總督事繁，河工究係兼轄，著改為革職留任，並革去太子少保銜。」

接著復又降旨，命孫玉庭偕同新任漕運總督顏檢會辦本年新漕轉運。同時會同文、汪兩欽差，籌議修復高家堰決口，以及「借黃濟運」的辦法，勘估下來，經費需三百萬兩，朝廷准予照撥，結果運河仍舊淤塞不通，漕船無法進入黃河。

運河淤塞不通的原因，是「借黃濟運」必生的惡果，所謂「借黃濟運」即是開放御黃壩，將黃河之水灌入運河，以期提高水位，能浮送漕船。這是飲鴆止渴的辦法，因為黃水混濁，「一石水、六斗沙」；而沙與泥不同，所謂「勤泥懶沙」，泥可隨水流動，而沙則停滯不動，因此「借黃濟運」勢必使運河淤塞、河床墊高，滿載的船隻，吃水甚深，水淺就動彈不得了。

另一方面，黃河必須水勢勁急，方能將停滯之沙沖刷而下，此即明末治河名臣潘季馴所創治黃河兩大要訣之一的「束水攻沙」。如今黃河之水，灌入運河，水流緩慢，不能發揮「攻沙」的作用，亦就更易於淤塞了。

因此，到了夏至已過，本來漕船應該全數渡黃河的，這年卻仍有一半滯留在清江浦以南，迫不得已，孫玉庭奏請用「盤壩」的辦法，將漕糧運到通州——在清江浦雇人將漕糧一袋袋肩負至山東臨清州，再徵雇駁船，由北運河轉輸通州。這筆費用不輕，兩百萬石漕糧盤壩連雇駁船的費用，總計需銀一百二十萬兩。

朝廷迫不得已，只有照撥。革職留任，戴罪圖功的兩江總督孫玉庭，無須留任，遺缺調山東巡撫琦善繼任。

這琦善是蒙古人，姓博爾濟吉特，這一族的蒙古人，與大清朝的皇室，世為婚姻，可說是國戚。琦善祖先，當年率部歸誠，因而得封侯爵；琦善在嘉慶十三年以蔭生的資格被任為刑部員外郎。六部辦案，都講究蕭規曹隨，要依照以前的例案，尤以刑部為甚，但例案只有書辦熟悉，所以司官大都是傀儡，全受書辦的擺布。

琦善是個極有志氣的人，決意要自立，因而以三百兩銀子為贄敬，拜了一名書辦為老師，延請到家，學習刑名。如是兩年工夫，終於精通了律例，成為刑部司官中出類拔萃的人物，嘉慶十七年升郎中，下一年京察一等，擢升通政副使，不久外放為河南臬司，由臬司而藩司、而巡撫，道光元年調任山東；父死襲爵，人稱「琦侯」。

琦善的才幹確有過人處，是其是，非其非，屬下都能傾心服從。當高家堰修堤時，他已經料到，朝廷必命利害相關的省分，攤派均分；山東與黃運兩河的關係最密切，所以早就籌好了六十萬兩銀子，只等朝廷的旨意，便可撥付。

此舉大為皇帝所稱許，加以有越發走紅的禧恩為他吹噓，所以升任江督，賦予修治高家堰大堤石工及疏浚運通的重任。但治河即不能通漕，本年用盤壩的辦法，勉強應付過去，來年又將如何？

於是建議紛紛，各抒所見，有人主張「折色」，不「徵實」而折收銀子；有人主張停運一年，將漕米存倉，到後年再運。但經過研議，這兩個辦法都不可行。

江浙兩省的漕糧，徵足可達二百萬石，以一半折色而論，需銀兩百多萬；「地丁」徵銀，一年一百多萬，尚須不斷催收，非常吃力，現在忽又增加一倍有餘，其勢萬難。再說，市面上突然增加一百萬石米糧，作何用處？滯銷導致糧價低落，「穀賤傷農」，大妨民生。

至於停運，須知漕船運糧以外，兼有調節物資的重大作用，北方需要南方的綢布、海味，以及其他日用的「南貨」；南方需要北方的棗豆雜糧等，更靠「回空」的漕船運輸，停運一年，亦為大大影響百姓的生活。

總之，通運是必不可缺的，既然河運不通，那就只有海運了。這個主張是戶部尚書協辦大學士英和提出來的。

朝廷降旨，命有關省分的督撫籌議，關係最密切的是江浙兩省，浙江覆奏，只有兩個海口，一個是乍浦，但因為有海塘之故，海運的沙船無法靠岸；寧波則阻隔曹娥江及錢塘江，要將全省漕米集中到寧波去裝船，這筆水腳不得了，所以海運在浙江是行不通的。

那就只有江蘇了。江蘇全省由兩江總督及江蘇巡撫分治，而海口全在江蘇巡撫的轄區內，新任的巡撫陶澍，奉到上諭後，立即邀請由臬司轉任藩司的賀長齡來商議。

賀長齡字耦耕，與陶澍是同鄉，湖南善化人，他是嘉慶十三年的翰林，與陶澍在京師，也是講學的朋友。大清朝到了乾隆年間，已經沒有甚麼「反清復明」的思想了，忌諱一去，文網大開，士大夫做學問，不是講究辭章；便是由「漢學」趨向經術，其中有一派著重經世致用之學，而以湖南人得風氣之先，賀長齡便是此一派的巨擘。他將滿清入關以來，有裨實用的文字，蒐輯成書，名為《皇朝經世文編》，胸懷抱負的有志用世之士，都奉此書為圭臬。

找賀長齡談海運，真是找對人了，他對海運的源流興廢了然於胸；隨身帶了一部《皇朝經世文編》作參考，就越發談得頭頭是道了。

「海運在元朝就已經有了。明朝永樂年間，會通河修通，因為明太祖原有『封海』的禁令，所以把海運停了。」賀長齡翻了一下《皇朝經世文編》，接下去說：「到了本朝，黃運兩河到了乾隆末年，就常出毛病了，所以嘉慶年間，詔令各省籌議海運——」

「其實也只是江浙兩省。」陶澍打斷他的話說，「我記得那年是嘉慶十六年，江督是勒中堂勒保；他似乎不大贊成。」

「是，最不贊成的就是勒中堂。」

「他怎麼說？」

「勒中堂領銜會奏的覆奏中，列舉了『不可行者十二事』，最要緊的一點是『大洋中沙礁叢雜，險阻難行，天庾正供，不可嘗試於不測之地』，又說『旗丁不諳海道，船戶又皆散漫無稽』。海運既興，河運仍不能廢，徒然增加開支。因此，先帝在日，從此沒有人敢談海運。」

「那麼，耦耕兄，依你的看法呢？」

「依愚見，海運所須顧慮者，無非風險二字，此外都不足為慮。」賀長齡緊接著說：「先說費用，如今盤壩駁運，遠比海運來得糜費；至於旗丁不諳海道，既雇商船，旗丁所司，無非搬卸漕糧，不諳海道，有何關係？船戶散漫，在乎約束，帶頭得人，何敢散漫？」

「是極，是極。」陶澍連連點頭，「你我所見略同。至於風險一層，英中堂的原奏，亦曾提到。」他命值簽押房的小廝，將英和請行海運的原奏檢出來，指著念道：「『國開承平日久，航東吳至遼海者，往來無異內地，今以商運決海運，則風颶不足疑，盜賊不足慮，微濕浸耗不足患。』這話是過分樂觀了，盜賊或不足慮，颶風定不能置之度外，萬一風急浪高，沙船失事了，責任誰來承擔？這一點，似乎應該預先奏明。」

「那是當然的。」

「我看，窒礙恐怕還在雇船，有那麼多沙船嗎？」

「那要到上海看了才知道。」

陶澍沉吟了一會說：「耦耕兄，我想你我應該分任其事，你主外，我主內；主外事煩，要偏勞你了。」

「大人的意思是，讓我駐紮海口，就地調度？」

「正是。」陶澍又說：「你也應該找個幫手，你看誰好？」

「陳芝楣很行。」

陳芝楣指松江府知府陳鑾，湖北江夏人，嘉慶二十五年，「三元及第」陳繼昌一榜的探花，這年因京察一等外放為松江知府，到任比陶澍還要晚一個月，因此，他不免懷疑：「陳芝楣到任不久，地方情形只怕還不熟悉，他行嗎？」

「陳芝楣對江蘇的情形，並不陌生，他在百文敏幕府好幾年，是百文敏極賞識的人。」

「文敏」是已故兩江總督百齡的謚號。此人本姓張，內務府包衣出身，深得先帝賞識，號為「能臣第一」，任何疑難，到他手裡都無不迎刃而解，長於折獄，每出奇計，在湖廣總督任內，為一名江西客民伸理冤屈一事，最為人所津津樂道。

這名江西客民，在漢口經商多年，積有餘資回家鄉置產，交由他的胞弟一手經理。及至垂暮還鄉，滿心以為可以安度餘年，不道他的胞弟竟不承認有為他置產這回事；所有的田園契據，都是胞弟的名字。

這一下自然要打官司了，而且可想而知的，官司一定打輸。此人迫不得已，帶著有限的資本，回漢口重操舊業，但營運並不順利。想在漢口打官司，隔省的戶婚小事，地方官根本不受理；及至百齡到任，久聞這位總督精明過人，能為民伸冤，便投了一張狀子，但亦並未寄予多大期望，只是姑且一試而已。

百齡一看狀子，心中大致已瞭解是怎麼回事。將江夏知縣傳了來，當面交代，設法辦理。江夏知縣拿了狀子回去，跟刑名幕友再三研究，因為隔了省分，既不能傳訊，又不便察訪，實在無從辦理。

那刑名幕友認為通情達理，無過於百齡，絕不會拿無法辦的案子，強人所難；既然交辦，必然胸有成竹，建議江夏知縣當面向總督去請教。

「好辦得很。」百齡答說：「你去找一件盜案，拿這個江西客民的胞弟，列為窩家。公事中詳上來，我自有道理。」

江夏知縣如言遵辦。百齡一接到公事，飛諮江西巡撫，逮捕此「窩家」，專差解送湖北，歸案訊辦。不久，犯人解到了。

「你才二十多歲，由你胞兄撫養成人，一向不事生產，竟有大筆田產，如果不是坐地分贓的窩家，你怎麼會發財。」

此人極口呼冤，為了洗刷窩藏盜匪的必死之罪，供出田產的來源。那江西客民數年含冤，在片刻之間消釋了。

由於百齡直道而起，得罪的人不少，以後在湖廣總督任內，遭受了極大的打擊。仁宗好用權威，獎懲不免過當，他常用的手法是，將居高位者，一腳踢回原處，然後再不次拔擢，大概五六年工夫，即可回復原位。如果這五六年之中，實心任事，往往益見寵任，百齡的遭遇，即是如此；他從嘉慶十年革職、發往實錄館效力，旋即外放，由道員幹起，到嘉慶十四年復回廣東，不過以前是當巡撫，這回重來是兩廣總督，前任吳熊光，正是當初參他的怨家。

其時南海洋面，海盜猖獗，最大的一個盜魁叫張保仔，手下有數萬之眾，水師不是他的對手。百齡認為戰既不可，只有招撫，於是想起來一個人。

此人叫朱爾賡額，本名朱友桂，原是朱明的後裔，先世在入清後，成為漢軍，隸屬正紅旗。朱爾賡額是捐班出身，但極其幹練，操守亦佳，現任雲南曲靖知府，百齡將他奏調到廣東，並升為道員，責成他設法招撫張保仔。

朱爾賡額打聽到張保仔懼內，唯妻之命是從，因而師陳平脫漢高於平城之困的故智，指派屬下一名官員，有美男子之稱的溫承志，打入張保仔內部，乘機說服張保仔的妻子郭一嫂，策動張保仔率部投降。百齡單舸出虎門受撫，十日之內解散部眾兩萬餘人，收繳砲船四百餘條。百齡因而恢復了太子少保的宮銜，賞戴雙眼花翎並予以輕車都尉的世職。

在廣東兩年，積勞致疾，奏請開缺，以便回京調理。百齡此時聖眷正隆，仁宗頗加愛惜，不願再任以繁劇，正好刑部尚書出缺，便由百齡補授，並特為降旨，「緩程來京，俾得從容調理。」

因此，百齡在路上走得很慢，時逢春暖花開，一路流連，遇有山水勝處，都不放過。其間並迂道去訪一位音問不斷的總角之交，主人向他稱賀，說做京官絕不會像「上馬管軍，下馬管民」的總督那樣辛苦，一定會很快康復。百齡卻緊蹙雙眉，面色不怡。

「刑部的漢尚書金光悌，我們當年曾共過事，此公為人，我知之甚深，是漢初法家張湯一派的人物，用法嚴刻。我跟他一堂辦事，分庭抗禮，為了顧惜民命，在公事上我不能不力爭；而金尚書呢，性情偏執，向來不納人言。你想，是這樣的情形，我的病能養得好嗎？」

主人默然半晌，方始說道：「我來講個故事，南宋的高僧徑山大師，教座下的小和尚參禪，出了個題目：『汝進一步則死，退一步則亡，作麼生？』小和尚答說：『吾旁行一步，何妨？』」

主人的話，戛然而止，再不多說一個字。但百齡楞了一下，先後連連點頭。進京陛見，反復自陳，他的病非藥石所可奏效，唯有休養；刑部事繁任重，難以勝任，請求另賜比較閒散的職務。仁宗准奏，將他調任為左都御史，這是個對屬下——俗稱「都老爺」的監察御史，不宜管也不能管的職位，除非有特旨交辦事項，幾乎沒有要用心思、傷腦筋的事可辦。

不久，百齡病勢痊癒，外放為兩江總督，親自主持整治黃河及洪澤湖，完工後在一處龍王廟祭神，河工大小官員、士卒夫役畢集；百齡亦親臨拈香，當下轎以後，大家在廟前廣場跪接時，百齡竟下跪還禮，這是從來未見之事，都惶恐地說：「大人怎麼與卑職平行之禮？」

百齡微喟著答說：「在堤壩上搶救的那一刻，何分大人卑職、老爺『小的』？大浪一撲，貴賤同流。各位不顧身家性命，為朝廷出力，都是我的好朋友。」他復又指著他頭上的珊瑚頂子說：「只要一片赤心，紅頂子人人能戴，王侯將相，哪裡真的是有種的？」

因為御下如此，所以百齡在兩江總督任內的政績，亦頗有可觀。陶澍一向欽佩百齡，聽說陳鑾是百齡極賞識的人，當然也就很放心了。

第三章

依照與陶澍當面商定的步驟，賀長齡專程到松江跟陳鑾會面，傳達了巡撫的意願，漕米海運這件已停了三百年、形同創舉的大事，無論如何不能出錯，所以對於徵雇沙船，最好避免動用官方勢力，用交情來贏得商人自願協力，事情才會圓滿。

「是。」陳鑾答說：「沙船幫的巨擘姓郁，家住上海城內。郁家來往遼東，從事貿遷，已歷數世，家貲無法估計。當家的老主人，深居簡出不交官府，本身又捐了個道員的銜頭在；我要去跟他拉交情，還得先遞個手本呢！」

顯然的，堂堂鼎甲出身的四品黃堂，不願受此委屈；賀長齡當然不便強人所難，正在籌思另想別法去打通這條路子時，陳鑾又開口了。

「也許有辦法，賀大人。」陳鑾起身說道：「請稍待，我進去問一問內人看。」

賀長齡不由得詫異，此事何須徵詢閨中。又想起聽人說道，陳太太出身風塵；陳鑾對親友至好，且不以此事為諱，似乎不妨問個究竟。

「這樣，」陳鑾回來，笑容滿面地說：「我把郁宜稼請到松江來，請大人當面跟他談，好不好？」

「那太好了！我們一起跟他談。」賀長齡問：「此人叫郁宜稼？」

「宜稼堂是他家的堂名。市井之中都管他叫郁老大；真實名字，人所罕知。」

「這郁宜稼，芝楣，你不是說他深居簡出，不交官府，有把握能把他請了來嗎？」

「他的寵姬與內人是手帕交，我讓內人到上海去走一趟，託他的姨太太代邀。」

「那就是了。」賀長齡點點頭，終於忍不住了：「芝楣，有件事冒昧動問，聽說尊夫人當年長住秦淮？」

「不錯，」陳鑾泰然答說：「不但長住秦淮，而且長住秦淮河房。如果今日有余淡心其人作《板橋雜記》，內人必能占一席之地。」

「如此說來，尊夫人是李香君、顧眉生一流人物？」

「也不遑多讓。我不妨跟賀大人談談。內人名叫——」

陳太太名叫小紅，這是個「花名」，她原是秦淮河畔一名半紅不黑的校書。

陳鑾與她相識甚早。他出身於一個式微的世家，幼年訂下一門親事，女家姓查，原籍徽州，是寓在南京的一名鹽商。只為家境困窘，一直未曾迎娶，亦少通音問。到了陳鑾二十歲那年，在湖北中了舉人，進京會試，要一筆盤纏，他的寡母囑咐他到南京，投靠岳家，商借一筆進京的川資，又說陳鑾的父親，待那姓查的鹽商有恩，他岳父一定不吝照應。

陳鑾到了南京，投宿在秦淮河畔地名「狀元境」的一家客棧，略略安頓，便去拜訪岳父；衣衫自然不怎麼光鮮，岳家上下的眼光，就有點異樣了。

他的岳父，先還很客氣，設宴款待，找來他的司帳、管事作陪，談談時局之類的閒話，不及正事。到得席散，由一名管事送他回客棧，動問來意，陳鑾率直相告，請管事據實轉陳。

到得第二天，那管事又來了；放下手上的包裹問道：「陳少爺，你有沒有將我家小姐的庚帖帶來？」

「帶來了。」

「好。我有甚麼說甚麼吧！」管事的解開包裹，露出簇新的兩個大元寶，每個五十兩，共是一百兩銀子：「敝東的意思，這門親事作罷了吧！這一百兩銀子是敝東致送的程儀。」

陳鑾自覺受了極大的侮辱，年少氣盛，將查小姐的庚帖找了出來，就現成的筆墨，批了四個大字：「休回母家」。然後連庚帖帶銀子，一起扔出門外。

這算是出了一口惡氣。但冷靜下來想一想，不由得愁腸百結，如今別說進京會試，連回家鄉的盤纏，亦尚無著落。

怎麼辦？想來想去，想不出解困之道。悶悶地睡了一天，百無聊賴，只有上街走走，打發辰光；信步閒行，不問去處，光是一條釣魚巷，就來回走了三、四趟。

這釣魚巷是煙花薈萃之地，盛況雖不如明末清初，但亦絕非其他通都大邑所能及。因為南京的候補道最多，所謂「群盜如毛」，轅門聽鼓之餘，都在釣魚巷流連，交際應酬，鑽尋門路，花錢從不打算盤。一遇大比之年，士子群集，更是家家門庭若市。

陳鑾當然不會，也沒有資格去擠這個熱鬧，只是低著頭漫步，突然眼前一亮，發現草叢中有一支鑲翠的金釵，撿起來一看，上面未染泥漬，而且有些油膩，倒像是剛從婦人髮髻上拔下來的。陳鑾心想，這必是剛剛有人經過此處遺落的，說不定立刻就會有人來找，且等一等再作道理。

這樣想著，不由得抬眼張望，只見一個頭上梳兩個螺髻，年可十三、四的女郎走了過來，視線正注在他身上，便迎了上去問道：「喂，小姑娘，你是不是在找甚麼東西？」

「喏，」她指著說：「就是你手中的這支釵子。」

「這是你的嗎？」陳鑾看一看金釵，又看一看她的螺髻。

「是我家姑娘的。」她回身一指，「我家姑娘請你去。」

她的話中有疑問，但亦無暇多說；抬眼望時，十步之外，有個紅衣少婦含笑凝睇，陳鑾身不由主地跟著走了。

「物歸原主。」陳鑾站在紅衣女子面前，將金釵送了過去。

她卻不接，只問：「相公尊姓？」

「陳。」

「陳相公請裡面坐。」接著吩咐那小姑娘：「阿青，預備好茶。」說完，她回身先走，陳鑾自然而然地了進去。

這是一個河房，中間一個大廳，兩旁有好幾個房間，不時有濃妝豔抹的女人進出，帷簾深垂之中，偶爾也傳出來男子的笑語聲。陳鑾知道是到了甚麼地方，不想多作逗留，所以並不落座，只將金釵放在桌上，便待離去。

「我叫小紅。」紅衣女子落落大方地自述姓名，「陳相公，你請坐，我有話說。」

倒要聽聽她有何話說？陳鑾坐了下來，隨即便有人擺上來四個高腳銀果盤；小青捧來茶盤，上有一把青花瓷茶壺，兩隻青花瓷杯，卻不是一般門戶人家待客的蓋碗茶。

「這不算你打茶圍。我這茶是六安瓜片，不壞，你請嘗嘗。」說著，小紅親自斟了茶，捧到他手上。

「多謝，多謝。」

「聽陳相公的口音是湖北人？」

「是的。我是湖北江夏。」

「陳相公住在南京？」

「不！」陳鑾不假思索地答說，「我最近才來。」

「是投親，還是訪友。」小紅問說：「遇見了沒有？」

這話立刻使陳鑾想到，自己必是一副落魄的形象，以致小紅猜想他是投親訪友不遇；當下答說：

「我既非投親，亦非訪友，只是路過南京，想逛一逛而已。」

小紅微微一笑，然後問說：「逛夠了沒有？」

「唔，嗯，嗯。」陳鑾含含糊糊地敷衍著。

「如果逛夠了，何不早回江夏？十一月了，看你衣衫單薄，倘或凍出病來，沒有人照料。家鄉老親盼你不到，亦會擔心著急。陳相公，你倒想呢！」

陳鑾不由得想到倚閭的老母，熱淚盈眶，但強忍著答說：「多謝你關心，我也快回去了。」

「陳相公目前耽擱在哪裡？」小紅又說：「想來是狀元境的客棧？」

「是。」

「哪一家？」小紅緊接著說：「我有一封信，想趁陳相公的便帶到江夏。」

「這——」陳鑾遲疑了一會才說，「好，把信交給我。」

「信還沒有寫呢！還有一點針線，都等今天晚上收拾好了，明天送到陳相公的客棧來。」然後又問：

「哪一家？」

陳鑾無奈，只得答說：「長發客棧。」

「是了。明天上午請陳相公不要出去，我還有幾句話，要請陳相公帶去。」

陳鑾答應著告辭而去。第二天上午，陳鑾坐在屋子裡，聽得店夥在說：「喏，就是這裡。」接著門被推開，門口出現了小紅與阿青的影子。

「請坐，請坐！」陳鑾高聲喊道：「夥計，請你泡壺茶來。」

「你別張羅！」小紅回身吩咐阿青：「你在外面等我。」

她進房來，徐徐解開包在頭上的春絹，同時環視著打量了一番，方始在窗前坐了下來。

「陳相公，雖然萍水相逢，也是前世的緣分；陳相公，恕我冒昧，我看你是要流落在南京了，到底有甚麼不得意的事，何妨跟我說一說。」

陳鑾支支吾吾地無以為答，最後才說了句：「一言難盡，我亦羞於啟齒。」

小紅歎口氣，「你不肯說，我亦不便勉強。」她說，「陳相公，我從小生長在秦淮河，甚麼樣的人都見過，昨天我看你來來回回在釣魚巷走了三趟，心事重重，都擺在臉上，不過，我看你絕不是沒出息的人。那支金釵，是我故意叫小青丟在那裡試你的，如果你撿到了藏起來，我算是送了你幾兩銀子，做了一樁好事；不過我想你不會，果然，你是誠實不欺的君子人，越發使得我想幫你一個忙。如今我也不來問你的來蹤去跡了，我有十兩金葉子，送你做個回江夏的盤纏——我想我沒有猜錯，你大概連回家鄉的盤纏都沒有；剛才我問櫃上，你只付了兩天的房飯錢，可見——」小紅沒有再說下去。

陳鑾做夢也沒有想到，竟有這樣的奇遇；楞了好一回，終於說了：「窮途落魄，蒙你援手，此恩此德，沒齒難忘。既承你看得起我，說我不是沒有出息的人，我想我將來總有報答你的一天。至於這回到南京來，實在是比投親不遇，還要令人難堪。」

接著，他將查家悔婚，以及來索庚帖的事，細說了一遍；小紅問道：「那位查小姐是怎麼個態度呢？」

「我沒有問，也無處去問。我想她大概不知道有這麼回事。」

「陳相公，你做錯了。」小紅說道：「你該學《珍珠塔》裡的方卿，先想法子跟查小姐見個面。」

《珍珠塔》是蘇州最近興起來的一部彈詞，方卿與表姊陳翠娥自幼訂婚，後來方卿家道中落，陳翠娥之母，亦就是方卿的姑母勢利悔婚；陳翠娥經由侍兒安排，與方卿見了面，贈以珍珠塔及川資，供其上京赴考的故事。陳鑾不知道這部彈詞的內容，但料知與自己當前的遭遇有關，想想「休回母家」那四個字，似乎說得過分了些。

「事已過去，徒悔無益，不必談她吧。」陳鑾一面說，一面從腰際解下一個古色斑斕的玉佩，遞了過去，同時改了個親而又尊的稱呼：「小紅姊姊，聊表寸心。」

這是沿用「漢皋解佩」的故事，表示定情，小紅雖不知道這個典故，但民間唱本上的所謂「私情表記」是懂的，但裝作不解，看了他一眼，默默地收下了。

「啊，」小紅突然想起，「談了半天，陳相公，我還不知道你的台甫呢！」

「喔，我寫給你。」陳鑾臨時寫了一份名帖，名字以外，還有江夏老家的地址。

「陳相公，你結清店帳，早早動身！老太太在盼望。」

「是。我明天就走。小紅姊姊，我就此刻向你辭行了。」說罷，陳鑾長揖到地。

「不敢當，不敢當。」小紅從從容容地還了禮，大大方方地扶著阿青的肩走了。

會試考官稱為「總裁」，自乾隆中葉開始，定為一正三副。這年——嘉慶十六年的正總裁是外號「董太師」的大學士董誥；三位副總裁為首的是戶部尚書曹振鏞。

首場四書及試帖詩，次場五經，第三場策問，陳鑾自覺場中文字都很過得去；將「闈墨」給旁人看，亦都許以必中，但榜發卻名落孫山了。

落選的卷子，照例可以領回。陳鑾領回落卷一看，房考在上面寫了兩句詩：「人去紫台秋入塞，兵殘楚帳夜聞歌。」這是李義山的一首名為〈淚〉的七律中的一聯；他這首詩為送當時賢相李德裕貶逐海南島而作，通首八句，句句寫淚，而皆有典故。房考用此兩語示意，痛惜之情如見，陳鑾為報知遇，仍舊備了門生帖子及八兩銀子的贄敬去謁見。

那位房考姓許，杭州人，是位有名的翰林；收了帖子，退還贄敬，當然也接見了，不過不肯接受謁師的大禮，只以平禮相見。

「老弟，」許翰林說，「我那兩句詩，引喻失當，你絕不會像出塞的昭君，一去不返；也絕不會像四面楚歌的西楚霸王，一敗塗地；老弟還年輕得很，大器晚成，千萬別因此而氣餒。」接著，談他薦而不中的經過。

會試跟鄉試一樣，第一場考四書及試帖詩，第二場考經文，第三場考策問。照定制，試帖詩及策問均須低二格書寫，以便引用欽定書目、御製詩文及上諭時，有「抬頭」的餘地；「抬頭」又分「單抬」、「雙抬」兩種，單抬低一格書寫，即較正文高一格，雙抬更頂格了，應該單抬用了雙抬，猶可通融，應雙抬而單抬者，便是「違式」，墨卷由受卷所送謄錄、對讀而查到的，立即登榜除名，此榜稱為「藍榜」，貼出藍榜的卷子，根本就到不了房考那裡。

陳鑾第三場策問的卷子，便是違式了。其中「天子」二子雖為泛稱，亦可專指，而在此處依文氣而論，顯然是專指當今皇帝，應用雙抬，而陳鑾用了單抬。許翰林憐才心切，心想，此卷居然能逃過受卷、謄錄、對讀三道關口，而成漏網之魚，其中大有天意，這條「魚」必是「禹門三級浪、平地一聲雷」，跳龍門的鯉魚。

這樣想著，好好地想了一會，便提筆寫了「薦條」，盛讚策文見解高超，言之有物，希望在總裁那裡，也能過關；萬一來問，再為此卷求情。

很快地，副總裁曹振鏞著人來說了，「此卷違式，」他問，「老兄莫非沒有看出來？」

「卑職看出來了。此卷寫作俱佳，大人為國求賢，請格外成全。」

「怎麼成全法？」

「譬如——，」許翰林看曹振鏞是明知故問，只好說老實話，「『天子』上面加個『聖』字就行了。」

這一來便成「聖天子」，聖字須頂格書寫，頂格便成雙抬。但這個「聖」字必須總裁才能加，因為無論鄉會試、闈中都用五色筆來區分，謄錄用硃筆；對讀用黃筆；監臨等闈官用紫筆，房考用藍筆，皆嚴禁換墨入闈，惟有主考官與舉子一樣用墨筆，若肯成全，只須調出墨卷，在「天子」上加一「聖」字，再命謄錄用硃筆補正，自然天衣無縫，即令硃墨卷解至禮部，由欽命官員「磨勘」，亦無瑕可擊。

但曹振鏞服官的心訣是小心謹慎四字，當下將腦袋搖得博浪鼓似地，用道學家的口吻答說：「赤心事上，不欺暗室，這種犯法的事，兄弟不能做。」

就這樣，陳鑾的卷子被刷了下來，許翰林一再安慰陳鑾，說科名有遲速不足縈懷；並勸陳鑾在京讀書，以俟下科。又問陳鑾是否願意在京「就館」，他可以相機推薦。

機緣湊巧，恰好百齡出任兩江總督。督撫的領袖雖推直隸總督，但真正當得起「雄藩」之稱的，只有兩江與兩廣；東南人文薈萃之地，開府兩江，更是非同小可，而幕府風流，不同凡響，所延攬的都是第一流人才。許翰林與百齡至好，特為推薦陳鑾，接談之下，賓主情投意合，百齡隨即以一封措詞非常客氣的信代替「關書」，致送白銀五百兩作為川資，同時派了一名由廣州帶來，還要帶到南京的「戈什哈」到他下榻的湖廣會館，聽候差遣。

陳鑾沒有想到有此際遇。定下心來，寫了兩封信，一封寄回江夏老家，一封寄給南京釣魚巷鮑家河房留香樓的小紅。

這是陳鑾寄給小紅的第二封信，第一封是落第之日所寫，引用了前人的兩句詩：「也應有淚流知己，只覺無顏對俗人」，又說他的行止，尚未決定，或則回江夏，或則留京讀書，但不論如何，短期內不可能到南京。信中又隱隱約約地表示，青春難再，勸小紅擇人而事，不過這層意思，說得極其隱晦，因為他內心實在很矛盾，一方面為自己設想，一方面又為小紅設想，縱有慧劍，難割那縷情絲。

如今天從人願，竟能重返白下，雖非金馬玉堂中的人物，但為諸侯的上客。原來明清以來的遊幕，為懷才不遇的讀書人的末路，但自州縣開始，學錢穀的到藩司衙門，學刑名的到臬司衙門，都算到頭了。

但在督撫幕中就不同了，前者稱為「幕友」，而在督撫幕中稱為「幕府」，真材實學，各有過人的專長，極受主人的尊敬，講話自然亦非常有力量；所以陳鑾給小紅的這封信，躊躇滿志，而且毫不掩飾自己的情感，透露了永結同心的意願。

但信去竟如石沉大海，也不知她接到了信沒有？而且聽來自南京的人談起，似乎小紅已經從良了，這就越發使陳鑾惶惑了，巴不得早早到了南京，一探究竟。

小紅確是從良了，不過不是嫁為良人之婦，而是脫籍認了一位義父，正就是那悔婚的查鹽商。

善於經商莫過於徽州人，能吃苦耐勞、任重致遠，有「駱駝」的雅號。「徽駱駝」在兩大行業中稱霸，一項是典當，一項是鹽業。典當分布海內各地，鹽業則集中在揚州——北方的鹽雖出產於滄州的長蘆鎮，但集散地則為天津，不過天津的鹽商，在規模上不能跟揚州鹽商比。

揚州鹽商的領袖，共有八家，稱為八大「總商」，總商為同業與官府之間的媒介，也是繳納稅課、承辦「皇差」、應酬各方，以及其他需跟官府打交道的事項，都少不得有總商插手，「公費」按運銷鹽斤的數量抽取，是一筆可觀的巨數，總商皆可分潤，所以起居服御，豪侈猶勝王侯。

查鹽商雖住南京，亦受揚州總商的約束，但因地處江南，不常聯絡，以致易受排擠，一切徵派，總要比揚州當地的鹽商多出些，這種情形，愈演愈烈，查鹽商那口氣亦越來越難忍了。

因此，他興起一個在官府中尋座靠山的念頭。這時便有人獻議，說湖北的陳孝廉，會試雖不得意，但確有真才實學，已為百制台延攬入幕。如能重修舊好，有個快婿在總督衙門，講得動話，誰還敢欺上門來？

查鹽商聽了這裡，怦然心動，但想起女兒的態度，不免憂慮，原來當時查小姐看到陳鑾在庚帖上所批的「休回母家」四字，認為奇恥大辱，整整哭了一天一夜，表示從此不嫁，將以丫角終老。不知此番能不能勸得她回心轉意？

所慮不差，查小姐果然一口回絕，說這一來變成自輕自賤，更讓人看不起。反復勸譬，只是不允，到後來竟要剪掉頭髮，長齋繡佛了。

查鹽商無奈，只得罷手，但能使陳鑾消釋前嫌，恢復舊交，確是一個極好的主意，此路不通，看看還有別的辦法沒有？於是，他手下就是跟陳鑾打過交道的那管事，靈機一動開口了。

「東翁，」管事先自責，「當初這件事要怪我沒有辦好，第一，對陳孝廉的話，說得不夠婉轉；第二，我不該將那份庚帖拿出來，只說陳孝廉已經當著我的面銷毀掉好了，小姐不知道有批的那句話，不會生那麼大的氣，就不至於會有今天的僵局。我真『不會管事』。」

原來這位管事姓魏，人極幹練，因而有人說他不愧其姓，是名副其實的「會管事」。如今他說「不會管事」是自責之語。

查鹽商安慰他說：「這不是你的過失，你不必擺在心上；出錯是我的一念之誤。」

「事情確是做錯了，幸好，還有彌補之道。東翁，這件事你交給我來辦如何？」

「好，好！不過我要請問，是怎麼一個辦法？」

「我從陳孝廉的一位風塵知己身上下手。」魏管事說：「陳孝廉的這位風塵知己，也算是有名的校書，名叫小紅；陳孝廉進京會試的盤纏，就是她送的。」

「呃，這倒真是風塵知己了。想來必有嫁娶之約？」

「想來應該如此。」魏管事說：「東翁給小紅脫了籍，促成她跟陳孝廉的好事，豈不大妙！」

「確是妙！」查鹽商問：「老兄是怎麼知道的。」

「我聽小紅的丫頭所說；去過釣魚巷鮑家河房的人，大都知道這回事。」

「既有這樣的機會，絕不能錯過。這件事就請老兄去料理；為小紅脫籍，要花多少銀子，我會關照帳房，如數照付。」

於是魏管事興匆匆地到了鮑家河房，先到他的相好湘琴落座，一開口就說：「我要到小紅那裡開個盤子，你叫人看看她屋子裡有客人沒有？」緊接著聲明，「你別吃醋，我是受人之託，要私下跟她打聽一件事。」

「既然如此，你也不必再破費了，我把她請了下來，我再避開，你們兩個人就在我這裡談好了。」

當下小紅請了來，招呼過後，小紅問道：「湘琴說魏二爺有事要問我。」

「是的。我要跟你打聽一個人，湖北江夏的陳孝廉，你很熟吧？」

「我不熟。」

「喔，我說錯了，不是很熟，是很知己，對不對？」

小紅不即回答，想了一會才開口：「魏二爺你打聽他是為甚麼？」

「是有人託我打聽。此事跟陳孝廉極有關係，請你有甚麼說甚麼，免得耽誤了他的事。」

小紅沉吟了一會，方始重重地點一點頭，神態顯得很誠懇，大概是想到了這件事跟陳鑾有利害關係之故。

「聽說你送了陳孝廉一筆盤纏？」魏管事問：「有這回事沒有？」

「這算不了甚麼。」

「陳孝廉進京以後，有沒有信給你？」

「有一封。」

「信上怎麼說？」

「他，他這回不得意，打算待在京城裡用功，下回再考。」

「他沒有說要來看你？」

「沒有。」

「跟你有沒有嫁娶之約？」

「一共才見過兩面，哪裡就談得到此？」小紅有些疑心了，「魏二爺，你不是要問陳相公的事，怎麼老往我身上扯？」

「問你就是問陳孝廉。小紅，我告訴你，他快到南京來了。」

「他到南京來幹甚麼？」

「當新任兩江總督百大人的幕府，闊得很呢！」

小紅有些將信將疑，「魏二爺，」她問：「你怎麼知道的？」

「我的消息很靈，絕不會錯。小紅，現在談到要緊地方了，你們雖沒有嫁娶之約，可是心心相印，不必一定要說出來，陳孝廉感恩知己，得意了首先就會想到你；你的意思怎麼樣呢？」

「甚麼意思怎麼樣？我不懂。」

「那我就說明白一點兒，他要娶你，你肯不肯嫁他？」

「這——，」小紅搖搖頭，「很難。」

「怎麼呢？」魏管事問：「你養母不放你？」

「我的養母去世了，我也沒有甚麼虧空，沒有人能管我。」

「然則難在何處呢？你說出來，我一定替你想辦法。」

「咦，魏二爺，」小紅有些詫異，「你為甚麼這麼熱心？」

「其中別有緣故，現在不談，不久你就會知道。反正，你看得出來，我絕不是惡意。」

「這我知道。我想想，該怎麼說？」小紅想了一下說，「我配不上他。」

「陳孝廉我也見過，郎才女貌，再匹配不過。」

「是說身分。魏二爺，我老實說吧，從良的念頭，是早就有了，不過我絕不做小。陳相公將來一定要得意的，姓查的親事不成，另外總有名門閨秀來相配，哪裡有我的份兒？」

聽得這話，魏管事倒抽一口冷氣，原來小紅要做陳鑾的正室！良賤不相匹敵，陳鑾做了官，與小紅做了結髮夫妻，不但有玷官常，會遭言官參劾；只怕宗族師友之間，亦很難取得諒解。

看他楞在那裡，好半晌作聲不得，小紅不免歉然，「魏二爺，」她說，「多謝你的一番好意，我感激得很；這件事勉強不來，你就不必再提它了。」

「小紅，你很有志氣，我亦不便勸你委屈，不過，我在想，只要陳孝廉願意明媒正娶，總還有辦法可想。」

「甚麼辦法？」

「現在還不便明告，因為中間還牽涉到另一個很有關係的人。」魏管事略停一下又說：「我現在要問你一句話，這件事我有把握辦成，不過你要照我的話去做，你肯不肯？」

看他的神態很認真，小紅自然也要慎重考慮，「魏二爺，」她說，「你能不能舉個例，譬如要我怎樣照你的話去做？」

「譬如，陳孝廉到南京來了，你能不能暫時躲起來，躲在哪裡也別告訴人，等他來了撲個空，再出面來談，一切就都好辦了。」

「這，我可以照辦。」小紅又說：「我想這兩天他會有第二封信寄來。」

「對，他一定會有第二封信；那時候，你要通知我。」

「魏二爺，我怎麼通知你？府上住哪裡，我都不知道。湘琴知道嗎？」

魏管事不答她的話，想了一下問說：「小紅，你知道我是誰？」

「你是誰？只知道你做的買賣很大。」

「買賣倒是很大，不過不是我的，我只是替人家幫忙，我的東家姓查；陳孝廉退婚的庚帖，就是我經的手。」

「啊，」小紅面現驚異，「這麼說起來，你來打聽陳相公跟我的事，莫非就是你東家交代的？」

「正是。我那東家因為退婚的事，一直對陳孝廉抱歉，如今有機會能替陳孝廉效勞，非常高興。現在閒話少說，小紅，這幾天陳孝廉一定會有第二封信來，接到了信你先收著，我隔一天會來一趟，不來也會叫我的小廝來聽消息，一切都等我看了信再作道理。小紅，這一點關乎你的終身大事，你一定要聽我的話。」

此刻小紅對魏管事已無任何疑慮，當下很堅定地作了承諾：「魏二爺，如果陳相公真有信來，我不作聲，等你看過再說。」

見了查鹽商細說經過，魏管事直截了當地建議：替小紅脫籍，收為義女，將她的出身，化賤為良，才能讓陳鑾明媒正娶。

「讓陳芝楣再做我的女婿，這件事倒也有趣。不過，我想，小紅一定願意，陳芝楣可就難說了。」

「說得是。」魏管事答說：「我這個主意，不跟小紅說破，正就是要先問問陳孝廉的意思。這回要謀定後動，再不能魯莽了。」

查鹽商想了一會問道：「你看，這個辦法，要不要告訴小女？」

魏管事也想到過這一層，女人善妒，而妒心之生，其因不一，本來棄之不以為惜的，倘或別人爭取，忽又不肯捨棄，亦是常有的事；查小姐說不定因為有小紅跟她爭陳鑾，翻然變計，願意嫁到陳家，到那時候又將如何？

他在想，那時候又要看陳鑾的意思了，陳鑾若願意娶查小姐，小紅成為陳鑾正室的願望，便落空了。所以為求順利，最好不必跟查小姐談；但是他不能說，否則會落個離間人家骨肉的罵名。

魏管事不置可否地說：「請東翁自己斟酌。」

「我要告訴小女。」查鹽商說：「我的癡心妄想是，陳芝楣既是我的真女婿又是我的義女婿。」

魏管事愕然，「東家！」他忍不住率直相問：「你老這話怎麼說？」

「陳芝楣是三房合一子，他本人屬於二房，兼祧大房跟三房，可以娶三房妻室，所以我仍舊可以收小紅作義女，與小女同配一夫。」

「這不就是娥皇女英的故事了？」魏管事笑道：「東翁想得倒美，只不知令媛跟小紅是不是願意？」

「我們分頭辦事，如果小女能回心轉意，我們各勸一頭，小紅那裡你去作說客。」

到了第三天，陳鑾的第二封信到了，魏管事看完以後說：「小紅，陳孝廉到了南京，一定會來看你，論到嫁娶，如果你說不願屈居小星，他為了感恩圖報，也願意明媒正娶，可是這不是兩廂情願的事，門不當、戶不對，你會妨礙他的前程，怎麼辦？」

聽這一說，小紅楞住了，「魏二爺，」她說，「原就要仰仗你的大力，想來你早就有了主意了，你怎麼說，我怎麼做就是。」

「對了！我想好一個主意，先要認一位乾爹，甚至於還要改姓，才能化賤為良。本來照大清律，申請改籍要經四世，差不多一百年才能真的成為良民，不過婚姻上沒有那麼嚴，搬出釣魚巷，也不必跟現在的這班姊妹來往，沒有人知道你的底細就行了。」

「是。」小紅問說：「魏二爺，我就拜你作乾爹好了。」

「我是沒有那麼大福氣！」魏管事就亂搖著手說，「我已經替你找好一位了。」

「誰？」

「就是我們東家。」

小紅大出意外，定神想了一會問：「那位查小姐呢？」

「查小姐對陳孝廉批了『休回母家』四個字，認為是奇恥大辱，絕不肯再嫁到陳家，她父親不死心，還在相勸，如果勸得她回心轉意了，二女共事一夫，因為陳孝廉兼祧三房，查小姐是大房的媳婦，你就是二房的少奶奶，總之，在娘家是姊妹，在夫家就是妯娌。這樣的安排，你願意不願意？」

小紅想了半天說：「我也說不出不願意的話，免得人家批評我太霸道。」

「好！」魏管事又問：「小紅，你有多少虧空？」

「我沒有甚麼虧空。這方面就不必費心了。」

話雖如此，查鹽商不能沒有表示。由於查小姐的心意毫無改變，亦不願認小紅為姊妹，所以小紅認了義父以後，不宜搬入查家；好得查鹽商在南京的田產很多，便撥了一座相當精緻的房屋，重新裝修，並購置了家具，供小紅居住，還邀宴了至親好友，讓小紅見了禮，正式成為查小姐，並且是查大小姐，因為她比查鹽商親生的女兒大一歲。

這麼一折騰，又到了桂子飄香的季節，陳鑾隨著百齡，循陸路南下，渡長江到了南京，下榻在總督署西花園，部署粗定，要辦的第一件大事，便是到釣魚巷去訪小紅。

無論幕友還是幕府，在體制身分上與居停是相等的，州縣的幕友甚至稱呼亦相同，只是上加一個「師」字。

州縣官通稱「大老爺」，幕友便是「師大老爺」。因此，只要陳鑾願意，他出外拜客，可以借用總督的儀仗，但「頂馬」前導；「跟馬」後護，坐著綠呢大轎到風月薈萃之地的釣魚巷，不但有失體統，而且像「花間喝道」那樣，是件殺風景的事，所以陳鑾只帶一名聽差，騎著馬悄悄尋到鮑家河房，下馬問訊。

「是哪位找小紅？」來應接的是湘琴。

「我姓陳，你是？」

「原來是陳相公，我叫湘琴。小紅如今是良家婦女了，自然不會再住在這裡——」

「怎麼？」陳鑾大驚失色，「她從良了，是甚麼時候的事？」

湘琴嫣然一笑，「陳相公你別著急！小紅從良，並非嫁人，是認了一位乾爹。」她問：「陳相公公館打在哪裡？」

「我住在總督衙門西花園。」

「住在那麼大的衙門裡，去看你可不大容易。」

「不要緊。」陳鑾插嘴說道：「她住在哪裡？我去看她好了。」

「她住在哪裡，我也不知道。」湘琴想了想說，「這樣吧！就明天這個時候，勞駕陳相公再來一趟，好不好？」

「怎麼不好？我明天再來好了。」

第二天仍舊是那個時間，陳鑾到了鮑家河房，湘琴將他迎入客座，看到一個中年人，非常面善，但想不起是在何處見過。

「芝楣先生，只怕不認識我了吧？敝姓魏，敝東就是令岳。」

陳鑾這才想了起來，只不明白他何以在此？是巧遇，還是專程在等候，一時無法知曉，只能含含糊糊地招呼：「久違、久違！」

「陳相公，」湘琴開口了，「小紅的事，你都問這位魏二爺好了。」

陳鑾這才明白，魏管事是專程等他，當下拱拱手說聲：「請坐。」看他說些甚麼？

「芝楣先生，你寫給小紅姑娘的兩封信，她都給我看了，她有不能跟你相見的苦衷。」

「喔，是何苦衷？」

「見了面，你們總要論嫁娶是不是？」

「是的。」陳鑾率直答說。

「苦衷就在這裡，她不肯屈居為小星，而芝楣先生呢，飛黃騰達，是看得見的事，不見得肯娶一個門戶中人做正室。事在兩難，不如不見，倒免了些煩惱。」

原來小紅不肯作偏房，這在陳鑾多少有意外之感，想一想問說：「她人在哪裡，我想跟她當面談一談。」

「芝楣先生想跟她談些甚麼？」

「這不勞足下關懷。」陳鑾有些不悅：「是我跟她之間的事。」

「芝楣先生，你別誤會，」魏管事急忙分辯，「我是一片婆心，想促成你們的姻緣；不過總要你把心裡的打算告訴我，才好替你劃策。」

看他態度懇切，陳鑾亦願以誠相待，但交淺言深，當引以為戒，想了一會說：「小紅的事，我稟告過家母，已蒙允許；但明媒正娶，則以寒家是大族，還待從長計議。我的意思想分兩個步驟來辦。」

「是怎樣的兩個步驟？」

「先迎娶過門，等兩三年以後，再設法扶正。」

「這是說，眼前還不能讓小紅姑娘著紅裙、坐花轎？」

陳鑾很吃力地笑說：「只有暫時委屈她。」

「到底是委屈了她，還是芝楣先生你覺得委屈了自己？」

「魏先生，你的話費解。」

「我是說，你是不是覺得跟小紅姑娘做了結髮夫妻，對自己是太委屈了？」

「不、不，我並無此意。」陳鑾很明白地說：「只為彼此的身分不同，不為宗族所認可，只有請她暫時委屈，徐圖良策。」

「這就是說，只要小紅姑娘不再身隸樂籍，化賤為良，就能為貴族的長老所認可？」

「是的。」

「既然如此，好教芝楣先生得知，小紅姑娘已是良家之女了。」

「喔，剛才聽那位湘琴姑娘說，小紅認了一位乾爹，這就是化賤為良的由來麼？」

「不錯。」

「他那位乾爹，是何姓名，作何生理，魏先生可能見告？」

「當然要一一奉告。不過我先要請問芝楣先生，將來如何對待小紅姑娘的乾爹？」

這話讓陳鑾難以置答，因為義父女之間情分不同，有的恩重如山，有的不過叫著好玩，不能一概而論，想了一下答說：「我要看小紅的意思，小紅要我怎麼樣，我就怎麼樣？」

「那是以後的事。眼前，芝楣先生就要有所表示，因為小紅姑娘過從了她乾爹的姓，相視如親生父女，芝楣先生明媒正娶，在小紅姑娘須有父母之命，私訂終身，還不能算數。」

「喔！」陳鑾心想，看樣子登門求婚，還須大禮拜見；為了小紅，這也說不得了，「既然他們相視如親生父女，義父亦父，我以見岳父之禮見他好了。」

「這可是芝楣先生自己說的，不會改口吧？」

陳鑾方寸之間，陡生疑雲，怕是自己中了甚麼圈套，當下臉色凝重地說：「魏先生言語閃爍，莫測高深，一切都請明白見示，我陳鑾自會衡情度理，正道而行；否則我們就談不下去了。」

「惶恐！惶恐！只為前次我替敝東辦事，過於輕率，以致你們至親失和，所以這一回不能不格外謹慎。幸好，失之東隅，還能收之桑榆，敝東亦得以彌補前憾，實在是快心之事。」接著，將事件始末經過，原原本本都告訴了東鑾。

這一來自是皆大歡喜，只有查小姐苦在心裡，但亦是無可奈何之事。對陳鑾來說，最妙的是仍舊做了查家的女婿，家鄉宗親都知道他從小聘了查氏為室，沒有人想到會有此換巢鸞鳳的巧妙姻緣，倒省了許多閒言閒語的口舌。

在南京兩年，又逢會試之期，這回是陳鑾為報答百齡，自願放棄；因為接下來嘉慶廿二年正科，廿四年皇帝六旬萬壽恩科，有兩次機會，不妨從容。不道嘉慶二十年百齡在任上病歿，陳鑾攜眷回里，靜心讀書，至將赴恩科春闈時，老母病故，在家守制，連續錯過了兩科，直到嘉慶二十五年方成進士，一鳴驚人，中了探花。這一榜的狀元是大清朝的第三個「三元」，廣西臨桂的陳繼昌，榜眼是杭州許乃普，恰是他的恩師許翰林五服之內的堂兄弟。

聽完陳鑾細談了妻子的來歷，賀長齡笑道：「當今有三位誥命，一位已是夫人，可惜命薄，不能生享榮華富貴；另外兩位，將來一定是一品夫人，而且福澤必厚。這三位誥命，行誼不凡，都是可入『列女傳』的。」

「哪三位？」陳鑾問說。

「已去世的那位一品夫人是羅軍門羅思舉的髮妻；現在的兩位，一位是陶中丞的夫人，再一位就是令正了。」

接著，賀長齡便談了陶澍的那位碧蓮夫人的故事；在屏風後面悄悄靜聽的小紅，大為驚異，而且認為碧蓮比自己高明，真正是慧眼識英雄，自己不過當初一點不忍之心，種了善因而已。

因此，到晚上陳鑾回入上房時，小紅便說要到蘇州去拜見陶中丞夫人；「這容易，不過，你先得幫我把公事料理停當。」陳鑾問說：「你如果不能把郁宜稼請了來，對賀耦耕不好交代。」

小紅表示有百分之百的把握。當初查鹽商為義女出閣辦喜酒時，小紅在勾欄中的姊妹，只邀了兩位，一個是湘琴，再一個便是以後為郁宜稼量珠聘去的妙師；她在鬱家不但得寵，而且當家，郁宜稼對她言聽計從，不但家務，「公事」亦是如此。

「那你明天一早就到上海去吧！」陳鑾答說：「反正為海運的事，我是少不得要到蘇州去見陶中丞，到時候我帶了你去就是。」

果然，小紅第二天到了上海；郁宜稼第三天就到了松江，他已知道賀長齡的來意，所以見面以後，很快地便談入正題；使得郁宜稼驚歎之聲不絕的是，賀長齡對海運的源流，竟比他這個親自涉歷風濤，南北走過十幾趟的業中人還清楚。

「我也是拾人牙慧。」賀長齡答說，「我有個同鄉叫魏源，字默深，於書無所不讀，熟於朝章國故，除了我們中國的海運以外，西洋五大洲的海道，亦很熟悉，那才是了不起的學問。」

「太好了！這位默深先生，我真想見一見。」

由於彼此投緣，而且說的是都是內行話，所以談得非常順利，預計蘇州、松江、常州、鎮江四府及太倉一州的漕糧，約計一百五、六十萬石，全數海運。沙船每條約可載米一千石，總計需船一千五百條，但郁宜稼及他同行的沙船，總數亦只有一千條，需要另行設法。

「這一千條船，一時之間亦不能完全調齊；所以要去兩趟。」

「每一趟半個月，應該夠了吧？」

「夠了。」

「漕米只運到天津，卸到岸上，另外運到通州入倉；這時候沙船能不能回上海？」

「回上海是『回空』，水腳太貴了。」郁宜稼說：「到天津拿漕糧卸下來，隨即轉往旅順，運北貨回南。要這樣，公家出的運價才可以減少。」

「那一來要多少辰光？」

「這要看天津卸運是不是順利？如果順利，連頭帶尾有四十天就可以來回了。」

「好在時間有敷餘，准定走兩趟好了。」

「海運來回的方向不同，去時由東南往西北，回程則相反，初夏多東南風，不利回程。」陳鑾問說：「如果風向不利，耽誤了第二趟裝運，如之奈何？」

「這當然在事先要考慮到，不過逆風逆水，船隻是走得慢一點，不是不能走。到時候只有見風使帆，格外用心用力而已。」

「風險呢？」陳鑾又質疑，「我看過《元史・食貨志》，自元世祖用丞相伯顏之策，創行海運以後，『風濤不測，糧船漂溺者，無歲無之，間亦有船壞而棄其米者』；因此，我覺得英相國原奏中所說：『航東吳至遼海者，往來無異內地』，我倒要請教郁老兄，沙船往來，真的沒有風險嗎？」

「風險怎麼會沒有？」郁宜稼答說：「不過風險二字，要看怎麼講，同樣出事，在甲是風險，在乙就可能不是，未可一概而論。」

「老兄倒舉個列看。」

「譬如洋面上遇盜，在商人是風險，在公家就不是，因為公家有水師保護。」郁宜稼又說：「商人遇盜，又分兩種，有的有風險，有的沒有。」

「這又是甚麼道理呢？」

郁宜稼笑一笑，似乎不願意往下說，但禁不住兩雙眼睛的催促，終於還是說了，「這就好比陸路上的鏢行一樣，有的鏢行，手面闊，吃得開，三山五嶽的英雄好漢，都拉得上交情，丟了鏢，憑一份名帖就可以把鏢要回來，有的就不行。」他停了一下又說：「找鏢行找對了，風險就小。商人運南北貨也一樣，找沙船找對了，這方面幾無風險可言；當然費用也不一樣。」

陳鑾與賀長齡都聽懂了，原來沙船幫如能跟海盜聲氣相通，即不至於遇劫；但海盜亦恃沙船幫為耳目，打探消息。看來要剿辦海盜，先得留意沙船幫與海盜有無勾結。

「遇盜可說是人禍，風濤之險的天災，遇到了結果應該是一樣的，此中莫非亦有趨避之道？」

「這要看管舵跟水手是不是得力？至於減少損失，全在未雨綢繆，拿沙船幫來說，貨色由貨主自己負責，我們損失的只是沉掉的船，不過船從下水以後，每次水腳都要提出多少攢起來，作為汰舊換新之用，加以同行幫襯，打造新船並非難事，所以風險不大。至於貨主，亦有彌補之道，譬如一船北貨沉掉了，來源不繼，行情一定調高，存貨賣得起價錢，就貼還了一部分損失。現在外國通行一種保險的辦法，有了損失，由保險行估價照賠，更無風險之可言，不比公家的——」

郁宜稼突然停了下來，臉上的神情，相當複雜，有些憂慮的模樣，實在想不透他何以忽有這樣的表情？

經過短暫卻不易忍受的沉默，郁宜稼方又開口，他用低沉的聲音說道：「不瞞兩公說，我此刻心裡很害怕。漕糧海運，不遇險則已，一遇險，損失必重，裝一千石米的船沉掉了，損失就是一千石米、一條船；就算我的船不要公家賠，死掉的水手總要撫卹吧？這些朝廷不能不管，算起帳來，誰經手這件事誰倒楣？我害怕的是，萬一出事，兩公遭的禍不輕！」

這完全是熱愛朋友的一片赤忱，賀長齡與陳鑾都非常感動，「老哥如此關愛，感激不盡！」賀長齡拱手為禮，「不過，這一回事成定局，不容退縮，只有盡人事而聽天命了。」

由於在上者實事求是，在下者自然不敢苟且敷衍，所以漕糧海運一事，進行得相當順利；但由於郁宜稼的忠告，陶澍僚屬，都勸他見好就收，可一而不可再，因此，當第一批漕糧在上海受兌裝船，由太倉的瀏河出海後，陶澍隨即有一道奏摺，陳述海運共有六大難處，首言雇沙船之難：「海運創始，人情觀望，商船既虞壓雇，復懼難交，以致畏縮避匿。」

第二條是說管理不易，河運沿途照料起卸漕糧的兵弁丁夫有數千人之多，尚不免失火落水等等事故，現在初行海運，章程亦都是新定，與實際情形是否相合，尚不可知，承運的「委員」再能幹，亦難保沒有疏失。

接下來兩條，是談各處運米至上海交兌時的種種困難，一是同時雇用船隻、不敷應付，這樣交米的時期，就會參差不齊，「既恐停船待米，又恐米到船稀」，總之船與米無法剛好配合，這一來就會耽誤風信。第五條是講海運的費用，並無成例可循，爭多論少，調停不易，最後才談到天時，「商船赴津，風利東南，回帆又宜西北」，如果第一趟風勢不順，就會影響第二趟運輸。

話雖如此，這六大難處一項亦不曾發現，天時、地利、人和無一不盡其妙。船到天津，由特派的理藩院尚書穆彰阿主持起卸盤駁，經過兩百多里的河運，全數運抵通州入倉，檢驗米色，潔淨遠過河運。費用且比河運來得節省。至於沙船幫的船東，載米而北、運豆而南，水腳收入加倍；像郁宜稼這樣出力的船商，又另蒙優旨褒賞，官商上下，真個皆大歡喜。

在事官員，當然亦要論功行賞，陶澍賞戴花翎、陳鑾加了道銜，大小官員，各有獎敘；首創海運之議的英和，特賜紫韁，這當然是要大學士而有軍功時，始蒙賞賜，英和以戶部尚書協辦大學士蒙賞紫韁，多少是個異數。此外，他還兼署好幾項重要差使，署理翰林院掌院學士及掌印鑰的內務府總管大臣，都是最顯赫的職司；朝廷中的紅人，除了禧恩，就要算英和了。

頤齡的家境，大非昔比了，因為他的女兒被選入宮後，一直得寵，如今已晉位貴妃；旗人家一樣也是很勢利的，貴妃母家不愁沒有人趨奉，而況還有禧恩隨處照應，放了肥缺好差使任滿回京，只要禧恩說一句，都有豐厚的饋贈。紈袴出身，吃喝玩樂無一不精的頤齡，日子過得非常愜意。

後宮得寵的妃嬪，除了全貴妃，還有個全貴妃宮中的靜貴人，籍隸蒙古，姓博爾濟吉特氏，父親是刑部的司官，名叫花良阿。靜貴人是道光五年選入宮中，派在承乾宮供全貴妃使喚。這靜貴人長身玉立，豐臀細腰，相貌雖不出色，卻別有一股吸引男子的魅力。

靜貴人性情明快而溫柔，綜合品與貌而言，可說剛健婀娜，兼而有之，全貴妃跟她非常投緣，所以靜貴人得寵，她毫不妒忌，甚至有時候還穿針引線，拉攏皇帝跟她接近。

因此夢熊有兆，反是她比全貴妃占了先，而且生的是男娃娃，便是皇二子奕綱。這一下連皇太后亦另眼相看了。

宮眷生了皇子，是一定會晉位的，靜貴人受封靜嬪，得以獨主一宮；靜嬪選了承乾宮以北的鍾粹宮，為的是兩宮密邇，來往方便。皇帝如果到了鍾粹宮，靜嬪一定會提醒他，到承乾宮去看看全貴妃。

當然，恃寵需索是免不了的事，但亦不一定能如願以償，皇帝對全貴妃說：「不是我小氣，不肯給你；現銀都要花在有益於國計民生的用途上，譬如河工之類，不急之務，能省一定要省。你們想要甚麼，只要庫裡現成有的，或者不必另撥經費就可以辦到的，我無有不准。」

這一下，內務府的事務便又多了，因為後宮有所需索，無非衣飾器用，都歸內務府承辦。皇帝經常在召見英和時，交給他一張單子，囑咐他照單備齊了，送交敬事房點收；而據敬事房的首領太監透露，送進來的物品，大多轉送承乾宮。

有一天皇帝又交下來一張單子，要紡綢十匹，上面注明了尺寸，「門面」寬多少，每隔若干尺要繡花，而且交代：「交蘇州織造辦理。」

「紡綢一向由杭州織造承應。」英和奏明：「杭州的紡堂比蘇州的來得好。」

「蘇州的工匠繡得好。」皇帝又說：「這是全貴妃要的，你就照她的意思辦好了。」

英和自然只有領旨，回到內務府跟同僚商量，覺得這件事辦起來很彆扭，是後宮寵妃要十匹特製的紡織，在公事上措詞很難得體，及至再仔細一打聽，說這十匹紡綢，全貴妃是用來裁製貼身穿的短內褲用的，不由得憤憤地說：「內務府大臣辦這種差，不是太窩囊了嗎？」

話雖如此，面奉的上諭，差還是要辦，只好由內務府司官首腦的「堂郎中」，出面寫信給蘇州織造照辦。

又有一回，皇帝跟英和說：「全貴妃二十歲生日，跟我要一雙翡翠鐲子，我答應她了，你去辦吧！」

西華門內有個「造辦處」，歸內務府管轄，造辦處的範圍極大，共有二十八個作坊，一切粗細活計，文的書畫裝裱，武的槍砲弓箭，都能製造。其中有一個就是玉器作。至於材料，大內共有十庫，叫得出名目的材料，無不具備，而且既多且好；但翡翠的貯量雖不少，能夠琢成鐲子的大件卻付之闕如。

據實覆奏以後，皇帝點點頭表示知道了，另外並無交代。隔了幾天，復又召見英和，問起高宗八十萬壽，兩廣總督所進的一個翡翠壽桃，現在何處？

「是當時兩廣總督福康安所進；現在包好了存在庫房。」

「你見過沒有？」

「臣在大前年盤庫的時候見過。」

「有多大？」

英和思索了一會答說：「約有七、八寸方圓。」

「色澤如何？」

「是上好的玻璃翠，稀世之珍。」

「雖說稀世之珍，擺在庫房裡沒有人理，未免可惜。我看，不妨改成鐲子，能改幾副就改幾副。」

英和大不以為然，凝神想了一會，決定犯顏直諫：「臣竊以為不可，先皇的壽器，改作妃嬪的褻玩，似非所宜；其次，以大改小，而且是罕見的大件，未免可惜。」

這「褻玩」二字，下得極重，鐲子隨身攜帶，片刻不離，侍寢如廁，無所不在、褻瀆之極。皇帝聽完，默然不語，好半晌才說了句：「那算了。」不過臉色卻很難看。

於是有人預測，英和要失寵了，而且不能善自補過的話，將來還會有大禍。

將來的事難說，但英和失寵卻很快地便有了證驗，先是為了奏請准商人在易州開採銀礦，碰了個大釘子，易州有雍正、嘉慶兩代的陵寢，如此重地，何可輕開地脈，下詔嚴斥英和冒昧，由戶部尚書調為冷衙閒官的理藩院尚書，退出內務府，連南書房行走的差使亦撤掉了。

接著，英和的家人為了田租與人興訟，連累英和得了個約束不嚴的罪過，外調為熱河都統，連京裡都不能待了。

這以後出了件案子，就非同小可了。皇帝的「萬年吉地」地宮出水。大清朝自雍正泰陵建於易州，因位處京師之西，或稱西陵；而在遵化鳳台山，世祖孝陵以下諸陵，則稱東陵，到了高宗，特為規定，後世子孫，隔代東西分葬，所以他的裕陵在東陵；仁宗的昌陵便在西陵，輪到當今皇帝，又應該下葬東陵，早就在昌瑞山相度了一方向陽吉壤，定名為寶華峪，特派莊親王綿課及軍機大臣戴均元、協辦大學士英和監修陵工，實際上是由英和主持其事。

當今皇帝以儉德著稱，英和則講求實際，君臣談論陵工的規模，英和提到漢文帝的薄葬，皇帝深以為是，無形中贊成薄葬，因此英和主持陵工，亦從儉約，不道出了大毛病。

說寶華峪地宮出了紕漏，是誰也想不到的事。因為寶華峪的工程完成於道光七年初秋；九月間早就崩逝的孝穆皇后奉安，皇帝親臨送葬時，還曾巡視了地宮，頗為滿意，特頒上諭，以「萬年吉地工程堅固宏整」，獎賞在事諸臣，莊親王綿課業已身故，生前所借俸銀四萬兩，准予免繳；大學士戴均元業已休致回籍，其子員外郎戴元亨，升為郎中；熱河都統英和賞還一品頂戴及花翎；內閣侍讀學士牛坤是英和信任的部屬，在陵上充任總監督，照料日常事務，賞加三品卿銜，並交吏部議敘。此外大小官員亦都各有賞賜。

但到了第二年夏天，發現地宮門外有水浸的痕跡，管陵大臣打開地宮細細勘查，地上積水有五、六分之多，拭去以後，隔數日再看復又如故。皇帝得報，認為此事非同小可，特派內務府大臣敬徵、馬蘭鎮總兵寶興細加勘查，查出水非自外而入，而是地宮中自然湧現，同時測出積水最多時約有一尺六七寸。

這一下，可想而知的，以前的獎賞，一律撤銷，牛坤及工部、內務府中曾管理工程與工匠直接打交道的司官，一律革職，交刑部嚴審。但這只是初步處分；皇帝已於九月初啟程謁東陵，將順道勘察寶華峪地宮，看了積水情形，再作道理。

皇帝親自踏勘，發現孝穆皇后的梓木，亦即所謂梓宮，有浸水的痕跡，約高一兩寸；梓宮是正擺在名為「寶床」的石臺上，距地面一尺五寸，是則所謂積水曾達一尺六、七寸之說，信而有徵。再細察積水的由來，是地面上的土壤有些地方土石混雜，換句話說，中有縫隙，並不堅實；顯然的，地面以下的防水保固做得不夠地道。

至於審問的結果，據說，當動工時就發現石壁積水，要做「龍鬚溝」，即砌出一條條的溝槽，將積水引至地宮以外，但英和認為這一來要增加工程費用，不必費事。

於是英和成了罪魁禍首，而牛坤復又諉罪，說他只管經費收支，不管工程，顯得英和當時保薦牛坤時，說有此人在工地，他即不必常常前往督工的話，並不實在。

因此，英和的處分特重，革職拿問，而且禍延兩子，長子奎照是嘉慶十九年翰林，現任兵部侍郎；次子奎耀入詞林更早於乃兄，現任通政使，亦均革職，因英和正在患病，上諭著奎照、奎耀前往刑部，以便代其父應訊。

問官除刑部堂官以外，另外加派定親王奕紹、軍機大臣盧蔭溥、文孚會審，但一切以刑部的司官為主。引用的律條，關係出入甚大，如重用牛坤，若謂保舉非人，罪名便輕；但因上諭中有「欺飾」的字樣，所以引用「欺罔」律，這是遇赦不赦的大罪，看來老命不保了。

由於英和已經失勢，而且都知道他是得罪了皇帝的寵妃全貴妃之故，所以越發敬而遠之，深恐牽連在內，為全貴妃告了枕頭狀，不免大禍臨頭。但事有湊巧，適逢太后十月初十萬壽，命婦進宮朝賀，有人將英和被禍的經過，告訴了太后，倒引起她一片抱不平的俠義之心。

於是乘皇帝到綺春園來問安之時，太后問道：「聽說英和要處死了？」

「目前正由定親王他們在審問，尚未結案。」

「雖未結案，外面的流言很多，說他得罪了全貴妃，難逃一死；你聽說了沒有？」

「這種流言，沒有人敢傳給兒子聽的。」

「所以你就不免偏聽了！」

這句話責備得很重，皇帝不敢作聲，好一會才答了句：「兒子不敢。」

「我還聽說，你要拿福康安孝敬乾隆爺的一個翡翠壽桃，改成鐲子賞全貴妃，有道理沒有？」

「全貴妃生日，想要一對翡翠鐲子，有人說可以拿那個壽桃來改，兒子問英和行不行？他說以大改小可惜。這件事就不提了。」

皇帝一面答話，一面在想，太后的語氣倒像在問口供，這樣問下去，說不定會把命蘇州織造織製繡花紡綢，供全貴妃裁製內褲這一段也抖露出來，那就大損威嚴了。如今得想法子搶先辯解，才能堵住太后的盤問。

於是，他緊接著又說：「那都是好久以前的話了！說甚麼英和得罪了全貴妃，是沒影兒的事。英和承辦大工，漫不經心，及至出了事，又多方敷衍掩飾，其情甚為可惡，兒子為了整飭紀綱，不能不辦他。」

「你要辦誰，只要有理，我絕不會干預。不過，你要想一想，英和是先帝特為識拔的人。」

「是。」皇帝答說：「兒子亦很重用英和，無奈他犯的過錯，情節不輕，而且罪證確實，兒子亦是愛莫能助。」

皇帝有些唱高調的味道，太后頗為不悅，便沉下臉來問道：「你的意思，英和的罪名，下面怎麼擬，你怎麼批准？」

「這——」皇帝發覺太后的臉色難看，不免有些躊躇，不敢把話說得太硬。

「不管英和照大清律看，是犯了多大的罪，你自己得想想，這是個甚麼罪？修陵寢是你皇帝一個人的事，風水好壞，受福受禍也是你子孫的事，與異姓不相干；如果你殺了英和，就是為家事殺大臣，誰不寒心？試問還有誰肯替你賣命出力？」

這番告誡，義正辭嚴，皇帝急忙莊容答說：「皇額娘教訓得是。英和這一案，兒子從寬辦理就是。」

就因為太后這一番話，英和的性命才能保住，上諭中說：「英和於此等要工，但止信用牛坤一人，以致工多草率，遂有浸溢，奕紹等審訊明確，比依定例擬斬監候，本屬罪所應得，姑念英和曾任尚書、協辦大學士，於此案訊無贓私，尚可寬其一線；且吉地工程，係朕一人之事，不肯因辦理不善，誅戮大臣。既不置之於法，即不必久繫囹圄，英和著加恩發往黑龍江充當苦差，以示朕法外之仁。」

奎照、奎耀本應發往工地效力，因英和患病，命他的兩子隨往黑龍江照料，不必發往工地。此外，戶部又定出賠修寶華峪工程人員，繳納賠款的年限，一千兩至五千兩定限兩年，以下按銀數半年一加，數在十萬兩以上者，定限七年半。上諭一下，私下議論者頗不乏人，說歷來賠修都只是城牆之類的工程。從未聽說皇家的陵寢亦要賠修的。但亦有人說，這是寬大的處置，如果抄家，根本就不用賠了。但不論怎麼說，英和一家所遭的橫禍，縱非家破人亡，而傾家蕩產亦夠悽慘了。

消息傳至江南官場，知道英和為人的人，無不相與嗟歎。而地位與英和相彷彿的兩江總督蔣攸銛，更有兔死狐悲之感。「朝廷是在蹧蹋人才。」他對到江寧來述職的陶澍說：「如果我還在軍機，英煦齋的事，絕不會發生。」

「是啊！」陶澍答說：「蘇州亦有好些人在議論曹相國，說他是名副其實的首輔，竟不能保全善類，實在有愧職守。」

「這一案，曹儷笙的態度，自然是一大關鍵，不過他之不會為英煦齋說話，是意料中事，英煦齋意見太多，曹儷笙最不喜這一路人物，包括我在內，他都是容不下的。」蔣攸銛略停一下又說：「我由直督內召，沒有多少日子，又放出來了，你知道是甚麼原因？」

「不知道。」陶澍問說：「莫非曹相國排擠？」

「他的手段很厲害，不是當面領教過不知道。」蔣攸銛回憶著說：「去年琦善因為黃水倒灌，詔斥失機而交卸了江督；皇上召見軍機的時候說：兩江是要緊的地方，總要找一個資深望重，久歷封疆的人才好。曹儷笙便說：以臣看來，似以陝甘總督那彥成為最適當。」

蔣攸銛續道：「當時皇上連連搖手說：西口正多事，回子蠢蠢欲動，那彥成怎麼能調？曹儷笙不作聲了，看了我一眼。皇上就指著我說：你就是久歷封疆，除了你沒有第二個人。就這樣，我出了軍機。曹儷笙的厲害，在於含意不伸，讓皇上自己領悟。當面排擠，陰險可怕。」

陶澍默然，過了一會才說：「曹相國不喜更張，此所以大人及英協揆皆難為他所容。我有個改革鹽法的條陳，如今看來亦不必提出來了。」

蔣攸銛沉吟了好一會，點點頭說：「我明白你的意思，曹儷笙家世業鹽，你怕他反對是不是？」

「是。」

「就常情而言，他會反對，但仔細推究，未必盡然，此公膽子很小，而皇上一向喜歡偏聽，他如果因為家世本來是鹽商而反對鹽法改革，則以私害公之心，無可掩飾，如果有人在皇上面前進言，易於動聽，所以他不能不避嫌疑。其次，時勢不同，乾隆朝外輕內重的局面，已不可復見，朝廷既沒有甚麼高瞻遠矚的人才，軍機處亦只辦辦例行公事，各直省有甚麼興革，只要有把握不出紕漏，何妨做了再說。」

「是，鹽法改革本不是江蘇巡撫分內之事，不過鹽、漕、河為國家三大政，忝任封疆，即令不在其位，亦不妨謀其政。如果大人對這方面有意，我想舉薦一個人，跟大人作一番進講。」

「誰？」

「魏默深。」

「喔，是他！」蔣攸銛問：「他現在幹甚麼？」

「他從道光二年中舉以後，春闈一直不利，捐了個內閣中書，在京裡做學問，不過每年總有一兩趟江南之行，如今在我那裡作客。」陶澍又說：「魏默深於經世致用之學，確有研究，論整頓鹽務的議論，十分精采。我在川東緝過私，知道他的見解，確裨實用，非誇誇其談的言論可比。」

「請試言其要。」

陶澍想了一下說：「他說，鹽政之要，不出化私為官。自古有緝場私之法，無緝鄰私之法——。」

「慢一點！」蔣攸銛打斷他的話問：「何謂場私，何謂鄰私？」

「場私者，本省鹽場所產的私貨，鄰私則私貨來自鄰省，如漕船回空所帶的私鹽，都是長蘆鹽。緝私再怎麼嚴辦，倒楣的是買私鹽的人，與賣私鹽的人無干，亦不能派人到鄰省去緝私，所以說『無緝鄰私之法』。」

「對！這看法就很透徹。」蔣攸銛問：「然則應該如何對付鄰私呢？」

「只有四個字：減價敵私。百姓吃得起官鹽，為甚麼要買私鹽？我在山東，就是用這個法子，但不如魏默深說得深透有條理，可以奉為圭臬。」

「他怎麼說？怎麼才能減價？」

「減價先要減輕成本。減輕成本在裁減浮費；而裁減浮費又靠變法。」陶澍用力揮一揮手：「鹽政敗壞極了！非變法不足以振衰起敝。」

「我老了！」蔣攸銛說：「心有餘而力不足，但願鹽梟不是太猖獗，我就算能夠交代了。不知這位魏君對緝私可有良策？」

陶澍心想「減價敵私」就是緝私的良策，總督似乎是明知故問，可見並無意於實力整頓。不過，這也難怪，他的宦途風波經歷得多了，如今當到大學士，位極人臣，不願多事，亦是無可厚非的事。

因此，他敷衍著說：「等我問一問魏默深，若有良策，即當馳報。」

鹽課收入之多寡，全看官鹽銷路之多少而定，官鹽營銷各有地區，稱為「引地」，兩淮鹽產之引地為江蘇、安徽、江西、湖南、湖北、河南六省，而集散地則為漢口，售鹽方式有兩種，一種名為

「整輪」，鹽船到後，排隊掛號，輪到方准出售；一種名為「散輪」，則無限制。兩種制度各有利弊，散輪則跌價競賣，既虧商本，亦無助於鹽課；整輪以奇貨可居，鹽價抬高，苦了小民，所以地方大吏，主散主整，見解不一。

大致而言，鹽商比較喜歡「整輪」，因為除了能夠保本以外，還可以玩好些花樣，譬如在末輪到以前，便私下跌價出售，等輪到時，再買私鹽來填補，謂之「過籠蒸糕」；倘或買不到私鹽，或無力購私鹽填補時，索性將空船鑿沉，謂之「放生」，如果已經繳納鹽課，照例得以補運發售，不必另納鹽課，此在官文書上稱之為「淹銷」。

因為如此，正規的鹽商，亦竟不能不跟私梟打交道，否則，那些花樣就玩不成了。如是多年，江淮的鹽商，養就了一個大私梟，名叫黃玉林。

黃玉林是福建人，犯了盜案，已經定了充軍的罪，逃到揚州府屬的儀徵，盤踞在一處叫老虎頸的水路要隘，從事走私的勾當。又在江西、湖北兩省，長江水路所通之處，設立堆私鹽的倉庫，千里之間呼吸相通，聲勢十分浩大。

黃玉林之能夠坐大，主要的原因是，他有一條約束部下的戒律，不准有盜劫客商的行為。居家並無盜賊的威脅，行旅亦不必存何戒心，而私鹽又物美價廉，說起來是受私梟之惠；而地方衙門及各處關卡，黃玉林都曾一一打點、聲氣相應，又何必多事而自找麻煩？

因此，相率蒙蔽，從無人敢於出面舉發，所以當蔣攸銛知道有這回事時，已成積重難返之勢；同時他亦不敢過分聲張，在悄悄調派以善於捕盜出名的沭陽縣令王用賓為儀徵縣令，設法剿辦以後，方始奏報朝廷。

軍機處知道，此案如果不是很嚴重，以兩江總督的權責，根本不須事先奏報，辦妥了再詳陳始末便是；事先奏報，即令輕描淡寫，亦總是留下一個伏筆，以便事成或不成得有辯解諉過的餘地。因此，密寄的上諭，語氣十分嚴峻，說：「江南為腹心重地，此等巨梟肆行無忌，地方官豈竟毫無聞見？若恐查拿激變，不及早翦除，相率容隱，則不但為害鹽務，日久養癰貽患，以致釀成他變。蔣攸銛接奉此旨，務當不動聲色，密函掩捕，一面將辦理情形先行由驛覆奏。」

復又格外告誡：「該犯聲勢已重，黨羽必多，江海船隻時常往來；在官人役，皆其耳目，若稍露端倪，或聚眾拒捕，或聞風遠竄，尚復成何事體？」

上諭同時授權調用軍隊：「著該督酌量情形，如須藉用兵力，即當隨宜調度，倘江省文武員弁於辦理此事不能得力，他省文武各員內，如有該督稔知其可備任使者，即據實奏明，飭調前往，總期將黃玉林一犯，先行拿獲，嚴究黨羽，盡絕根株，既不可輕率僨事，亦不可任令潛逃，慎之、慎之！」

接到這道上諭，蔣攸銛認為這一案該邀陶澍來一起辦，倘或辦不成功，亦可讓他分擔若干責任。打定了主意，派專差到蘇州請陶澍來議事。

「現在先要拿宗旨確定，是剿、是撫？」

「能撫自然要撫。」蔣攸銛說：「就怕他不願受撫，逃之夭夭，那時朝廷就沒法兒交代了。」

「當然先要有防他脫逃的部署；要緊的是得找一條線，能夠說服黃玉林受撫。」陶澍又說：「既然黃玉林跟綠營有勾結，我想其中總有跟他夠交情的軍官，可以充當說客。」

蔣攸銛是廿幾年的老封疆，閱歷之豐富，無與倫比，深知黃玉林這一案，非常棘手，既不容推諉，更不可爭功，將來如能無過，已是上上大吉，近年來精力衰退，不如及早告病，請求回京辦事，當個太平宰相；一旦獲准，接手的必是陶澍，不如現在就邀他一起來辦此案，讓他盡量發揮，有功則同享，出事亦有人分擔。

這是他的老謀深算，頃刻之間，便已打定了主意，「雲汀，」他很誠懇地說：「督撫本來休戚相關，尤其是辦這種懲治巨寇的大案，貴乎布置嚴密，才能免於功虧一簣之憾。此後凡有奏報，我們一起具銜如何？」

「承蒙大人抬舉，感激不盡，不過黃玉林的巢穴在大人的轄區，我恐怕難有效力之處。」

「不然！鹽梟是屬於江洋大盜之類，流竄不定，不比占山稱雄的大盜，只要圍山封路，就能甕中捉鱉。太湖三萬六千頃，向來是大盜隱藏之處，我想，黃玉林一定跟太湖中有力的土著有聯絡。」

這一層，陶澍不能否認，老實答說：「大概有兩三個人，不過，我已派營伍嚴守，他們亦不敢蠢動的。」

「這很好。」蔣攸銛放低了聲音說：「你剛才說，找人作說客，勸黃玉林來受撫，這主意很好；不過，我這裡的人靠不住，消息一走漏，黃玉林就遠走高飛了。不如你那裡找個人，由我來出奏，這樣以後我們聯銜會奏，就是順理成章的事了。」

「這，請大人再考慮。我不是推諉，實在是怕力有未逮而僨事。」

「雲汀，我老實跟你說了吧，我決定告病，讓皇上准我回內閣辦事。你的聖眷正隆，將來接我的，一定是你；黃玉林一案，如果還沒有收功，你本是熟手，接辦就事半功倍了。」

看他態度如此誠懇，陶澍覺得再要多說甚麼，於公於私都顯得不夠意思了，當下慨然答說：「我遵奉大人的吩咐就是。」

陶澍一回到蘇州，就物色到了適當的人選，此人名叫金萬全，是太湖水師營的游擊，能言善道，交遊廣闊，與黃玉林素有聯絡，而且忠實可靠，絕不致辜負委任。

及至陶澍將名銜飛報江寧後，蔣攸銛立即出奏，但不說招撫，是說「誘擒」，因為是誘擒智取，所以不必多帶營伍，這話也是說得通的。

半個月以後，軍機處的「寄信上諭」，專差送到了，上諭中仍然是諄諄告誡：「據稱該游擊素稱能事，派令前往，惟該犯夥黨眾多，設布置未能周密，致令乘閒遠揚，甚或恃眾拒捕，眾寡不敵，稍有挫折，則更不成事體。該督恐多調弁兵，走漏風聲，然亦須酌量情形，妥為籌畫。是否應添派兵力，分路堵緝之處，蔣攸銛自能隨宜調度，縝密辦理，朕亦不為遙制，斷不可畏難，以致養癰貽患，總期力能擒捕，務在必獲，嚴究黨羽。」

緊接著又來一道上諭，是針對蔣攸銛在奏報派員誘擒黃玉林奏摺中的一個「附片」，以「老病侵襲，精力衰頹，請恩准回京辦事」而發，准如所請，並派江蘇巡撫陶澍兼署兩江總督。顯然的，陶澍能否真除，要看辦理黃玉林一案的成效如何而定。

幸好金萬全不辱使命，見了黃玉林，分析利害關係，勸他犯不著與官軍對敵。又說，朝廷對此案追得很緊；蔣攸銛已經辭官，無所顧惜，如果用兵，一定大舉進剿。地方文武在總督嚴飭之下，顧全前程，亦不敢像從前那樣賣交情。只要「留得青山在，不怕沒柴燒」，先休養一時，不怕沒有再起的機會。

最後一句話，打動了黃玉林，當下經過徹夜談判，黃玉林決定帶他手上的八個頭目，一起投降，條件是連他在福建所犯的充軍之罪，一起豁免。至於那手下的八個人，當然亦不能辦甚麼罪。

等他覆命以後，陶澍不敢擅專，特地到南京跟蔣攸銛密商，認為要連福建的前科一律豁免，力量怕還不夠，未必能夠邀准。

「要怎麼樣夠力量呢？」

「我在想朝廷著重的還在緝私，光辦了一個黃玉林，緝私之風，仍然無所捕救，朝廷不會特別開恩。當然，官府可以說，只要黃玉林投誠，對緝私一定大有幫助，朝廷未必得肯信。」

「那麼，要誰說，朝廷才會相信呢？」

「鹽商。」

「鹽商？」

「是，鹽商。」陶澍說，「鹽商聯名具結，說准黃玉林投誠，效力贖罪，緝私之風抑止，官引必可暢銷，無異保證鹽課收入會大增，這是朝廷最愛聽的話。」

「尊論極是，就這樣辦。」

當下又商定一些細節，等陶澍回到蘇州，將金萬全找了來，告訴他說，黃玉林所求太奢，若能做到兩件事，他跟總督願意力保黃玉林能夠如願。這兩件事是；第一要揚州全體鹽商聯名具結，寫明用黃玉林及他手下緝私，定能見效，官引必可暢銷；第二，兩個月內，不再有走私的情事。至於將來赦免無罪後，黃玉林必須移居南京，以便兩江總督衙門監管。

金萬全將話轉到以後，黃玉林立即派了平時與鹽商有聯絡的人，到揚州去接頭，都說：「要問過汪太太。」

鹽商分買鹽的「場商」和運鹽的「運商」，而既買鹽又運鹽的，才能稱為「總商」。作為鹽商中領袖的八大鹽商，可以支配自鹽引中抽取的公費，每年七十萬兩，設有「鹽公堂」作為辦事集會之所；但遇有重大事故，需要八大鹽商親自出席議事時，地點不在「鹽公堂」，通常都是另借有名的廟觀寺院，這也是遷就汪太太，因為她吃長齋。

會中意見不一，通常在這種情形下，總是取決於八大鹽商居首的汪太太，她說：「跟黃玉林各有各樣的交情，願不願意具結保他，各人心裡會斟酌。不過，我要提醒各位，這張切結上『官引必可暢銷』這句話，等於自己具了切結，將來官鹽如果仍舊滯銷，兩江總督衙門打官腔怎麼辦？這一層大家要想一想。」

「汪大嫂真是女諸葛！」有人翹起大拇指稱讚，「看事情真正叫做洞若觀火。黃玉林沒事了，絕不會安分，照樣賣私鹽，官鹽亦就暢銷不起來，不過有切結上那句話，鹽課一文都少不了。我看，這是官府的一個圈套，弄不好要上大當。」

這一來，會議就不會有結果，但也並未公然拒絕，只跟黃玉林的人說：大家還要再商量。這就要等了。但等到甚麼時候呢？黃玉林的人認為這只是一句敷衍的話，決定回儀徵去報告黃玉林，叮囑一起來聽消息的金萬全，在揚州守候，好在他的人頭亦很熟，若有好音，他一定亦會很快知道。

一等等了五天，杳無音訊，金萬全沉不住氣了，輾轉找到汪太太宅中的一名管事，探聽究竟，那人告訴他說，汪太太最近有心事，茶飯不思，一時只怕不會有工夫來料理這件事。

是甚麼心事，重到令人茶飯不思？再一細問，方知究竟，原來汪太太是個中年寡婦，年輕時愛俏，不肯穿厚重的衣服，以致於得了手足痠痛的毛病，延醫服藥，總不能斷根，一遇天氣變化，就要發作。有人勸她抽鴉片，說是靈驗不過；勸她的人還不少，但汪太太毫不為動，因為第一，她有男子氣概，喜歡發號施令做個獨掌大權的人，深怕一沾染上煙霞痼疾，起居行動，諸多不便，尤其是一到要過癮的時候，甚麼事都置諸腦後，這樣就會受人挾制；第二仍舊是為了愛美，一抽了鴉片，人會消瘦，皮膚會失去光澤，往往脂粉蓋不住臉上的憔悴枯槁。

但自有人舉薦了小顧以後，汪太太的痛楚頓消。小顧的出身不高。學得一身推拿的好手藝，汪太太只要經過他一番揉揑推敲，立刻遍體通泰、輕快無比，汪太太「不可一日無此君」，成了汪家大宅的第一號紅人，亦是可想而知的事。

不過三天以前，小顧突然失蹤，汪太太派出人去四處找尋，毫無蹤影，而且為何失蹤，毫無線索可循。又恰逢汪太太風濕發作，渾身痠痛得不能安枕，七、八個丫頭輪流替她敲背搥腿，但痛楚只是稍減，與小顧的著手成春，不可同日而語。

又過了兩天，黃玉林的人重回揚州，神色詭異，令人生疑；談到汪太太家最近出的事，他笑笑說：「你別急！馬上就有好消息。」

是裝糊塗為妙。

「你怎麼知道？跟汪家接過頭了？」

「用不著接頭，我就知道。小顧回去了，汪太太的風濕也不痛了，自然就要替我們辦事了。」

金萬全驀地裡省悟，小顧莫非是讓黃玉林綁架了？心裡想問，但怕一揭穿了真相，彼此尷尬，還是裝糊塗為妙。

金萬全料得不差，小顧確是為黃玉林派人綁到了儀徵老虎頸。不過放回來以後，他記著告誡，在家人面前，亦絕口不提這三天的行蹤；當然，見了汪太太又不同了。

人逢喜事精神爽，一見小顧，汪太太的痠痛先就消了一半；再經小顧一番推拿，依舊渾身輕快，精神十足，「小顧，」她說，「現在我有精神聽你講話了，你這三天到底在哪裡？」

小顧先要汪太太身邊的丫頭都避了開去，方始低聲說道：「我讓黃玉林請去了，要我帶話回來給太太。」

「喔！」汪太太微吃一驚，想了一下，方始開口，她不問黃玉林說些甚麼，卻問：「他一定問到我，你跟他說了些甚麼？」

「我沒有說甚麼。他問我，我說：『汪太太從不跟我談公事的；你問我，汪太太為甚麼反對替你具結作保，我一點也不知道。』」

「這也罷了。你說下去。」

「他說，我黃某人平時對兩淮百姓，只好不壞；兩淮的總商、散商，更放了好些交情在那裡，如今不過筆底春風，具個名的事；居然一點交情不講，我好傷心。」

「你怎麼說呢？」

「我能說些甚麼？只有道三不著兩地勸了他幾句。他說，既然你們不講交情，就不能怪我了。你們不肯救我命，我只好臨死拉墊背的，我黃某人從來沒有殺過人，現在要開殺戒了，哪個反對我，我殺他全家。」

汪太太顏色大變，好久才緩和過臉色來，又問：「他還說些甚麼？」

「只叫我把話帶給你。」

「有沒有定出限期甚麼的？」

「沒有。」

「好！我曉得了。」汪太太說：「你傳我的話，發帖子請幾位總商來吃鰣魚。」

鰣魚四月裡上市，吃鰣魚在江南官場及兩淮縉紳是一件行事曆中的大事，每年的第一尾鰣魚，既非捆來，亦非釣得，而是由練習龍舟競渡的建兒，在金山寺前的江面，駕著小船，迎向丈許高的浪頭，直衝進去，用手在浪中捉到。這尾鰣魚，用名為「草上飛」的快艇，送到江寧，在前明進獻鎮守太監；在清朝便是兩江總督，照例開賞二十四兩銀子。

鰣魚的吃法，都是用清蒸，揚州鹽商格外講究，由廚子派下手挑一副行灶出門，自己用淨布裹著廚刀後隨，一起到潯江邊，選購一條好鰣魚，趁剛出水而未死時，剖肚挖鰓不去鱗，清除臟腑，淨布抹乾，然後用網油包好，加兩片上好火腿，取其香味，隨即上行灶去蒸，等將行灶挑回家，直到筵前，方將鰣魚起鍋上桌，據說清腴鮮嫩，無與倫比。

除了自享以外，鹽商在鰣魚當令的季節，都會輪流作東宴客，但汪太太從長齋以後，就沒有請過，如今忽然破例，都意料到其中必有深意，非到不可。果然，宴罷邀入花園假山上一座亭子中喝茶時，汪太太將小顧被綁架，為黃玉林帶回來的話，向大家作了宣布。

汪太太說：「人急懸梁，狗急跳牆。黃玉林是亡命之徒，又不是本地人，甚麼事都做得出來的。我膽子小，我決定具名保他；各位的意思怎麼樣，我不知道，也不會強人所難，自己斟酌。不過，不管具不具名，我請大家不要張揚，怕官府曉得了，說我們不是出於本心，切結上的話靠不住，以至於對黃玉林不但沒有好處，說不定下手還會加快。這一來黃玉林跟大家結的怨就更深了。」

聯名切結的稿子，亦是由汪太太預備的，由於她自己首先列了名，所有的鹽商，凡是提得起名頭的，無不跟進。

經蔣攸銛、陶澍二人會銜奏報後，黃玉林總算如願以償，除了伍步雲等八人派在緝私營當差外，黃玉林依照原來的約定，移居江寧，租起一所大房子，養了好些江湖中人，但引導緝私卻沒有甚麼成績，除了他的一個仇家賀三虎，經他借刀殺人，緝獲正法以外，幾乎沒有抓到甚麼人。

不過，他亦有一番說詞，說是由於他的投誠，別的大小鹽梟，紛紛改邪歸正，所以沒有甚麼人好抓。但官引滯銷如故，足見走私之風，仍然猖獗。蔣攸銛頗引此為憂，陶澍比較看得開，認為根本之計，在於改革鹽法，這種治標的辦法，不會有太大的效果，原在意料之中。

黃玉林在江寧的日子，亦不大好過，因為官府的「狗腿子」太多，經常大搖大擺，到黃玉林那裡狐假虎威，找個題目，盤問騷擾，大吃大喝以外，還要伸手摸幾文，甚至要他指點走私的門路，也想在渾水中摸魚。

黃玉林遇到此輩，唯有低聲下氣，好言敷衍，因為稍不如意，這些「狗腿子」拿他羞辱一頓，也只能捏著鼻子忍受。

然而忍受總有個限度，黃玉林窩囊氣受得多了，頗有悔不當初之歎。這樣又忍了些日子，終於作了一個決定，寫好一封信給伍步雲，怕有人占了老虎頸這個碼頭，以致進退無路，所以千萬要守住「老營」。

不想事機不密，這封信尚未發出，便落到了陶澍的親軍手中，他跟蔣攸銛密商以後，以迅雷不及掩耳的手段，將黃玉林逮捕下獄；黃玉林倒也是一條漢子，審問時並不抵賴，但望留他一條命，以便羈縻手下。這就表示，如果處以死刑，說不定他的手下會劫獄、劫法場。

因此，陶澍主張只將他充軍新疆，蔣攸銛亦同意了，會銜出奏，但他另外加了一個「單銜附片」，說黃玉林桀驁不馴，反覆無常，怕他到達發配的新疆以後，復又潛回，致生後患，請密飭陶澍，即行處絞。

這一單銜密奏，惹得皇帝大發雷霆，將蔣攸銛辦理此案，種種不善，痛斥一頓。除了命陶澍將黃玉林即行正法以外，又說：「朕綜理庶政，光明正大，一秉至公，蔣攸銛辦理此案，事前既無主張，事後又復苟且，以大學士膺封疆重寄者，固應若是耶？著交部嚴加議處。」

其時蔣攸銛已交卸了印務，啟程回京，走到山東地方，接奉廷寄，才知道部議革職，皇帝加恩以侍郎降補並補為兵部左侍郎。

蔣攸銛以大學士而降謫為二品侍郎，認為奇恥大辱，而公許為文武兼資，中外大臣中第一流的人物，遭此下場，一世英名，付諸流水，更覺傷心悔恨，他的身子本不算太好，經此打擊，以致臥病在山東的驛舍，醫藥罔效，竟致不起。

第四章

噩耗傳到江寧，新任總督陶澍，感念他在川東道任上，由蔣攸銛的識拔，保舉為治行第一，方受皇帝特達之知，而有今日；近年共事，又處處受他的推重提挈，感念知己，特派一名候補道員，到山東照料治喪，並在江寧佛寺設奠，痛哭了一場。

緊接著，迎到兩位欽差，一位是兵部侍郎「紅帶子」覺羅寶興，他是副手；主要的是戶部尚書王鼎。

王鼎是陝西蒲城人，乾隆末年進京會試時，他的族人，清朝陝西人第一個狀元王杰，以東閣大學士充軍機大臣，名位在和珅之次，想羅致他入門下，王鼎以受援引而進身為恥，堅決辭謝。王杰最重氣節之士，預言：「看你的品概，他日名位一定不下於我。」

他是嘉慶元年的翰林，以文字受仁宗特達之知，嘉慶二十三年，以刑部侍郎兼管順天府府尹事，仁宗在召見時說：「我本來想放你出去當督撫，管順天府尹雖是外任，仍舊在京，以便差往各省查辦事件。」從此經常奉使在外，每一回查辦事件，覆命都很圓滿。

當今皇帝接位以後，也像仁宗一樣格外重視查辦大員的忠誠可靠，因為和珅當權時，派出去查辦的大員大多仰承他的意志，並不能查明真相，因此高宗自以為英察，其實仍受蒙蔽，但也幸而有像錢灃那樣剛直而又有手段來對付和珅的人，將幾件大案查得水落石出，朝廷紀綱才得勉強維持不墜。

查辦大員真正是皇帝的耳目，也是真正能使皇帝的威權，充分發揮的關鍵人物，這一層道理，當今皇帝倒是完全領悟到了的。

十年以來，王鼎查辦過好幾件大案，有的是查重於辦，有的是辦重於查，查辦兩淮鹽務積弊，即是辦重於查，主要的是要有一個整頓兩淮鹽務的辦法。

本來兩淮鹽務，設有專責官員，就是鹽政。這個職位由巡鹽御史演變而來，御史巡查是明朝的制度，權柄極大，最烜赫的是巡按御史，就指定的巡查地方，自稽察官吏至訪求民隱，管的事極多，小事立即裁決，大事亦不妨先作處置，隨後奏報，官吏不法，罪至於死者，可以憑藉皇帝所頒的「尚方劍」，先斬後奏。入清以後，已無巡按御史，因為早在前明末年，巡按御史已改成常設久任的巡撫了。

巡鹽御史改成鹽政，演變之始在康熙六年，其時巡鹽已失催課緝私、調節產銷的原意，成為一項有名的好差使，既然如此，不必由御史巡查，所以一年一輪的鹽差，改派六部司員，成為一種獎勵。到了康熙十二年，兼差內務府司員，曹雪芹的祖父曹寅，就是因為與聖祖有特殊的淵源，以內務府司官的身分，除了江寧織造以外，兼獲鹽差，而且一年一派，連續十年之久，只看曹雪芹在他的書中所描寫的繁華景象，便可知巡鹽是怎麼樣的一個闊差使了。

及至雍乾以後，巡鹽變成專差久任，於是而有鹽政這個正式的官稱。淮南淮北的鹽官，有管鹽場的、有管運輸的、有管稅課的、有管稽察的，皆歸從三品的鹽運使管轄，而鹽運使則「聽於鹽政」。但王鼎及寶興這兩位欽差，並不到揚州去找兩淮鹽政福森，而是到江寧來會晤兩江總督陶澍。

江督於鹽務的責任有二，一是緝私，因為鹽梟走私，攸關治安，總督身負保障一方安寧的重任，所以不能不管；二是官督商銷，此由於清朝的鹽制，襲自前明的綱鹽制，亦即是認定地方銷鹽的包商制，如果額定的官引銷不足額，鹽課收入便會減少，所以定出「官督商銷」的辦法，以補不足，此一

「官」在兩淮便是兩江總督。

不過這還不是根本原因，主要的是，陶澍在川東道任內整頓鹽務，成效卓著，而在江蘇巡撫任內即有改革鹽務的建議，而皇帝對他的才幹，極具信心，所以指示王鼎到江寧跟陶澍商辦。

兩位欽差到得江寧，由江寧將軍領頭，率同全城文武迎入接官亭，請了聖安；隨即簇擁至總督衙門西花園赴宴。酒闌戲散，已是起更時分，送至公館安置。

欽差的公館打在三山街大功坊的瞻園，此地為明朝開國第一功臣中山王徐達的故居，頗饒池台花木之勝；「辦差」照例是首縣上元縣的事，這位上元縣令姓金，辦事特別巴結，將鋪蓋亦搬了來，打算留宿在瞻園，以便晝夜照料。王鼎聽得此說，甚感不安，將金縣令請了來，當面道謝，請他回府，同時也作了一些要求，或者說是告誡。

「我出身寒素，習於儉約；今天在督署的戲酒，在我並不受用，不過我不能一到就讓陶制軍的面子下不來，所以勉強坐到終席。從明天起的飯食，如果我說不用雞鴨，想來你一定不會答應，旁人亦會說我矯情；現在跟金大哥約法三章，第一，兩葷兩素一道湯，用雞不用鴨，用鴨不用雞，絕不許用海菜；第二，早點用外面買的干絲、小籠包子就很好，絕不要甚麼燕窩粥之類的東西；第三，跟我來的人，飯食跟我一樣，誰要點菜不理他！我相信跟我來的人都能潔身自愛，不會有甚麼騷擾。我知道首縣都怕辦欽差的差，你放心，我不是那種喜歡擺譜的人。」

「是。」金縣令答說：「多謝大人成全。我知道大人嗜好家鄉口味，正好這裡水西門有一家教門館子，掌櫃的哈回子，是西安來的，我特為傳了他來當差，但願他能合大人的口味。」

「兩葷兩素，不用海菜，」王鼎笑道：「要甚麼大司務來掌杓？他既然是西安來的，想來總有臘羊肉之類的吃食，能切一盤來下酒，我就算很享口福了。」

「有，有。」金縣令說：「我還替大人預備了西鳳酒。」

西鳳酒是陝西鳳翔的三寶之一，但在江寧來說，除了紹興酒以外，白酒則本省產的洋河高粱就很好；至於西北、西南有名的酒，在市面上只有山西汾酒還能見到，此外如貴州茅台、瀘州大麯，一般人甚至於連名字都不曾聽見過，更莫說西鳳酒。即便是汾酒能在市肆中占一席之地，也還是沾了「借問酒家何處有，牧童遙指杏花村」那兩句詩的光。

不道這位金大老爺居然能將人所罕知的西鳳酒覓來慰欽差的鄉思，辦差實在辦到家了，盛情也著實可感，所以王鼎連連致謝，而且第二天上午，當陶澍來拜訪時，還特地提到此事。這一來，金縣令的苦心，當然也絕不是白費了。

王鼎與寶興都是翰林，但與陶澍的淵源不同，當嘉慶十五年寶興點翰林時，陶澍跟他只見過一次面，便放了四川鄉試的考官，差滿回京，約有兩年共事，但滿洲的翰林，肚子裡的墨水，多寡懸殊，寶興曾為仁宗詔斥「不學」，跟做學問的陶澍，當然談不到一起，所以彼此只是相識的點頭之交而已。

王鼎就不同了，他是嘉慶元年的翰林，連恩科計算，是早陶澍三科的前輩。翰林院是國家儲材之地，官稱為「庶吉士」的新科翰林到院後，先入「庶常館」學習，館中有大小教習，掌院學士或特簡的大臣為「大教習」，而「小教習」則由掌院選派積學能文的編修、檢討充任，每一位小教習帶領三或四名庶吉士，平時討論文史、定期會文，情誼特深。王鼎留館成為編修以後，曾由掌院英和派為小教習，雖沒有直接教過陶澍，但陶澍照例尊稱他為老師。

這天是門生拜老師，所以雖以兩江總督之尊，仍舊衣冠整齊地用大禮參拜，王鼎固辭不獲，只好受了半禮。但寶興是陶澍的後輩，便只以平禮相見了。

等陶澍換了便衣，茶敘話舊；寶興知趣，略略周旋了一會，託辭服藥，告辭離座。這就到了彼此得以傾訴衷曲的時候了。

首先提到的便是死於旅途的蔣攸銛。「老師，」陶澍滿臉感傷地說，「蔣礪帥之死，最難過的是我，當初我原獻議，既然有黃玉林到配地後，會潛回儀徵的隱憂，不如乾脆奏請正法。他說，那一來，黃玉林的部下心生懷恨，或許會出事，害得你惹了麻煩，不如我單銜奏請處絞，你奉旨辦事，誰也怨不著你。礪帥完全是為了衛護我，不道竟獲嚴譴，落得如此下場，老師你想，我問心何能自安？」

「也難怪蔣礪帥！」王鼎歎口氣，一臉莫可奈何的神情，「如今五位大學士，曹相國久管工部；戶部、刑部亦有人管，蔣礪帥回內閣以後，即令不管吏部，也應該管兵部；哪知降補兵部侍郎，而兵部王尚書宗誠，是晚四科的後輩，雖說尚侍都是堂官，畢竟有尊卑之別，本來管人的，一變而為此人所管，情何以堪？而況他剛過中年，就獨當一面，二十多年出將入相，到了晚年，名位反而一落千丈，再曠達的人，亦難以為懷，那就無怪乎抑鬱以終了。」

「老師持論極其公允。在蔣礪帥獲嚴譴的上諭到了這裡，無不相顧失色，說處分太重了！又有人說，以蔣礪帥的地位，請王命立斬黃玉林，亦為體制所許；單銜密奏，改充軍為絞刑，處置欠光明，誠然有失大臣之禮，亦不至於逐出內閣、降補為卿貳。以此推論，黃玉林如果脫逃了，豈非要將蔣礪帥充軍到新疆；萬一脫逃以後，又糾合徒眾鬧事，須命將進兵，蔣礪帥那就應該處死！不知道京中的輿論如何？」

王鼎說：「亦都為蔣礪帥不平。有人怪曹相國不能說一句話，是毫無擔當；熟悉情形的人笑笑說：曹蔣不和，已非一日，期望曹能保蔣，根本就是妄想。但也有人不信邪，當面去問曹相國，他說他替蔣礪帥講過話，先調回內閣，以觀後效。皇上不肯，因為皇上最近的心境壞透了。」

這話倒是不假，原因是已經成年的皇長子奕緯，得了癆瘵虛症，一直住在圓明園養病，據御醫私下向人透露，只是拖日子而已。靜妃倒確是宜男之相，連生皇二子奕綱、皇三子奕繼，可惜雙雙夭折。全貴妃生過兩個公主，都生得冰靈聰明，十分可愛，無奈身非男兒，難承大寶。皇帝開年即是五十，而國本猶虛，這心情之灰惡，是任何人可想而知的。

「唉！這也是蔣礪帥晚年走了這麼一步倒楣的墓庫運。」陶澍又說：「老師，蔣礪帥功在江南，我想奏請將他入祀名宦祠，尊意如何？」

「這是應該的，不過不宜在此時出奏，『逢君之惡』，必碰釘子無疑。」

「是，是。」陶澍想了一下，認為可以談到正題了，但剛要開口，發現門口出現了下人的影子，便先住口不語。

此人是王鼎的老家人王誠，他走到主人面前，低聲說道：「金大老爺有事要見老爺。」

「請，請。」

於是金縣令緩步入堂，一一請安行禮，站起來面對著王鼎說：「我們大帥的廚子，挑了一桌菜來，『酒食先生饌』，想來大人絕不肯辜負老門生的情意，我已經斗膽作主替大人收下來，在廚房裡預備了。這一桌菜很豐富，特來請示怎麼個吃法？」

這桌菜有兩個吃法，一是分餉寶興及隨員；二是會食，王鼎採取了後者，「請大家一起來吃吧。」他說。

「是。」金縣令緊接著說，「至於今天的飯菜，我遵大人吩咐，不用海菜，雞鴨只用一樣，我叫哈回子預備的是一隻鴨，鴨架子留到晚上煨粥，替大人消夜。」

「費心，費心！」王鼎拱拱手，等金縣令退了出去，向陶澍說道：「雲汀，實在不必如此費心，下不為例，好吧？」

「是，是，下不為例。」陶澍又說，「老師知道默深這個人嗎？」

「怎麼不知道？內閣中書中有兩大名士，一個仁和龔定庵；一個邵陽魏默深，名動公卿，我何能不知？」

「老師覺得他怎麼樣？」

「他做學問比龔定庵來得扎實，定庵的辭章一流，家學淵源，『三禮』雖『小學』亦頗見工夫，但論實用之學，有益於國計民生，比魏默深就差得遠了。」

「老師真是月旦之評。魏默深前兩天寄來了一篇〈籌鹽議〉，我想送來請老師過目。」

「好極了！你多錄一個副本送寶獻山。」王鼎想一想又說：「上次我到長蘆去看鹽務，皇上派寶獻山跟我一起去的用意是，王公親貴在近畿的莊園很多，那些莊頭狐假虎威，頗為囂張；寶獻山是紅帶子，壓得住他們。其實他對鹽務一竅不通。我想請派一位熟悉鹽務，言語又不會隔閡的過來，給寶獻山作一番講解。如何？」

「金大老爺鹽務出身，找他就很好。」

「真是！」陶澍指著猶在飄拂的門簾笑道：「說到曹操，曹操就到，金大老爺來肅客了。」

「是。」金縣令掀高門簾答說：「兩位大人請吧！」客前主後，過穿堂進入一座楠木廳，寶興恰好也到了，一旁並排站著三位中年官員，為首的一位著一件深絳色緞子的「巴圖魯坎肩」，這在南方稱為「一字襟馬甲」，在京裡本為六部司員見堂所著，逐漸變成軍機章京專用的服飾，一望而知是王鼎的隨員，因為只有軍機大臣出差才能隨帶軍機章京。

他的另一位隨員是戶部陝西司員外，陝西司兼管鹽引，算是內行；寶興是兵部侍郎，所帶隨員一名，是兵部車駕司的郎中。

當下見過了禮，主客連金大老爺一共七人，圍坐了一桌，席間自然是兩位欽差跟陶澍的話多；偶有冷落的時刻，金縣令總能及時掀起有趣的話題，所以這頓飯從午初吃到未末方散。

陶澍辭歸督署以後，立刻交代材官，傳來刻字匠，將魏默深的那篇洋洋三千餘言的〈籌鹽議〉刻板刷印了數十份；第二天一早，專差送了十份到瞻園。這天白晝，欽差及隨員一起用功，細讀那篇文章。到了晚上，寶興及三位隨員，邀金縣令一起喝酒，為的是要向他討教鹽務。

金縣令首先聲明，「我可沒有默深先生肚子裡那些墨水，若說考校鹽制源流，那是問道於盲！不過我在兩淮多年，鹽務積弊，略知一二，自信還不會說外行話。」他又加了一句：「更不敢作欺人之談。」

「要請教金大哥的，正是兩淮的積弊。不過，」寶興有些不好意思地說，「說來慚愧，到現在為止，我還不明白甚麼叫『窩價』？」

「『窩』是行話，凡是在『綱冊』中有名字，指定他的『額引』可以行銷到某岸的，這就是有了一個『窩』。」

「那麼甚麼叫『綱冊』呢？」

這一下便將金縣令問得瞠目不知所對，心裡頗生這位欽差的氣，已經聲明，不懂制度源流，偏偏問到這上頭，這不是俗話所說的「哪壺不開提哪壺」嗎？

幸好戶部陝西司的方員外，研究過鹽制，可以為寶興作答，也解了金縣令的圍。

原來現行的鹽制，名為「綱法」，是明朝萬曆末年，「兩淮鹽法疏理道」袁世振，仿唐朝善於理財的劉晏的遺意所創行。「綱」有歸總之意，寓稅於價，所以賣出鹽引，亦就是收到了鹽稅；換句話說，鹽引等於完稅憑單，但有指定的銷售地區，所以鹽引亦如路引，鹽一離引，即不能營銷。其時積引甚多，亦就是鹽產滯銷，於是袁世振將每年應銷的鹽，編為十本「綱冊」，九本銷現引，一本銷積引。但鹽不能多吃，每年銷數有定量，亦就是售出的鹽引有一定的數量，名為「額引」，現引已足，積引如何銷法？因而袁世振又創行「減斤加價」之法，每引的鹽量減少，而價格反而上漲，這一來在綱冊上有名字，亦就是登記有案的專賣商，裡外發燒，雙重吃虧，為了彌補起見，許其永占引岸，亦稱「引窩」，一次吃虧，世世承業，實在是大占便宜，所以綱法初行時，認引的極其踴躍。

到了清朝，鹽制未改，不過前朝的綱冊，當然作廢了，重新招商認引，占到引窩的，稱為「業商」，可以將鹽引，亦稱「窩單」出租，租金論引計算，名為「窩本」。兩淮的額引，約共一百六十萬引，每引抽窩本一兩，就是一百六十萬兩，歸有「窩家」的十幾家業商所得。每綱如此，即是年年如此，假定某一業商有十萬引的窩單，則子子孫孫每年都可不勞而獲十萬銀子，所謂「憑一紙虛根，先正課而享巨利」，即此之謂。

「原來如此！」寶興扳著手指算，「一年十萬，十年就是百萬；三十年為一世，坐享巨利三百萬，積三世下來，家資上千萬了！這麼多錢，怎麼個用法呢？」

「無非窮奢極侈四字。」金縣令答說，「此風是康熙年間安麓村興起來的，此人——。」

此人單名岐，字麓村，別號松泉老人，原是朝鮮人，不知以何因緣，入於康熙朝權相明珠門下，相傳他領了明府的本錢，在揚州經營鹽業，由於明珠的勢力，所以他的行鹽，無往不利，不數年便致巨富。精於鑒賞，收藏極富，著有一部《墨緣彙觀錄》，所著錄的古人名跡，大多為他的家藏。不幸雍正之初，捲入隆科多、年羹堯「謀反大逆」案的漩渦中，因而抄家，數十年辛苦搜求的稀世奇珍，大多歸入內府了。

「安麓村行鹽致富，自是事實，不過他的起家實由於手裡有窩單之故……。」

原來清沿明制，綱鹽額引，俱照萬曆年間「會計錄」的原額，天啟、崇禎以後的各項加派，一律蠲免，所以認窩的爭先恐後；及至三藩之亂，一方面烽火處處，商旅裹足，鹽無行銷之地；另一方面，又以軍餉所需不斷加價，於是鹽商大困，尤以兩淮為甚，積引甚多，戶部無奈，只有註銷。

哪知三藩亂平，百姓安居樂業；流離道路，淪落他鄉的亦都紛紛回鄉，各理舊業，不數年物阜民豐，食鹽暢銷，對於以前被註銷了的鹽引，情願先呈課銀，請求補發。安麓村就是趁此混亂之際，仗明珠之勢，弄到了一大批窩單。

當時的鹽商雖然都發了財，但起居服御，格於定制，不敢逾越，更不敢招搖，像京城中六部書辦發大財的比比皆是，但儘管關起大門來享用可比王侯，但表面上都很樸素謹飭，沒有一個敢得意忘形的。但自安麓村致富後，由於他的靠山很硬，根本不理這一套，揚州鹽商、河員的奢侈之風，就是他帶起來的。

「不過像安麓村那樣風雅的鹽商，為數不多。鹽商買字畫，真假好壞鑒別不出來，只要有名人題跋就好；骨董認為價錢貴而有缺損的，才是上品。不過鹽商蓋園子確是講究，圍牆基腳用石塊疊成，拿江米熬成稠漿黏合，這是明太祖造南京城的辦法，可歷千年不壞。」金縣令又說：「揚州鹽商最大的一座園子，名叫容園，業主姓張。容園的廳堂，有三十八座之多，規模可想而知。」

「修一座園子，花費再多，總還是看得見的！」方員外說：「養一座園子的日常費用，可真是一個無底洞。譬如容園三十八廳堂，得用多少人？」

「是啊！日常的用度，即令微細之物，積起來亦成巨數。相傳有人薦一個人給鹽商，請予錄用；一問起來，此人既未讀過書，亦沒有甚麼本事，於是找了總管來問，說有甚麼職司可以安插他？總管答說：有個司燭的，昨天急病去世，沒有補人，就讓他暫時承乏好了。此人以為這個職司，輕而易舉，不以為意。第二天上工以後，午後主人傳話要宴客，司燭的要遍點燭火，太陽尚未下山開始，到天黑還未點齊，於是有人告訴他，燭火根本不能熄滅，快要點完時，另換一枝新的上去。粗如兒臂的紅燭，一晝夜要點四枝，一個園子裡的燭臺，上百計算，試問光是這筆費用，就是多少！」

「那麼，」寶興問說：「鹽商之間，有沒有彼此鬥富這回事？」

「怎麼沒有？不過不是像石崇鬥富那樣，我砸碎你一株珊瑚樹，拿出更大的一株來賠；而是文文氣氣，爭奇誇巧，各擅勝場。譬如——」

金縣令舉了幾個例子，譬如有人喜歡人物漂亮，自司閽至灶下婢，都是清清秀秀，年紀輕的；而有人則反是，盡用奇醜者。有人好大，一把銅溺壺高三尺許；有人好新，無一日不製衣履；但亦有人認為著舊衣服才舒服，新製的單夾衣服，找愛乾淨的人，穿到半新舊時才著用。

「總之，揚州鹽商錢太多了，最好新奇，門下養了許多食客，其中就有專門為他動腦筋怎麼花錢買新奇的。」

曾在清江浦住過的方員外接口說道：「奢靡之風，亦不盡由於鹽商，河工、漕運都是闊衙門；不過河、漕官員大都是外鄉人，撈飽了滿載而歸，不如鹽商在本地還做些事，如淮陰侯韓信封地的清江浦，是河督駐節之處，又為運口；更是淮北鹽商薈集之地，河漕鹽三途，並集一隅，繁華不遜揚州。有一處地方，名為河下，淮北鹽商，大多住在這裡，有一條數百丈的石路，漂亮極了，平整的青石板下，開一條極寬的陰溝，石板上遍鑿蓮花，夏天暴雨，積水在片刻之間，宣洩得乾乾淨淨。此外鹽商花錢修橋補路、設置善堂，造福地方之舉，不一而足。所以，現在談整頓鹽務，都以為首要之舉，在裁陋規，節浮費，鄙意似未可一概而論，如普濟堂、育嬰堂、義學、書院的津貼，不宜裁減。據我所知，陋規在淮南、淮北不盡相同，不妨請金大老爺指教。」

「是，兩淮的陋規不同，淮北最大的陋規在『五壩十杠』，五壩在淮安府西面三十里的『新城』地方，城東北有仁義二壩，稱為東二壩；西北有禮智信三壩，稱為西三壩，綱鹽由鹽場運到船上，要過五壩，每一個壩都要花錢，不在話下。」

過壩要人抬，過了壩又換一批人抬，但並非這一壩直接抬到下一壩，抬到半路換一批人，易言之，過一個壩要兩批人抬，此所以「五壩」而有「十杠」。

「綱鹽出場，尚未上船，已開銷了十五筆的陋規；過完五壩，大包改成小包，名為『改捆』，又要花一筆錢，而且雪花樣的鹽，倒來倒去一折騰；摻入泥沙，反不如私鹽來得潔白，所以就老百姓來說，即令官鹽售價與私鹽一樣，亦寧願食私。」

「真是非改革不可了。」寶興問道：「這一來，淮北綱鹽會賣到甚麼價錢？」

「鹽在鹽場賣，每斤不到制錢十文，層層需索以後，每斤要賣到五、六十文不等，每引要合到十幾兩銀子，私鹽最多亦不過綱鹽的一半價錢。」

「淮北如此，淮南呢？」

「淮南的陋規，花樣就多了，先說公費，又分兩種，一種是總商的公費，額定每年七十萬，不過一定要浮冒的，無論如何要超過一百萬。」

「名為公費，自然是公用，」寶興問說：「有哪些公用呢？」

「有的是正當用途，像育嬰堂、書院、義學，不過也有總商借此安插閒人的地方，立個甚麼務本堂、孝廉堂之類的名目，內有掛名的董事，名額不一，一年要用到二十幾萬銀子。最沒有道理的是，養了兩個戲班子，只是供總商消遣。還有一種名為『乏商月折』，鹽商之中虧了本，或者遭遇重大變故，以致傾家蕩產的，子孫可以憑『乏商月折』按月支領津貼。」

「各衙門的陋規呢？」

「亦稱為公費，以鹽政衙門、運司衙門為主。」金縣令說：「大家都知道大小衙門的書辦，是照房頭來分的，縣衙門天下一律，只有六房；京裡六部，戶部、刑部照省分來分，天下十七省，亦只有十七房，可是兩淮鹽務司衙門，各位知道有多少房？十九房！」

「為甚麼要這麼多房？」

這回是方員外代為回答：「不設這麼多房，怎麼來安插胥吏？」他說：「據我所知辦運請引，手續繁瑣。一道文書要經過十一個關口，層層節制，就是層層剝削。」

寶興點點頭又問：「此外還有甚麼額外的費用？」

「那就是『匣費』了。」金縣令答說：「匣費是給漢口引岸跟鹽務有關的衙門，一筆總的陋規，由他們自己去分，運商不必再一個個去應酬。」

「這麼說，這筆匣費，數目不小？」

「也是按引來提，每引提銀一兩二錢，一百六十多萬引總得要一百八十萬銀子。」

「陋規、窩價、匣費，非大加裁減，不足以輕本；非輕本不足以敵私。」寶興帶著懷疑的語氣問說：「做到了這些，私鹽是不是就可以絕跡了呢？」

這一問，金縣令與方員外，都遲疑著未敢作答，倒是大家都管他叫「趙四爺」的軍機章京，有很透徹的看法。

「輕本固可敵私，但只是能對敵而已。輕本，總還是要花成本的，只是減輕而已；私鹽根本不完稅，也沒有那麼多陋規，而且漕船回空帶私，根本不須水腳，所以如果沒有緝私辦法，輕本未見得能讓私鹽絕跡。」

大家都同意趙四的見解，官鹽輕本可以敵私，卻不足以絕私；但要如何才能根絕私鹽，意見就很紛歧了，有的主張嚴禁，有的認為漕丁極苦，而回空漕船帶私，多年皆是如此，一旦嚴禁，生計大受威脅，不如變通辦法，准漕丁帶私，仍完官課，准予發售，如此化私為公，公私兩有裨益。可是也有人駁他，這一下私鹽將更猖獗，鹽務益難整頓。

先是質難辨疑，慢慢地嗓子越來越大，將演變為意氣之爭；幸而金縣令能言善道，及時解圍，講了兩個鹽商附庸風雅的笑話，舉座哄堂之餘，自然心平氣和了。

這天這頓飯的好處甚大，不特寶興與他的隨員，以及趙四章京獲益不淺，就是內行的方員外，一經金縣令現身說法，對於鹽務上好些知其然而不知其所以然的弊病，亦都表裡洞明了。因此，當陶澍與王鼎、寶興密談改革之道時，只要定出一個宗旨，他們就能很快地擬出辦法。陶澍與王鼎，都很務實，決定難處著眼、易處著手，淮北的毛病，不如淮南來得重，所以陋規一律要裁以外，在制度上決定淮北先改，改綱鹽為票鹽。

票鹽法徹底打破了窩家的制度，人人可以請票即人人可以販鹽，憑票到鹽場買鹽，由鹽官掣給三連票的一聯，立定限期運到自己選定的口岸行銷，票鹽不准相離，以憑查驗。運道亦不再經過五壩十杠，而是由王家營的減水壩渡過黃河入洪澤湖，鹽包亦不再改捆，出場時每包一百斤，直接運到口岸，鹽質非常純淨，光是這一點，便是絕大的改進。

當然主要的是，成本大為減輕，每引只合到五兩多銀子，比以前綱鹽的成本，輕減了三分之二，鹽販改領票鹽，有利可圖，自然不願再違法走私，所以淮北票鹽改制不到四個月，請運已超過三十萬引，而一綱的總數不過三十六萬引。

至於裁陋規，更是大刀闊斧，毫不留情，鹽商公費每年定為三十萬兩；各衙門公費，裁去八十多萬，同時王鼎奏請裁撤兩淮鹽政衙門，由總督兼管，公費及匣費，減為每引徵銀四錢，只及以前的六分之一；窩價因為相沿已久，一時還未能取消，規定每引給銀一錢二分，幾乎只及以前的十分之一。

此外另一項大改革，即是嚴禁糧私及船私。糧私即是漕船回空帶長蘆私鹽，合計占正綱三個月的額銷，易言之，官課損失四分之一之多。

漕運總督貴慶徇漕丁之請，奏請許帶蘆鹽，但照章在兩淮路納官課，正就是方員外他們的化私為公的主張，但陶澍堅持不可，因為這一來，即有私梟墊本，購買長蘆私鹽，除本分利。天庚正供的船隻，公然載運私鹽，太不成體統。而且兩淮綱鹽，向例集中儀徵，全數運到漢口查驗後，再分運至各岸銷售；漕船回空，必然隨處停泊賣鹽，耽誤了回空的期限，即是耽誤了新漕的北運，這一層關係尤其重大，朝廷認為理由充足，駁掉了貴慶的奏請。

糧私以外的「船私」，就是綱鹽在漢口守輪待售之時，私下偷賣，再鑿沉空船，報請「淹消」，照例得以補運，但補運之數，一定超過呈報之數，此即是所謂「船私」，除嚴密查禁之外，別無善策。

也不過半年的工夫，揚州、淮安、清江浦這些紙醉金迷的煙花勝地，可以很明顯地看出來，市面是蕭條得多了。寄生在鹽務上的閒漢，無不惶惶然如喪家之犬；兩淮的百姓，以優閒著稱，早晨從起床就直奔茶館，洗臉、吃早點然後慢慢喝茶，一壺茶直沖到成了白開水為止，名為「沒色水」；下午就泡澡堂子，名為「水包皮」。如今就沒有那麼舒服了，不勞而獲的津貼，什九停止；想打秋風，不知去找誰，小有小難，大有大難，鹽商家家緊縮開支，而且本來就不大見客，現在更是摒絕交遊了。

然則，這些閒漢如何謀生呢？有氣力、肯巴結比較好辦，約集親友，湊齊資本，去販票鹽，每票一張，運鹽十引，總重約兩千斤，成本不到六十兩銀子，但零售可以賣到一百兩，所以只要肯負重吃苦，生計亦可維持。

就怕的是身無一技之長，手無縛雞之力，而又脫不下那件表示斯文一脈的長衫，那就只有幹些沒廉恥的勾當了。揚州一帶就像鄭板橋的詩句：「千家養女先教曲，十里栽花算種田」，沒廉恥的勾當，便是迫使妻女拋頭露面；後街曲巷中驟然多了好些「黃魚」——暗門子中的私娼。

因此，兩淮一帶，提起陶澍，無不咬牙切齒。民間鬥的紙牌，名為「葉子」，上面本來畫的是三國或水滸上的人物，這時改畫陶澍的家人，包括他的曾割股療親，以孝女著稱的大女兒，及大女婿名翰林胡林翼。另有一張牌，名為「雙斧伐桃」，畫兩個人手持利斧，砍伐桃樹，為陶澍的諧音；摸到這張牌，整副再好，亦算全輸，所以一天到晚不知道有多少人在咒罵陶澍。

這些情形，居然會傳到深宮，連皇帝都知道了。皇帝這一陣子的心境極好，因為政務順手以外，全貴妃為他生了一個兒子，是為皇四子。仁宗的孫子「奕」字輩，地名第二字都用絞絲旁，所以皇長子至皇三子名為奕緯、奕綱、奕繼，但盡皆不育，皇太后便嫌絞絲旁的名字不吉利，主張另改。

皇太后說：「一當了皇上，他的名字就得避諱，如果是日常用的字，避不勝避，那有多麻煩！康熙爺是通情達理的，所以阿哥們的名字，上一字是趙匡胤的胤；下一字都是示字旁的吉祥字眼，不常用到。絞絲旁的字，像緯、綱、繼，都是常用的；如今四阿哥的名字，不必再絞絲旁，換個僻字。」

皇帝衷心悅服太后說的道理，便取了字書來，親自研究，決定用言字旁，給四阿哥起名叫奕詝，這個詝字連好些翰林都不認識，皇帝親自跟上書房的師傅解釋：「念如語字，是智慧的意思。」

四阿哥的出生日期是六月初九，兩個月後的八月初十，便是皇帝五旬萬壽吉期，事先大沛恩施，親貴大臣得了處分的，一概開復，充軍到黑龍江的英和及兩子奎照、奎耀亦蒙恩賜還。回京不多幾日，他的門生正受寵信的軍機大臣兵部尚書穆彰阿，登門拜見。

「昨天皇上特為召見門生，對老師還很惦念；不知道老師還想不想出山？」

英和想了一下問：「這是你的意思，還是皇上的意思？」

「我不敢欺老師，是皇上特為派我來勸駕的。」

「言重！言重！真正惶恐萬分。不過，鶴舫，」英和遲疑了一會說：「實不相瞞，我一片丹心，已經讓皇上把我折磨得乾乾淨淨了。年過六十，精力衰頹，容我在家壽終吧！」

意思是復起之後，如果又遭嚴譴，再一次充軍，必然死在邊荒。穆彰阿聽得如此決絕的語氣，知道再勸無效，便緘默不語。

「鶴舫，你的盛意我很感激；還有層意思，我要跟你說明白，你兩個師弟，皇上自然要賞差使，我怕你會替他們說好話，千萬不必！該當如何便如何，不必有分外之恩；你要知道，皇上的鴻恩是很難消受的。」

穆彰阿沒有想到，老師的牢騷如此之甚，但細想一想，皇帝的性情，確是跟明思宗有些相似，賞罰常都有過當之處，看來今後要長保富貴，只有學曹閣老，事事將順聖意。

這心裡的打算，自然不便宣之於口，想了一下說道：「不管怎麼說，皇上對老師總還念著以往的勞績，老師似乎應該有所表示。」

「怎麼表示？」

「上個謝恩的摺子。」

「我是罪廢之員，現在還有資格上摺子嗎？」

「那倒無所謂，皇上既然垂問，老師瀝情覆奏，也不算冒昧。」穆彰阿又說：「不然，由軍機處代奏亦可。」

英和沉吟了一會答說：「如果你覺得有此必要，我亦不反對。這件事你最好跟曹相國商量，他是很講究細節的。」

「是。」

「不管怎麼個辦法，筆墨之事，請你代勞，稿子亦不必給我看。」英和拱拱手說：「一切拜託。」

穆彰阿依照指示，第二天一早到了軍機處，先拿這件事跟曹振鏞談，向他請示辦法。

「喔，」曹振鏞微感詫異，「你看英煦齋不願復起是為了甚麼？真的精力不夠，還是心裡有甚麼芥蒂？」

「芥蒂是絕不會有的。」穆彰阿極力為老師辯白，「我老師的語氣是，現在政局以力求安定為主，他又好出主意，如果辦不通，豈非徒事紛爭，害大家為難，所以一動不如一靜。我老師純然為大局著想，我看不必勉強他吧！」

聽得這話，曹振鏞放心了。他看皇帝由於海運、票鹽兩事見效的鼓舞，近來頗有銳意進取，想好好改革一番的意思，如果英和復起，必蒙大用，即令對自己的地位不構成威脅，但辦事一定很吃力，行年七十有七，哪還禁得起勞心勞力？

「政局以力求安定為主，這話說得很好。」曹振鏞想了一下說：「亦不必費事上摺子了，今天『見面』的時候，我會找機會讓你當面回奏。」

所謂「見面」是指全班軍機大臣，每天辰時前後，在養心殿照例的晉見。依照規制，奏對都由帶頭的「領班」獨任其事，其他的軍機大臣非由「領班」示意，不得越次發言。

是故這天在養心殿，曹振鏞在例行公事完了以後先說一句：「穆彰阿有事跟皇上回奏。」然後跪在政局的穆彰阿，將拜墊往旁邊挪開一步，很委婉地陳奏了英和不能復起為朝廷效力的苦衷。

「知道了。」皇帝點點頭，轉臉看著曹振鏞問道：「林則徐的摺子，我已經發下去了，你看見我的批了吧？」

林則徐是新任的東河總督，到任方兩個月，最近上了一道奏摺，指陳河工積弊，無非偷工減料兩大端，材料中用得最多的是「秸」，為了搶救急需，秸料平時都堆積在堤岸上，其名為「垛」，垛有各種堆法，因而有「門垛」、「灘垛」、「並垛」等等名目，但不論是何名目，都須裡外堆實，方夠一定的分量。治河大員看工驗料時，即以垛數為準；所以減料的辦法，便是將秸垛堆得外實內虛，以致無處棲身的乞兒，有以垛為家的。

因此，驗垛如果僅憑目測，必然受欺，林則徐洞悉弊端，到達山東兗州任所後，立即出巡驗料，親歷黃運兩河南北十五個廳，將秸垛「抽拔拆視，藉明表裡」。皇帝在摺後硃批：「向來河臣查驗料垛，從未有如此認真者。」足見嘉許甚至。

原摺已經發到軍機處，曹振鏞已經作了處理：「臣已恭錄硃諭，寄交林則徐。想來該督經此天語褒獎，必當益加奮發報效。」

「這林則徐是你的門生嗎？」

「是。」曹振鏞答說：「是臣在嘉慶十六年會試所取中的。」

「東河本來是副總河，只要南河治理得好，東河的關係不大。以林則徐的才具，在東河似乎可惜了。我想讓林則徐去接江蘇，你看如何？」

曹振鏞心想，先提門生，再問他林則徐調江蘇巡撫的意見，等於在問他：你這個老師，願意不願意保門生？這是要負責任的，回答不能不慎。

不過他很快地想到了，林則徐正蒙聖眷，如果不贊成他出長江蘇，皇帝一定要追問原因，卻很難回答，將來如何不可知，眼前便先有奏對不能稱旨之失。

這樣一想，主意頓改，由遲疑而改為力保，「林則徐才大心細，」他一面回憶，一面回奏：「他在道光三年就放江蘇臬司，決獄平恕，遺愛在民；其間兩度丁父母之憂，起復後由湖北藩司調江寧。」

曹振鏞又說：「林則徐任內以各屬水災，建議倡捐賑災，振興地方，策劃周詳，經江督陶澍奏請施行，已一一收功，吏部正奉旨辦理獎敘。林某如蒙天恩，調升江蘇，不但人地相宜，陶澍亦一定大得助力。江蘇是東南財賦之區，鹽漕河為國家三大政，能得陶澍、林則徐合力整頓，實為社稷蒼生之福。」

徽州人說話，聲調緩慢，所以曹振鏞從容陳詞，皇帝聽得清清楚楚，看來稱讚督撫，其實也是「頌聖」，欽佩皇帝善於用人。有這番奏對，自然益發視如股肱了。

「那就讓林則徐到江蘇去吧！」皇帝想了一下又說：「吳邦慶做過書，又當過漕督，讓他去接東河，似乎亦很合適。」

「是。」

吳邦慶是嘉慶元年進士，歷任湖南、安徽巡撫，署理漕運總督後，調任江西巡撫；著過一部《畿輔水利叢書》，皇帝的印象很深，所以想到了他。

「新漕大概甚麼時候可以過山東？」皇帝又問。

「總要四月底、五月初。」曹振鏞建議：「新漕關係重大，吳邦慶剛剛接事，人地生疏，只怕照料不過來；臣以為不如讓林則徐在新漕全數過山東後，再交卸赴新任，比較妥當。」

「好。」皇帝點點頭，「等吳邦慶接了事，林則徐亦不必來京請訓，直接赴新任好了。」

因此，林則徐直到六月底，新漕重運一批批安然過山東後，方能交卸；由運河到蘇州接事。第二天就接到陶澍派專差送來的一封信，說上年辛卯正科鄉試，因為皇帝五旬萬壽，改為恩科；正科鄉試改在本年八月舉行；屆時蘇撫監臨，入闈前後，可以見面暢敘，現下時值盛暑，又是剛剛到任，千萬不必跋涉。照習例，江蘇巡撫到任後，應該盡快到江寧謁見江督，一則是禮節上應有的尊敬；再則兩江總督與江蘇巡撫的關係，與他省的督撫不同，他省督撫可以各辦各事，江蘇則是督撫共治一省，有關國計民生的大政，必須事先諮商明白。如今陶澍特為來此一信，自是一種體恤。

為了順便巡視屬下各地，林則徐在七月廿三便已啟程，不想風雨大作，行程稽遲，一直到八月初二才抵達江寧。

第二天中午，林則徐應陶澍之邀，到督署赴宴，作陪的是正在江寧的學政；雖然主客僅得三位，但總督起居八座，場面闊綽，仍舊演戲侑觴，林則徐雖不好此道，但「做此官行此禮」，循例點了一齣戲，也開發了賞錢。散席以後，在花廳茶敘，這時才能略談正事，第一件事，自然是談闈務。

「南闈合江蘇、安徽兩省士子，每科總有一萬五六千人入闈；點名進場是一大麻煩。」

「是。」林則徐答說：「點名進場每場只有一天的工夫，即令提早、延後，最多也只有八個時辰。這件事，一定要想法子改良。」

「是啊！每一回都有人擠倒受傷，去年恩科還出了踐踏致死的命案。少穆，」陶澍問道：「你處事向來細心，善於未雨綢繆，不知道想過沒有如何改良？」

「想是想過，也有了一個腹案，不過行之是否有效，要實地看了貢院跟附近的情形，才能定奪。」

「好，好！一切請你費心。」陶澍又說：「外簾官如果不得力，盡量撤換，不必顧忌。」

「是。」

林則徐辭回行館後，思索了半夜，終於想出了改良的辦法，決定用兵法來部勒。所謂用「兵法部勒」，便是排定次序，進退聽號令而行，不許爭先延後。江蘇安徽合闈，兩省共十六府，一百二十二個州縣，林則徐事先計算了一下，依縣份大小，文風興衰，排定進場次序，以信砲為號；另擇貢院附近適當地點，為士子集合之處，每一府一面大燈牌，各歸本府，不致紊亂。

鄉試共考三場，第一場在八月初八起始，這天寅正時分點名進場，除了順天貢院以外，各省都分三路點進，林則徐坐鎮大門親點，監試、提調分點東西轅門，兩省各府士子，依照信砲通知，魚貫入場，到得日落時分，點進完畢，總數一萬四千七百多人。

第一次試用「兵法部勒」，自不免還有瑕疵，好在有林則徐居中指揮，一切都算順利；到第二場、第三場都井井有條，成了定制了。

鄉試的內外簾官，向例由監臨檄調本省科甲出身的州縣官，經過考試後派充，這回林則徐一共調了三十八員，文理優長的十八員派為房考官，隨同兩主考入內簾；另外二十員派充受卷、彌封、謄錄、對讀四所的外簾官。闈中只有趕工的那一刻忙碌不堪，此外都是清閒從容的，林則徐正好趁此時機，約見這些州縣官、垂詢地方情形。每天晚上的會食，則純然閒談，不及公事。

話雖如此，公事中亦有可資為談助的，有個周知縣談他縣裡一樁搶親案，情節曲折，但最後卻是皆大歡喜，其間的關係，在他本乎「王道不外乎人情」的宗旨，法外施情，將被搶之女，判為搶者之妻，但搶者另罰財禮，由本夫另娶。這位周大老爺言下甚為得意，認為他成人之美，也積了陰德。

在江蘇，搶親之事是新聞，但有一位由甘肅調來的王知州說：「在甘肅，搶親成風，不足為奇，其間陰錯陽差的趣聞很多。」

原來搶親有個規矩，必須本人親自下手，譬如張三搶親，可以糾合親友，一起前往，但搶到了「新娘子」，一定要由張三背著，一口氣奔回家，然後進入洞房，強迫著成其好事，生米煮成了熟飯，往往是本夫吃虧。

但如搶的人身體孱弱，負女急奔，力所不勝，又將如何？因此，又有個變通的辦法，即是到女家下手搶以及搶到家入洞房，必由本人，中間漫長的一段路，可由他人代勞，陽錯陰差的情形，便常發生在中間的這段路上。

「我在陝西剛到縣的一個月之中，就接到七、八張告搶親的狀子；有一回接到狀子，被告是個惡名在外的土豪，我指明叫一個楊五的捕快去抓人，這楊五誠樸可靠，而且孔武有力，既不會得賄買放，又制得住土豪，哪知楊五面有難色——」

王知州便問楊五，可是畏懼土豪？楊五說不是，但吞吞吐吐，不肯明說原因：找了捕頭來問，才得明白。

「原來楊五閫令森嚴，他老婆交代過，甚麼案子都可以辦，獨獨不能辦搶親的案子，因為他的老婆就是搶來的，楊五有個堂弟，姑且叫他楊六吧——」

楊六搶親，重託楊五幫忙，女的在楊五背上，一路哭罵叫打，楊五不理她，埋著頭往前直奔。女家到男家有十里之遙，負重的楊五漸漸落後了，先是由於有呼嘯雜遝之聲，聽不清女的罵些甚麼，漸漸地分辨得清楚了。

只聽女的狠狠地在罵：「你好大的狗膽，敢搶姑娘！你把姑娘搶回去當祖宗供養不是？姑娘剋你一輩子！哪怕你頭髮白了、牙齒掉了，姑娘也饒不了你！」

憨厚過人的楊五，只是納悶，話中似乎有話，但卻摸不著邊。到了三岔路口，毫不遲疑地往西面去，因為楊六家住西村。

哪知腦袋上突然著了一巴掌，「你莫非狗眼瞎了！」女的在罵：「連自己的家都認不得？」原來楊五是住東村。

這一下，楊五恍然大悟，略想一想，急急改投東面；只聽後面有人群呼喊之聲，顯然的，楊六來追他們來了。

這時候，楊五不能不考慮，腳步便慢了下來；於是女的又在背上罵了：「你的狗膽到哪裡去了？好漢一人做事一人當，沒有膽子你也敢來搶姑娘？好吧，姑娘放你一馬，背我到前面林子裡，姑娘要解溲。」

解溲是假，野合是真，等楊六越過林子，復又翻回來找尋，倒是撞見了，但已是徒呼奈何。

在朋輩宴敘的場合，王知州是一枚開心果，他長於詞令，無論說理敘情，莊諧並作，令人忘倦；這天談的又是個有趣的故事，所以聽時鴉雀無聲；聽完便鴉飛雀噪，意見紛紜了。

例外的是兩個人，一個坐在主位上的林則徐；一個是派為提調的江寧知府，他看林則徐只是拈鬚微笑，一言不發，見機而作，保持沉默。

席散以後，林則徐派差將周知縣請了來，開門見山地問道：「貴縣那椿搶親案，發落了沒有？」

「被告在押，女的則由家長領回候傳。」周知縣答說：「此案尚未奉憲台批覆，所以不敢發落。」

「周大哥以為斷和為是？」

「是。」

「照大清律怎麼說？」

一聽這話，周知縣知道事情不順了，「照大清律，搶應該斷離；不過天下州縣，凡遇這等案件，總是息事寧人，重失節，亦是防人命。卑職亦是照天下通例辦理。」

「你所謂『防人命』，是說女的不願歸本夫；情願嫁給搶她的人？」

「是，此女當堂斬釘截鐵地說，義不再辱，失節必死。」

林則徐笑了，「貴縣這件搶親案，跟我前幾年在江蘇當臬司所遇到的一案，情節相似。」他正一正顏色說：「如王大老爺所說，甘肅搶親成風，是因為地瘠民貧出於無奈，本乎王道不外人情之義，變通法例，猶有可說，在江蘇這樣的地方，就說不過去了。」

「是。不過——」周知縣不知道如何申辯。

「你不必再往下說了。我知道，你是成全他人，為自己積德；可是你別忘了，你是做父母官！為政之道，守經從權，而從權有因時、因地、因人制宜之分，如說東南財賦所聚的江蘇壯男無力備具六禮，明媒正娶，必須出以窮山惡水的搶親陋俗，我忝為江蘇一省長官，就絕不能承認這個說法。」

「是。」周知縣有點開竅了，「此風在江蘇不可長。」

「正是。」林則徐拊掌說道：「尤其是此時，更為不宜。周大哥，我想你比我清楚，如今兩淮百姓中，頗有人拿陶制台恨之刺骨，有沒有這回事？」

「有！千真萬確。」

「那麼，」林則徐明知故問：「倒是些甚麼人呢？」

「第一當然是『窩家』；其次就數那些蠹吏惡差；再下來便是遊手好閒，不事生產的寄生蟲了。」

「一點不錯，我回江蘇的日子雖不多，所聞亦確是如此。」林則徐略停一下說，「至於升斗小民，除非遊手好閒、不事生產，否則生計亦不受影響。實行票鹽以來，只要肯巴結，就不愁溫飽。貴縣濱海地方是苦了一點，可是縣東的『運鹽河』上，帆檣不絕，以零星的鹽販居多。我據報如此，不知屬實與否？」

「確是如此。」

「由此可見，實行票鹽對小民生計，不特無害，反而有益。就怕別有用心之徒，蓄意誣指，說兩江自行票鹽以來，小民生計日蹙，以致民間無力婚娶者，不得不出以搶親之一途。京裡的『都老爺』，聞風言事，飾詞參劾，關係不淺。我所說的『此時更為不宜』，正就是這個緣故。」

聽得這一番開示，周知縣心裡著慌，見諸形色；因為這一下累及總督，只怕前程不保，所以一面拿手巾擦汗，一面結結巴巴地說：「多蒙大人訓誨，頓開茅塞。還請大人明示，卑職該如何補過？」

「這一案未曾批覆，是因為臬司新舊交替之故，新任裕廉訪，不日可以抵任，我來跟他說，請他發回更審。你看如何？」

能發回更審，期於無過，比臬司駁下來，另發他縣，調去人犯案卷重審，面子上要好看得多了。但斷了「和」，復又斷「離」，出爾反爾，該如何轉圜，卻是個難題。

想到這一層，便說道：「多承大人栽培，卑職感激不盡。但不知大人當年遇此同類案件的處理經過如何？能否賜示。」

「當然，當然。」林則徐問道：「你今晚上有要緊公事沒有？」

周知縣管「收掌」，忙在士子繳卷之時，這天是第二場第二天，士子還都在「場屋」中辛苦，「納卷還早，」他說：「不忙，不忙。」

「那好。今晚上月色甚佳，你我就在月下閒談吧！」

這件搶親案出在海州直隸州的沭陽縣，有個開雜貨鋪的何老翁收養了一個名叫李阿牛的孤兒為義子，改姓為何，以便繼承香煙。由於這阿牛聰明勤儉，何老翁改了主意，決定將他招為贅婿，因而復了他的本姓。這年李阿牛十六歲，何老翁的女兒翠花十四歲；算命的說她非到十七歲不能出嫁，所以何老翁預定三年以後，才辦喜事，讓小夫妻圓房。

哪知就三年之中，李阿牛染上好賭的惡習，將何老翁的十五畝負郭良田，抵押了一筆款，斷送在賭場裡。受押的金主姓朱，一向以重利盤剝為業，有個獨子與李阿牛同歲，不但同歲而且小名亦同，也叫阿牛。朱阿牛是個紈袴，看何翠花長得姿色出眾，便說動他父親來跟何老翁求親，除了退還受押的十五畝良田以外，另送一筆豐厚的聘禮，何老翁為利所動，驅逐李阿牛，將翠花轉許了另一個阿牛。

李阿牛當然不甘心，好在他的婚約，四鄰皆知，且有抱不平的人，願意為他作證，所以李阿牛決定告狀。朱家知道官司打不過，跟何老翁商量好，決定出以搶親的手段，裡應外合，搶得自然非常順利。

不過李阿牛亦非弱者，他的人緣很好，加以四鄰為他不平，所以很快地糾集了一大批人，將何翠花搶了回來；但只是一個時辰的工夫，翠花已非完璧了。

這一下自然要興訟，朱家富於財力，在縣衙門中打點妥當。縣官判的是：「既已成親，姑免斷離」，罰朱阿牛以財禮賠李阿牛，以便另娶。此案由縣到州，由州到道，淮揚海道便是林則徐，以此風不可長，發回更審。海州直隸州下轄贛榆、沭陽兩縣，知州另委贛榆知縣審理；就在此時，林則徐由淮揚海道擢升為江蘇臬司。到任不久，新任淮揚海道申詳此案到省，仍照原擬，理由是各省向遇已成親之案，皆免斷離，所以重失節，防人命。

林則徐知道即使另發他府，委幹員承審，結果亦仍相同，因而下令親自提審，並指定贛榆、沭陽兩縣知縣，均須到案。

不多日子，沭陽、贛榆兩縣令，押解人犯到省，將男女被告寄押在蘇州府後，隨即相偕到臬司衙門來見林則徐。

原係舊屬，少不得有一番寒暄；談到案情，沭陽縣令表示，何翠花性情異常剛烈，過堂時，懷中帶著毒藥，說是既已成親，烈女不事二夫，如果斷離，只有一死。地方父老則以為將何翠花斷離，仍歸李阿牛，無異逼令再醮，有傷教化，因此，不得不委曲求全。接著，贛榆縣令陳詞，亦是這些理由。

「兩位老哥，只見其一，不見其二。」林則徐平心靜氣地說道：「不知道你們可曾查過，搶親不從而肇命案的案例有多少？無力反抗，勉強順從，但為人所譏笑，羞忿輕生的情形有多少？淫蕩女子與姦夫勾串，以搶親為掩飾，傷風敗俗的奸謀又有多少？斷離的律例如果不能堅持，只怕到最後會演變成無親不搶、無搶不姦，那時失節的更多，人命出得更多。」

兩位縣官面面相覷，無詞以答，好一會，沭陽縣令方始開口：「回大人的話，如果發回更審，卑職遵大人的吩咐斷離。但如出了人命，要請大人為卑職擔待。」

這意思是，如果何翠花因而服毒自殺，他不能負責。林則徐知道此人還不致壞到敢要脅長官。但他下面的捕快衙役就難說了，此輩心狠手辣，甚麼壞事都幹得出來，倘或逼迫何翠花服毒，而將致死的責任往上推，定會惹起不小的風波。

「不必，我不必發回更審，我自己來問就是了。」林則徐問道：「原告以及有關的證人到齊了沒有？」

「有的到了，有的未到，大概還得幾天。」

「這就不對了！」林則徐乘機加以教導，「人證不齊，不能開審；先到的待在客棧裡，多住一天多一天的開銷，豈非無端受了訟累？你們如果能夠多想一想，體恤百姓，約齊了一起上省，不必等來等去，百姓就受惠不淺了。」

「是。」沭陽縣令認錯，「是卑職辦事欠周到。」

「也罷！」林則徐說：「此案即令原告不到，亦不要緊。」當時傳諭，第二天上午提審。

第二天一早，男女被告朱阿牛、何翠花都已解到臬司衙門。這種案子，照例是在花廳審問。問官亦不必穿公服；時逢盛夏，林則徐穿一件白細夏布長衫，上罩玄色亮紗馬褂，捧著水煙袋步出西花廳，招呼了陪審的沭陽、贛榆兩縣令，坐定以後，吩附：「帶何翠花！」

廳內似乎閒豫蕭散，廳外卻是氣象森嚴，除了臬司衙門的僚屬以外，首府首縣的吳縣知縣，亦帶領書辦衙役前來伺候，簷下廊上都站滿了人，但鴉雀無聲，格外有一股懾人的氣勢。

何翠花一見這般光景，不由得便有些氣餒，所以回話時，聲音有些發抖；聲如洪鐘的林則徐便收斂著嗓音說：「你別怕，我不會動刑。我且問你，朱阿牛把你強搶了去，你為甚麼還是願意跟他一輩子？」

「青天大人明鑒，小婦人跟朱阿牛已經成親了，一馬不配二鞍，一女不事二夫，小婦人只好嫁雞隨雞、嫁狗隨狗。」

「依照大清津，這是不許的，你要守王法，仍舊嫁李阿牛。」

「青天大人在上，小婦人已經回稟過了，一女不事二夫。小婦人心想，王法不外人情；小婦人雖沒有讀過書，貞節兩個字是曉得的，如果大人一定要叫小婦人失節，那就沒有別的辦法，只有一條死路。」

林則徐笑道：「你不必拿死來嚇我！」然後臉色一正，冷笑一聲：「你真的想死，我可惜你死得晚了。在朱阿牛搶你的時候，你的丈夫是李阿牛，朱阿牛是強盜；強盜逼姦，寧死不從，地方官會替你請旌表，造貞節牌坊，逼姦的強盜，定死罪替你償命。可惜你當時不死，讓強盜占了你的身子，強盜就只有姦罪，沒有死罪，這哪裡算是成親？」

這何翠花也是厲害角色，在林則徐這樣義正辭嚴的責備之下，居然仍舊想出話來自辯：「不管青天大人怎麼說，小婦人抱定守節的宗旨，從一而終，不肯失節。」

「你已經失節了，哪裡還有節可守？如果說，只守姦夫之節，不肯全本夫之節，那就是豬狗不如，即令死了，亦是人人不齒。」

這時的何翠花，已無辭可辯，但從她的臉上看得出來，並不心服。林則徐心想，還得激她一激，先要她自己在心裡認輸，然後加以開導，話才能讓她聽得進去。同時他又想到沭陽縣令說她性情剛烈的警告，倒要看看他這話是否實在？因而吩咐，開去何翠花的手銬，看她有何動作。

就在這時，值花廳的聽差悄悄走到林則徐旁低聲稟報，這一案的原告及何翠花之父，已經到了蘇州——原來沭陽縣事先已經通知何老翁及李阿牛，逕自上省，到蘇州金閶門外，一個海州人所開設的義源客棧報到，沭陽縣令及典史就住在義源。這天，沭陽縣由典史在客棧留守，見何、李一到，趕緊前來通知，由臬司衙門大門上層層上達到花廳。

林則徐點點頭，然後將沭陽縣令招呼到面前小聲說道：「貴縣典史來報，原告已經到了蘇州，請老哥趕緊把他們送了來。此案未了事宜，原打算讓貴縣回去再辦，既然原告已到，我一併發落，要讓他們夫妻團圓。」

「是，是！」沭陽縣令連聲答應著退了出去。

林則徐便接著問案，「何翠花，」他略略提高了聲音說：「據說你性情剛烈，在沭陽縣過堂的時候，身上帶著毒藥。此刻，我把你的手銬開掉了，你身上帶的甚麼毒藥？拿出來我看看。」

何翠花哪裡拿得出來？即令真的有，也早讓官媒搜身搜走了，「小婦人沒有——，」她結結巴巴地說：「沒有毒藥。」

「我想你也不會有！我料你也不會尋死！你如果肯死，朱阿牛搶了你去，也不敢逼你；逼你亦成不了姦！」

林則徐一口氣說到這裡，略停一下，放慢了聲音又說：「如果你那時候一死，可以報朱阿牛搶你的仇，也可以博得人人敬重的美名，這一死，真所謂重於泰山，你尚且不肯死，那就不必再說甚麼死不死了。你倒去想想呢！」

聽得這一說，何翠花的內心，頓失憑依，這「死」之一念橫亙胸中，原是自求譬解的一個退步；此刻才知道，就算真的死了，也不成甚麼名堂，自己根本就沒有退路。

何翠花又怕又悔又羞，心裡像倒翻了一個五味瓶，不辨是何滋味？只覺得淚水泉湧，不由得仆倒在冰涼的磚地上，哀哀痛哭。

衙役想喝斥嚇阻，林則徐搖搖手，示意不必，等她從淚水中宣洩了無可名狀的複雜情緒，方再開口：「何翠花，你這一哭，可見你還有羞恥之心，你應該遵從官府判斷，跟本夫李阿牛團聚，鄰居親友，可憐你的遭遇，原諒你女流柔弱，失節出於無奈，並非貪圖朱家之富而背棄本夫。你是很聰明的人，難道連這層道理都想不明白？」

「青天大人明鑒萬里，人要臉、樹要皮，小婦人沒有臉再見李阿牛，李阿牛亦不見得還肯認小婦人。」

「如果李阿牛仍舊願意跟你做結髮夫妻呢？」

何翠花不答，只是飲泣；林則徐心知她是願意了，當即吩咐，暫且休息，命官媒將何翠花帶了下去。其時沭陽縣令來報：原告已到，便帶李阿牛上來問話。趁這提人等待片刻，將李阿牛最初呈控的狀子看了一遍。

「李阿牛，」林則徐指著狀子問道：「你只告朱阿牛搶了你的妻子，請官府替你主持公道；我倒問你，要怎樣才算公道？」

「回大人的話，朱阿牛青天白日，強搶良家婦女，是做強盜，請大人辦他的罪。」

「何翠花呢？你說該怎麼辦？」

「小人不知道。」

「你怎麼說不知道？何翠花不是你的妻子嗎？你不打算要她了？」

「小人不敢要。」

「為甚麼？」

「小人現在是替人家做長工，吃一口苦飯、混飽自己的肚子，養不起何翠花。」

「好！你說老實話很好。」林則徐點點頭，表示嘉許，「不過我要問清楚，你的意思是，只要養得起何翠花，你仍舊願意跟她做夫妻？」

「是。」

「你不會嫌她？」

「小人不知道會嫌她甚麼？」

「嫌她已不是黃花閨女。」

李阿牛不即回答，沉吟了一會說：「既然要做夫妻了，小人嫌她也沒用。」

「你的意思是，如果嫌她，就不願意跟她做夫妻了？」

「是。」

「好。我再問你，朱阿牛搶親，是因為你的丈人把何翠花改許了給他的緣故；你是不是覺得你丈人完全錯了？你自己一點責任都沒有？」

「也不能完全怪他，小人也有錯處。」

「你錯在甚麼地方？」

「小人是讓賭害的。不該賭輸了，把何家的田，抵押給朱阿牛。」

「那麼，如果何——，」林則徐檢了一下卷宗，看清楚何老翁的名字叫何本存，才接下去問：「如果何本存仍舊招贅你為女婿，你願不願洗心革面，重新做人，盡你做女婿的本分？」

「小人願意。」

「是你心裡的話？」

「小人不敢欺騙大人。」

「先把他帶下去。」林則徐又說：「帶何本存！」

這何本存是個老實鄉農，只是沒有甚麼見識，才會做出同意朱阿牛搶親的糊塗事來。剛才父女相見，已抱頭痛哭過一場；他知道「臬台大人」會一改原判而斷離，已有接女兒回家的打算，但接了回去，是仍舊招贅李阿牛，還是將女兒另行許配，卻是五中茫然，因為這個心亂如麻的原因，進得廳去，呆頭呆腦，答非所問，連旁人都替他著急。

見此光景，林則徐暫且不問，命他跪在一旁，先提被告來審；朱阿牛是在沭陽、贛榆兩縣花了錢的，所以兩縣來的差役都跟他相熟，花廳審問的情形，不斷有消息傳來，心知官司打輸了；這場官司輸不得，輸了可能性命都會不保，是故臉色灰敗如死，人在發抖，抖得牙齒咯咯作響。

林則徐心知朱阿牛已經知罪，這可以省了好些精神，不妨直截了當地判決，但亦不必勉強，告訴他利害關係，讓他自己抉擇好了。

於是問過姓名年籍，林則徐的第一句話是：「朱阿牛，你知道不知道你自己犯的是死罪！」

聽這一說，朱阿牛身子抖得更厲害了，結結巴巴地說了四個字：「大人饒命！」

「依大清律：白晝搶姦良家婦女者死！姑念你無知，我不引這條律例；只科你和姦的罪，你服不服？」

「服！服！」

「和姦的罪名，又打又罰，打是杖責五十，枷號一月，交本縣執行。」

「是！」沭陽縣令急忙起立，大聲答應著。

「罰是罰出妝奩資五十兩銀子；另外把李阿牛押給你的十幾畝田，還給何本存，作為送李阿牛的遮羞禮。你願意不願意？」

朱阿牛因為死罪可免，神智比較清楚了，罰的數目不小，未免心疼；但如說不願，則依律科斷，便是死罪。

一想到此，連連答應；「願意，情願照罰。」

「既然如此，當堂具結。」

甘結是現成印好的，只要填上事由及罰項；值堂差役念給朱阿牛聽完，蓋上手印，就算結案了。

帶走朱阿牛，帶上李阿牛及何翠花，連何本存一起，跪聽判決。

「何本存，剛才朱阿牛受審的情形，你都聽清楚了沒有？」

何本存先是聽得朱阿牛能免死罪，心中寬了下來；再聽得朱阿牛還田作為送李阿牛的遮羞禮，便知女兒仍舊該是李家的媳婦。這一下，心思大定，就像換了一個人似地，再不是呆頭呆腦，答非所問了。

「回青天大人的話，」他清清楚楚地說：「朱阿牛說的話，小人都聽清楚了。青天大人是小人一家的重生父母。」說著，磕了一個頭。

提審到此，只剩下一個人要對付了。林則徐心想，何翠花事先一定知道朱阿牛將出以搶親的手段，無所表示，便是「默成」，亦足證她已有嫌貧愛富之心；再看朱阿牛長得比李阿牛體面，或許一片心已都拋注在朱阿牛身上，正好借烈女不事二夫的理由，達成改嫁的心願。大清律只能斷她與姦夫「離」，卻不能促使她與本夫「合」，如果既不能嫁朱，可亦不願嫁李，那便是王法所不及，清官所難斷的家務事了。

本來官府可以不管，只將何翠花責成她父親領回，即是圓滿結案，但林則徐認為要矯正陋俗，非要有很美滿的結局不可。

倘或李阿牛、何翠花不能成婚，造成一對曠夫怨婦，少不得仍有人以為搶親不應斷離，那就不但不能矯正陋俗，反倒像由此案提供了一個定律錯誤的範例，豈非成了庸人自擾？

這樣一想，林則徐心生警覺，在何翠花身上可能要大費一番唇舌，而當堂問她的意願，言語之間如果碰僵了，即無轉圜的餘地；因此，他決定採取迂迴的手法。

「何本存，」他說：「你把你女兒領回去了以後，怎麼辦？」

「小的仍舊將她嫁給李阿牛。」

「你女兒呢，你問問她，願不願意？」

何翠花不等她父親來問，先就作了答覆：「小婦人不願。既然大清律不准小婦人從一而終，小婦人只有回娘家守節，將來出家當姑子。」

「你別糊塗！」林則徐說：「你是替誰守節？你倒去打聽打聽，像你這樣一輩子不嫁，守到頭髮白了，官府也沒法子替你請旌的。」

這一下又將何翠花駁倒了，但她不肯鬆口說願嫁李阿牛。林則徐決定仍由她父親身上著手。

「何本存，你把你女兒帶下去，好好開導她，年紀輕輕守活寡，這日子好過的嗎？你問她，要怎麼樣才肯嫁李阿牛？」

何本存此時不但腦筋已非常清楚，而且福至心靈，處事亦頗能掌握要訣了；他心裡在想，女兒生就一張利口，要說開導她，實在沒有這個能耐；倒不如當著這位「臬台大人」的面，說個明白，翠花已為這位大官所制伏，料她亦絕不敢放刁。

想停當了，方始開口，「青天大人在上，小人當著大人的面，問我女兒好了。」接著轉臉向他女兒說：「翠花，你聽見青天大人的話了，這位大人是活菩薩，你不要不識好歹！」

「阿牛的脾氣，你知道的，」何翠花回答她父親，「我犯不著讓他一輩子看不起我。」

「如果他是這樣，我也不要你嫁他；我想他不會。」

「李阿牛，」林則徐發話，「你自己跟何翠花說一句，將來成親以後，你會不會看不起她？」

「不會。這也不是她的錯。」

「何翠花，你聽見了，你還有甚麼條件？」

何翠花改了自稱為「小女子」，她說：「小女子不是再嫁，李阿牛要用花轎來抬小女子。」

「當然。我代李阿牛答應你。你還有甚麼話？」

何翠花沒有話，只是恭恭敬敬地磕了一個頭；誰都看得出來，她不但口服，而且也心服了。何本存與李阿牛也跟她一樣，恭恭敬敬地用磕頭來表達衷心感激。

周知縣全神貫注著聽完，站起身來，深深一揖，「大人的用心，與陸平湖相似。」他說：「卑職敬謹受教。」

「陸平湖」指康熙朝與湯斌齊名的理學名臣陸隴其，他是明世宗朝權傾一時的錦衣衛都指揮陸炳之後；陸炳在《明史》中列為「佞幸」，但他定居在浙江平湖的子孫，耕讀傳家，崇尚理學，且多是不欺暗室、身體力行的真道學。陸隴其當縣官時，體恤百姓，無微不至，問案時度理衡情，苦心勸導，能使被告感悔改過；尤善於調停當事人家庭骨肉間的感情糾紛。

譬如有人告親子忤逆，經陸隴其一番開導後，父子或母子當堂抱頭痛哭的事，數見不鮮。林則徐審理何翠花這一案，不以重視律例、伸張法治為已足；還能苦心矯正陋俗、導民以正，用心已超出一省臬司所盡的職責之上，在周知縣看，如今當到一省民政長官，實非偶然之事。

其時更樓上已鼓打三更，林則徐尚無倦意，但聽差走近來，悄悄說道：「蘇州有包封送來。」

凡是大衙門將各種文件彙成一包，交由驛遞，稱為「包封」；蘇州來的包封，自然是江蘇巡撫衙門送來的，其中可能有軍機處遞來的「廷寄」；林則徐不敢怠忽，結束了談話，匆匆回到公堂，拆閱包封。

「廷寄」倒是沒有，但有剛剛在京引見回任的淮安知府周壽所發，由專差送到蘇州的一封信，說所屬桃源縣於家灣地方的大堤，為人挖開，黃水直沖，灌入洪澤湖，南河總督張井，已連夜趕到於家灣查看。現在詳情不得而知，正加緊調查，容當續報。

這件事非同小可，林則徐頗為著急；但身在闈中，而且有專責的河督前往料理，可以暫時丟開，等到出闈以後再作道理。

監臨出闈，須在三場硃卷完全謄送內簾以後，到了八月廿七出闈回到江寧的行館，南河總督張井的咨文也到了。

張井的咨文中說，桃源縣於家灣的河堤，在中秋節後一天晚上，突然有來自洪澤湖的奸民多人，攜帶鳥槍及各種挖地的器械，將看堤的兵丁制住，動手挖堤，到天亮挖通，黃河濁流，自缺口滾滾而下，瀉入洪澤湖中。奸民見目的已達，呼嘯逃散，不知去向。

張井得報，趕至出事地點，只見缺口經濁流沖刷，口門寬達九十餘丈，水深三丈以上，口門仍在繼續擴大之中，估計黃河濁流，有十分之七，正由缺口注入洪澤湖；缺口以東的黃河，預料一二日內就會斷流。湖東的高家堰，及西南淮河入湖要道盱眙縣的石堤，岌岌可危，現已採取緊急措施，開啟洪澤湖的三處閘壩，宣洩湖水。

至於挖堤的重犯，現只拿獲從犯孫在山，據供為首的是監生陳端、生員陳堂等多人，此輩在洪澤湖東岸及北岸，都有田地，由於地勢低下，連年被水，毫無收成，因而異想天開，挖通河堤，以期黃水灌注，經過他們的田地時，水中泥沙淤積，地勢墊高，便可成為沃土。

咨文中說：「此案情節重大，非尋常盜決河防可比。」由於江督陶澍正在江西查閱綠營行伍，因而奏明請旨，飭由蘇撫出闈後，趕往清江浦，嚴行審辦。

這是間接傳達的上諭，林則徐責無旁貸。但雖已出闈，一直到發榜以後，監臨仍有好些公務要辦，只好按照成例，將未了事宜，交由江寧藩司趙盛奎代理，於九月初二，由江寧乘船沿長江東行，再沿運河北上。又以張井咨文中說：「現獲人犯，暫委河庫道督同清河縣審問，應即飭委地方明幹大員，來浦會審。」特委鹽巡道趕往清江浦會辦。這樣他就可以比較從容地查勘淮、揚一帶由於洪澤湖水漲氾濫所帶來的災害了。

重陽那天到了揚州，淮揚道及淮安府都守候在此，謁見述職，報告於家灣出事以後的情形，使得林則徐驚喜莫名的是，挖通河堤黃水灌入洪澤湖，已轉害為利。原來張井所開啟的洪澤湖三處堤壩，都通往缺口以東的黃河；而「全黃入湖」，於家灣缺口以東的黃河，業已斷流，足可容納洪澤湖所宣洩之水，不但如此，而且所納的湖水是清水。

「這筆帳是這樣算的，」淮安府知府周燾說：「於家灣缺口來的水，是『挾泥沙以俱下』的黃河濁水，過缺口就是灘地，約有三四十里，也就是陳端他們的田產所在，黃水過此淤積，地勢已經漲高了六七尺至一丈不等，入湖之水，已不似原來那麼混濁。至於洪澤湖宣洩入缺口以東黃河的水，自然是清水，正好沖刷這一段黃河的淤積，入海之路，大為暢通，豈非轉害為利？」

「這真是造化之奇！不但非人力所能強求，且亦非人謀之所能逆料。我輩不可貪天之功，惟有益自警惕，格外努力，切不可稍生怠惰輕忽之心。」

「是。」屬官齊聲答應。

「運河如何?」林則徐說,「我一路來,水勢很急,東西兩岸的堤防,不會出險吧?」

「運河水勢之急,自然是因為湖水盛漲的關係,不過湖水入運河都是清水,經東堤流入長江,去路甚寬;而且近來天氣晴朗,風亦不大,所以江潮較小,絕不會出險。」

「這就是說,全黃入湖,對運河、長江都不生重大影響?」

「是。」

「這又是邀天之福。如今距霜降不遠,水勢消落在即,應該不至於再生大患。不過下游淹水不免,應該趕快查報災情,如果要賑濟的話,我得及早出奏。」

「依卑職看,還不必奏請賑濟,原因有二:第一,淮揚一帶秋收,向來比蘇、松、常、鎮各府來得早,如今各鄉新穀都已登場,雖非豐年,但亦不是歉收,至少民食可以無憂。」

「喔,新穀已經登場!太好。第二個原因呢?」

「張河帥親自在於家灣督修缺口附近的堤防,雇用民夫甚多;堤工要用大批草料,新穀的稻草亦可賣錢。如說要及時賑濟,南河歲修亦等於以工代賑,不必另外請賑了。」

這在林則徐來說,更是一大安慰,當即親自草擬奏章,在行館拜發,同時決定在揚州暫駐,因為深知皇帝最重視的是河防漕運,估計日內必有詳細指示的上諭,同時推斷陶澍必定已自江西九江,折回江寧,是否會北上淮揚,或在江寧坐鎮指揮,都該在揚州等候消息。

果然,兩天之內,連接三道上諭,都是由江寧督署專差送來的抄本,第一道是命陶澍「將案內人犯嚴審定擬具奏。所有全案逸犯,務須飭屬密速掩捕,細心嚴鞫,盡法懲治,毋任一名漏網,倘有不盡不實,致將來另生事端,惟陶澍是問。」第二道是派工部尚書穆彰阿「馳往江南,會同總督陶澍,查辦事件。」顯然地,查辦的就是奸民挖堤事件。

第三道是處分失職官員,計分兩類,一類是河督張井、淮揚道王貽象,以及汾河武官中階級較高的參將、游擊等，革職留任，在工效力，等缺口堵塞後，再作處置；品階較低的文武官員，如桃南廳通判田銳、桃源縣知縣劉履貞，以及河營的守備、千總、把總等，不但革職，而且「枷號河干」，缺口一旦不復，項上之枷一日不去。

接著，蘇州派專差送來一道上諭，是林則徐奏請九月初二自江寧啟程赴淮揚的批覆，說陳端等挖堤是「希圖地畝受淤」的話，「殊不足信。且奸匪不止此數，自必另有為首之人，別圖不法情事，均應徹底根究。」以下的指示與指示陶澍者相同，只多加了幾句話：「該撫俟陶澍到後，將全案人證交陶澍辦理，該撫再回江蘇本任。」

這時林則徐才完全明白，皇帝認為陳端挖堤，或許有意圖造反的逆謀在內。這一來，挖堤之事便成了頭等「欽命要案」，非同小可，第二天便改乘輕舟逆水行縴，晝夜不停，趕到清江浦。

清江浦即是淮陰，是韓信的故里，亦是他封淮陰侯的采邑，至今還有一座「韓信城」，相傳是他受封時所築。淮陰西北又有一座「韓王莊」，輿地書上說韓信的住宅、墳墓皆在此，這是有疑問的，因為韓信為漢高祖先封為齊王，復又徙楚，都下邳，即徐州，但韓信有謀反之意，漢高祖用陳平之計，親自擒獲韓信，械繫至洛陽，赦免韓信，並封為淮陰侯，所以從任何方面來說，「韓王莊」的韓王絕不會是韓信。

這位「韓王」可能是指兩個人之中的一個，秦滅六國，韓國十一傳而亡，漢高祖得天下以後，「三世相韓」的張良，請漢高祖立韓襄王的一個孫子為韓王，此人亦名信，《漢書》三十三，標題即為〈魏豹、田儋、韓信傳〉。後世史書，為了避免與淮陰侯韓信混淆，多稱之為「韓王信」。

但更可能的是：此韓王是指宋孝宗朝追封為蘄王的韓世忠。宋室南渡以後，韓世忠曾以八千人大破金兀朮的十萬之眾，號稱「中興武功第一」。其後，韓世忠以「京東淮東路宣撫處置使」守楚州，即今淮安、淮陰一帶。韓夫人梁紅玉亦佐夫守楚州，在韓信城之東築新城，以備金兵，至今此處猶存有梁紅玉祠，俗稱「七奶奶廟」，因為梁紅玉排行第七，只不知這是她未歸韓世忠之前的排行，還是在韓世忠的姬妾中行七？

清江浦地當南北孔道，為河督駐節之處，亦是淮北鹽商薈集之地，又因為「清口」的緣故為漕船所必經，河鹽漕三者並集，繁華不遜於揚州，清江浦上下數十里，五方輻輳、肩摩轂擊，市容十分壯觀，天下名產，都會在這裡出現。豪門巨賈、食客如雲，如今雖因綱鹽改票，鹽商的景況，大不如前，但在河上、漕運上的官門，豪奢如昔，尤其是南河總督的屬下，絲毫不受鹽務改革的影響。

南河河工的歲修經費，每年四百五十萬，所謂歲修指平時經常性的維護，如果漫溢決口，另外奏請撥給專款辦理，一撥就是上百萬。光說歲修經費四百五十萬兩，一切工料費用在內，用不到一百五十萬，其餘三百萬兩，便可任意浮銷，當然應酬的費用是少不了的，所以清江浦遊士之多，居兩淮之首。

不過，最大的開銷，是在「送往迎來」。北上南下，只要循運河而行，清江浦是必經之地，達官貴人固須殷勤接待，即便是一般的京官，尤其是翰林御史，更不能怠慢，此外還有些不相干的人，只要持一封京中大官的八行書來打秋風，亦要好好敷衍，一封程儀，起碼十六兩銀子，至於招待食宿，更不在話下。

一過霜降，不會再像盛夏那樣發大水，這就可以「報安瀾」了，那也是清江浦最熱鬧的時候，酬神演戲，接連不絕；宴會則豈止無日無之，竟是開流水席，只要衣冠楚楚，隨時可以入席，一名大廚，手下有七八名夥計、徒弟，但只做一樣菜，做雞鴨的只管做雞鴨，做魚翅的只管做魚翅，大廚只是到了時候來看一看，火候夠了沒有？等上完了菜，卸下圍裙，換上皮袍子逛窯子去了。

這些送往迎來差使，當然不是由河督衙門來辦；南河總督管理兩河一湖，轄區上起徐州，下迄鎮江，共分十八個廳來管，主管是低於知府的五品同知，稱為「管河同知」。南河十八廳，以裡河廳為首，駐地即在清江浦；裡河廳同知，就像一省的首府首縣那樣，送往迎來的差使，都歸他辦；當然，非八面玲瓏的能員不能任此職。

其時的裡河廳同知，名叫王仲海，原籍浙江紹興，寄籍順天府宛平縣，所以說得一口純正的京片子，過境的旗下達官，無不激賞其人。他原是林則徐當淮揚道時的舊屬，所以辦差格外巴結，特為趕到淮安來迎接，上船見過了禮，首先表明，河督張井正在於家灣督工，但已有口信指示，將林則徐的公館，設在河督衙門西面的清晏園。

這個園子最初是康熙年間河督張鵬翮的行館，曾經加以整理；到了雍正七年，原駐清寧的河道總督一分為二，南河、東河。南河總督駐清江浦，行館正式改為衙門；乾隆初年高貴妃的父親高斌督南河，在署西開闢了一個園子，題名荷芳書屋；高宗初次南巡時，駐蹕於此，但並未改為行宮，並正式賜為南河總督的休沐之地，曾經數度改名，初名淮園，繼改澹園，最後定名清晏園，含義是必須海晏河清，始得在此享受清福。

林則徐同意下榻清晏園，但特別聲明：此非海晏河清之時，一切張宴設樂，招致百姓反感的舉動，絕不可有。王仲海表示：敬謹受教。

接下來便是談挖堤案，林則徐掌握分寸，只問奉指提拿全案逸犯一事，不問其他。王仲海說：「先拿了十幾個，由已經丟了紗帽的桃源縣劉大老爺嚴審，還動了大刑，又招出來十幾個，如今連證人一共有三十多人，不過人雖多，可沒有要緊的在裡頭。」

「要緊的自然是二陳，有沒有消息？」

「要緊的，應該是四陳，陳端、陳堂，還有陳鳳山、陳光南父子。」

「四陳是一家？」

「同族。陳是當地的大姓。」王仲海又說：「消息是有的，據兩名船戶說：陳端、陳堂雇了他們的船，過洪澤湖逃到盱眙縣去了。這有點麻煩，近在咫尺，可是隔了省份，桃源縣的捕快，先得請縣裡辦公事關移盱眙縣，派人會拿。這麼來回一折騰，只怕人又逃到別處去。」

「想來是如此。」林則徐又問：「陳鳳山父子呢？」

「據說逃到下河阜寧一帶去了。也不知道消息靠得住，靠不住。」

「阜寧在東面百把里路，當然已經派人下去了？」

「不但派人，還懸了花紅；賞是重賞，可不知道有勇夫沒有？」

不管有沒有重賞之下的勇夫，阜寧是在省內，多搜捕，總可緝獲；只是另外二陳逃往接壤五省的安徽，北通燕趙，西往兩湖，南至閩粵，時日稍久，鴻飛冥冥，不可不早為之計。

因此，林則徐一到清江浦，住入清晏園，便向王仲海說道：「王二哥，我在江寧出闈以後，立即趕了來，未帶幕友，一切要緊公事都要我自己動手；陳瑞、陳堂人已隔省，我要趕緊通知鄧中丞，片刻都不能耽誤，不能陪你老哥了。」

這等於下了逐客令，王仲海心想，原來是奉上官之命，接待務必盡禮，所以備下一桌接風筵，連陪客都已約好，此刻看來是非取消不可了。

「是，是，恭敬不如從命。」王仲海退了出去，但留下四個人，伺候貴賓的飲食起居。

於是林則徐靜坐了一會，等旅途勞倦稍減，開始寫信給「鄧中丞」——安徽巡撫鄧廷楨。

他原籍安徽壽州，因此道光六年由陝西藩司升任安徽巡撫，曾經奏請回避，奉旨以遷居江寧業經五代，毋庸回避，但南闈的監臨，向例由江蘇、安徽兩巡撫，輪流充任，而鄧廷楨家居江寧縣內，族人眾多，大比之年輪他監臨時，總是先期奏明，改派江蘇巡撫。

他是嘉慶六年辛酉恩科點的翰林，比陶澍還早入詞林一年；但對翰林來說，早一年便是早一科，占了很大的便宜，因為凡是恩科、正科接踵而至，在前的一科，必須提早「散館」，以便騰出「庶常館」來容納下一科的庶吉士，而提早散館，便是提早授職，二甲賜進士出身，授職編修，三甲賜同進士出身，授職檢討，因此鄧廷楨在第二年，便已成為編修，至陶澍嘉慶十年散館授職時，鄧廷楨已經派充會試的同考官了。但如今職位在陶澍之下，那是因為他在嘉慶廿四年西安知府任內，承審刑案謬誤，經欽差刑部尚書那彥成覆審糾正後，得了革職的處分，以後賞給七品職銜，交直督蔣攸銛差委，重新幹起之故。

鄧廷楨的詩作得極好，但對捕盜亦很在行，真可說是文武全才。他在安徽已經好幾年，頗得地方愛戴，就因為他能將地方治安維持得好的緣故，使盜匪懷威之外亦頗感德，最為人稱道的一件事，是奏免「僉妻發配」之例。

安徽鳳陽、潁州兩府，民風強悍，接近河南、山東的潁州更甚，壯漢往往結夥至外鄉搶劫，有句話做「在鄉為民，離鄉為捻」，捻著手搓薄紙成長條狀，形容其為集結容易的烏合之眾，這些捻子官方稱為「捻匪」，為了防微杜漸，訂下一條只適用於潁州府屬的律例：凶徒結夥三人以上，持凶器傷人者，不分首從，發邊瘴充軍，僉妻發配。這比懲治江洋大盜，還要嚴酷，尤其是「僉妻發配」，更為惡例。

本來犯婦發配，照「刑部則例」，應撥解差兩名；充軍人犯的解差，俗稱「長解」，除非是難得遇到的，犯人本是達官貴人，或是富商巨賈，家屬會盡力打點敷衍，一般而言，長解是個很苦的差使，所以不知從何年何月開始，變更規定，通融辦理，即是押解犯婦只用一名長解，但發兩名長解的盤纏，藉資補貼，天下州縣，都是如此辦理，並沒有人覺得不對。

可是這一來犯婦就更慘了，本來犯婦在押解途中，形如婢僕，住店以後，要伺候長解，譬如打洗腳水之類，但還不致有姦汙犯婦的惡行，因為州縣官在點長解時，都會稍加斟酌，所點派的兩名，不會都是品行不良的壞人，致使同惡相濟，總是一個壞，一個好，或者一個年長資深，一個年輕後輩，這樣彼此才能牽制監視，一個有太出軌的行為，另一個可以適時制止。但兩個變成一個，無所顧忌，便可為所欲為了，犯婦下了店，日間是婢僕，入夜便是姬妾，更為長解薦寢，如果不肯順從，自有種種手段，折磨得犯婦不成人形。

鄧廷楨的奏摺中，即以此為言，作為請求改革此惡列的主要理由，他說：「該府民俗強悍，非此不足示懲；至僉妻發配，例內似無深意，此等婦人本係無罪之人，一經隨夫僉發，長途摧折難堪，兵役玷污可慮。」潁州府屬的婦女，頗重名節，因為有此「僉妻發配」之例，雖是隨夫一起押解，但夫為重犯，在途手銬，下店腳鐐，又何能庇護妻子，不受玷污？因此，「聞夫犯罪，例應僉配，或自殘以求免，或自盡以全身，在本犯肆為凶暴，法網固所難寬，而本婦無故牽連，亦所宜恤。」

除此之外，還有一層顧慮，即是本犯到了配地病故，「則異鄉嫠婦，飄泊無依」，犯婦發配，例准帶嬰兒同行，如果「本婦身亡，則失恃孤嬰，死生莫保」，凡此均極可憫。

凡是類此奏摺，照例硃筆先批：「該部議奏」，該部指刑部，滿清六堂官中，只要有一個腦筋清楚，就一定會主張接納建議。鄧廷楨此奏很快地照准了。

這一來不但潁州府屬一州五縣，家家稱頌，而且對捕治盜匪亦大有幫助，因為有的犯了案逃亡，不僅是為了本身企圖倖逃法網，也顧慮到了有「僉妻發配」之例，妻子會受辱。自此惡例一廢，江湖上講究的是「好漢一人做事一人當」，逃亡在外而自我覺悟或聽人之勸，回鄉投案的，大有人在，緝捕的懸案，清結了不少。

他的這些治績，林則徐非常清楚，所以信中談到公事，只將奉到嚴緝挖堤要犯陳端等，及桃源縣辦理此案的結果，簡單敘述，加一句：「至請飭屬協緝」就夠了。

第二天與自工地趕回來相晤的張井見了面，得到兩個消息，一個是欽差大臣穆彰阿，定於這個月廿八日到清江浦；陶澍則晚兩天，月底才能趕到。林則徐要等十天，時間非常餘裕，除了由張井陪著到出事地點去巡視了一回，及接見地方官垂詢民情以外，可說清閒無事，趁此難得的機會，且在水木清華的清晏園，正好摒絕應酬，享幾天清福。

當然，王仲海是每天必來，而且也總是要見個面，閒談一會；有一天他說：「林大人，有一位名士，昨天從揚州來了，不知道林大人願意不願意跟他見見面？」

「是哪位？」

「龔中書，龔定庵先生。」

「啊，啊！」林則徐答說：「他是道光九年的進士，那一科會試的大總裁是曹中堂，我亦出於曹中堂之門，當然要見。」

「原來林大人跟定庵先生是同門，那太好了。」王仲海接著又說：「既然如此，能不能容我作個小東，把杯敘舊，以便暢談？」

「這也並無不可，不過千萬不必費事。」

「是，是。」王仲海想了一下說：「我想借林大人的行館擺席，也不邀俗客，只請張河帥作陪，林大人看如何？」

「行！一切費心。」

「日子就定在明天晚上，好不好？」

「好啊。」

看看說停當了！王仲海起身正待告辭，但林則徐卻還有話說，問他龔定庵住在何處，打算第二天上午去拜訪致意。

龔定庵名為下榻於一個淮北鹽商的別墅，其實住在清江浦名妓靈鳳的香閨中，「回林大人的話，向來只有行客拜坐客，如今反其道而行之，足見憐才愛士，但那個地方，不宜於林大人枉駕，我看，」他遲疑著說：「反正明天晚上就可以見面，不必勞駕吧！」

「喔，」林則徐好奇地問：「是個甚麼我不方便去的地方。」

「是個銷金窩。」王仲海說，「林大人去了，地方官要去照應，似乎不成體統；即令穿了便服去，也怕有好管閒事的言官，以有玷官常，參上一本。那樣就反讓定庵先生於心不安了。」

林則徐樣樣都好，就是功名之心稍熱，從不肯做落人口實的事，以免有人在御前進讒；何況王仲海的話說得很婉轉，當下點點頭說：「既然如此，就拜託你先為我致意。」

王仲海答應著辭了出來，由東面的便門，進入河督衙門，來找一個他的好友，張井的幕賓孫芝卿，接頭第二天晚上宴敘的事。

等他道明了來意，孫芝卿答說：「二哥，你這件事恐怕沒有做對，或者會鬧得不歡而散。」

王仲海駭然，「芝卿，」他急急問說：「你這話從何而來？」

「我先請問，龔定庵的家世，你清楚不清楚？」

「略有所知，」王仲海答說：「他的尊人當過蘇松太道，告病回杭州後，掌教紫陽書院；他老叔也快巴結到南京了。他是十足的貴介公子，不僅名士而已；只可惜功名晚了一點。」

「不錯，他從嘉慶廿三年中舉以後，五上春官不第，直到道光九年，才成進士，殿試只得三甲，以致詞苑清班，沒有他的分，你知道那是為了甚麼？」

「不知道，你告訴我吧！」

「你看一篇定庵的文章就知道了。」

這篇文章的題目叫做〈《干祿新書》自序〉。一開頭就說：「凡貢士中禮部試乃殿試」，中禮部試即是中了進士，但此時還不能稱進士，名為「貢士」，殿試「簡八重臣讀其言」，指八位「讀卷大臣」，選出「頌揚平仄如式，楷法尤光致者十卷呈皇帝覽」，即是所謂「進呈十本」，由皇帝欽定一甲三名、二甲前七名。殿試之前十天為「覆試」，選「楷法如之」；殿試後數日為「朝考」，選「楷法如之」，三試名次皆在前，「乃授翰林院官」，大官大半為翰林出身。

如果不是翰林出身，則以「值軍機處為榮選」，而「保送軍機處有考試，其遴楷法如之」。此指考授軍機章京；「京朝官由進士者例得考差」，入選者放鄉試主考，而定考差，「其遴楷法亦如之」。此外，部院司官，例許保送御史，亦須經過考試，「遴楷法亦如之」。這就是說，點翰林、入軍機、放考官、當御史，都以「楷法光致」為前提。

以下就談到他自己，「殿上三試，三不及格」，不入軍機，未放考官，「乃退自訟，著書自糾」，自訟者，自恨楷法不佳；自糾者，研究如何才能寫出光致的楷書，原來這是一部論楷法的書，楷法上乘，便能求祿，故名之為《干祿新書》。

「原來定庵先生不入翰林，是因為不善作楷的緣故。」王仲海笑道：「看這書名，看他自序的語氣，似乎頗有牢騷。」

「牢騷大了。」孫芝卿說：「定庵之女、之媳、之妾、之寵婢，都學館閣體，他曾對人說：『我家婦女，無一不可入翰林。』你倒想！」

「這不僅是牢騷，竟是對各種考試重楷法，深惡而痛絕了。」

「然也！」孫芝卿說：「這一下，你該明白他對他老師曹中堂的觀感了吧？」

王仲海明白了，考試重楷法，以及一切程序，譬如「抬頭」該「雙抬」切不可「單抬」等等，都是曹振鏞興起來的風氣，或由他變本加厲而造成了士氣不振的庸懦現象。本來以一位跡弛不羈，才氣縱橫的大名士，跟一位拘牽文法，毫無作為的伴食宰相合不來，是可想而知的事，不過，王仲海懷疑地說：「畢竟是老師啊！定庵先生不能不顧禮法吧？」

「定庵是大名士，名士必狂，名氣越大越狂，在他們看，『禮法非為吾輩而設』，定庵是連他胞叔都瞧不起的，批評老師，甚至出語輕薄，亦是不足為奇的事。」

「是了。林中丞可是很講究這些的，敘到同門，如果定庵先生對曹中堂的作為，放言無忌，一定鬧得不歡而散，我這作主人的可就罪孽深重了！」王仲海向孫芝卿作揖道謝，「多蒙指點，感激不盡。」

「你先別跟我客氣。」孫芝卿說，「看樣子，你是決定不作東道了，可是你答應了人家的，怎麼辦呢？」

「林中丞那裡，我隨便編個理由，就搪塞過去了。定庵先生那裡——」王仲海沉吟不語，顯然是有些為難了。

「你跟定庵是怎麼說的？」

「我問他，我想請林中丞跟你吃飯，大家談談。你意思如何？他欣然相許，說林少穆政績斐然，至少是個循吏，我來，我來。」

「還好，你話沒有說死。我替你出個主意，你備四十兩銀子，用紅封套封好，去跟定庵說：林中丞聽說你來了，很高興，本來跟你把杯暢談，只是奉旨要去看河工，實在遺憾，特為託我送來一份程儀，聊且將意。」孫芝卿又鄭重囑咐：「你可千萬可提他跟定庵同門的話。」

「是、是。我知道。不過倘或定庵先生自己提了起來呢？」

「不會的。萬一他要提了，你淡淡說一句不知道就是了。他如果大罵曹中堂，你只靜靜聽著好了。」

王仲海聽從教導，第二天先去見林則徐，說龔定庵鬧肚子，不能出門，等他好了再說。然後去看龔定庵送程儀。

「這倒難得，我在蘇州他不送，反而客途相逢，他倒送了。請你代我道謝。」龔定庵又說：「我還要拜託王二哥，替我雇車。」

「好辦、好辦。要幾輛？」

「我在杭州住了一年多，買了好些書，都要帶回京城，請你替我雇三輛車吧！」

龔定庵重回一年多未見的京城，發現朝局沒有甚麼大變動；而宮中的變化卻不小，皇帝即位後所立的繼后佟佳氏病故，謚稱「孝慎皇后」。道光十四年十月，太后萬壽期前，因誕育皇四子而晉封為皇貴妃的全貴妃，終於正位中宮，成為皇帝的第三位皇后。宮中現在是熱鬧多了，除了皇四子以外，皇帝又連舉兩子，祥妃鈕祜祿氏生皇五子奕誴；靜妃博爾濟吉特氏生皇六子奕訢。都在襁褓之中，經常抱到太后宮中；因此，太后的心境也很好了，常常跟皇帝說：「我現在可真的是含飴弄孫了。」

到了年底，看樣子朝局也似乎要有所變動了。一向老健的曹振鏞，感冒請假，已有二十天不曾進宮，有人說：「盛極必衰，也該到了老成凋謝的時候。」

曹振鏞一生榮華富貴的極盛，是在這年——道光十四年十月，八十賜壽，特賞他的長孫曹紹棣為舉人，准予一體會試。賜壽之日，除了文玩珍物以外，復頒御製的詩、聯、額；詩是七律：「八秩宏開甲午年，嘉予元老璇仔肩。三朝雨露沾深澤，一德謀猷濟巨川。梁棟有徵資啟沃，絲綸必慎冠班聯。長茲壽寓君臣慶，政在親賢幸得賢。」壽聯是：「紫閣圖勳嘉輔弼，玉瀾錫慶介壽頤。」御書的匾額：「領袖耆英」。紫閣是說他亦曾圖形紫光閣；玉瀾是指道光三年八月，皇帝在萬壽山玉瀾堂賜宴十五老臣，當時的曹振鏞才六十九歲，年齒居末，未及古稀，本不在老臣之列，是皇帝在名單上親筆列入，方得參預。

到了年底，傳出消息，說「曹中堂不行了」。他曾任三省學政，四典鄉會試；又曾多次充任讀卷大臣，而且還當過翰林院掌院學士，門生眾多，有的已經貴顯，有的正在走紅，或者感念師恩，或者想借他的聲光，紛紛到內城三轉橋的賜第去探病，大多只是留下一個名字，龔定庵為同門硬拉了去，也在門簿上用他欠「光致」的楷書，寫下「龔自珍」的姓名。

開年新正初三曹振鏞終於壽終正寢了。第二天皇帝召見軍機大臣，容顏慘澹，隱見淚痕。將曹振鏞的遺摺，揚了一下說：「曹振鏞年前就知道自己不起，遺摺是親筆繕寫的，附了十幾個夾片，真是知無不言，言無不盡。從來忠臣事君，沒有這樣子到死還盡心盡力，絲毫不懈的，所謂『鞠躬盡瘁，死而後已』，在本朝的大臣中，除了曹振鏞，沒有第二人。」說到這裡，倒又泫然欲涕了。

這就可想而知了，恤典一定異常優厚，入祀賢良祠，賞銀二千兩治喪，派穆彰阿帶領侍衛十員前往奠酒，並定正月廿九日親往賜奠。曹振鏞有兩個兒子，長子死在父前；次子曹恩濙早在曹振鏞七十生日時，便已賞給舉人，准予一體會試，但至今四科，一次也沒有考上；不過他有「欽賜舉人」、「一品蔭生」兩個頭銜，此時又蒙「賞給四品卿，俟服闋遇有四品京堂缺，著該部開列請補。」這還是賜卹的第一步；「應得卹典，著該部察例具奏」，等吏部奏上以後，還另有恩典。

曹振鏞之死，自然是朝士在這年新正聚晤宴飲時的主要話題，大家都認為遺摺而附有十幾個夾片，是件前所未聞的不可思議之事。向來奏摺中附夾片，都是一片陳奏一事，以便於皇帝抽出來單獨處理，倘或夾片不發交軍機處，就不知道所奏何事？因此可以推想，這十幾個夾片，一定是對某人或某事有所評論及建議；尤其是對人，何者宜重用，何者宜黜降，不久便可看出端倪。

而有一點似乎可以確定的是，曹振鏞一定力保了戶部尚書協辦大學士軍機大臣穆彰阿；因為特派穆彰阿帶領侍衛十員前往奠酒，有告慰曹振鏞之意，意思是：你說穆彰阿可以信任，我照你的話辦了。

於是穆彰阿如何報答曹振鏞，便亦成了話題，就眼前而言，最容易的事，便是為曹振鏞求取一個美謚。軍機大臣中文孚與潘世恩不起作用；起作用的王鼎，雖然科名及入軍機的年分都早於穆彰阿，但尚未入閣拜相，而擬謚是內閣的職掌，歸典籍廳辦理，由兩名內閣侍讀學士，專司其事。

大臣賜謚，照規制，非翰林出身，不得謚文，但大學士是例外，以軍功而拜相者，亦得謚文，如福康安、勒保等，都謚文襄。因此，如為曹振鏞擬謚，只要擬一個字就行了。內閣擬謚，皆出於一部名為《鴻稱通用》的書中；此書共上、中、下三冊，為臣工擬謚，須在下冊中選取，謚文者只選四字，恭候欽定；而有一個字是不准擬的，即是「正」字，非出於特旨不可。

曹振鏞即奉旨賜謚「文正」。明發上諭一出，士林大譁。在此以前，賜謚「文正」者僅得三人，一是乾隆朝的東閣大學士劉統勳；二是嘉慶朝的體仁閣大學士朱珪，另一個是康熙朝的理學名臣湯斌，在乾隆年間追謚文正。

大家以為曹振鏞必謚《鴻稱通用》下冊中的第一字：忠。穆彰阿要報答曹振鏞，一定會擬用這一個字，不道竟謚文正。

但除了皇帝自己，以及曹家的後人以外，沒有一個人認為曹振鏞當得起這個「正」字，甚至有人在大庭廣眾之間公然表示：「不文不正」。不正則排擠蔣攸銛、中傷阮元，以及抑制才華淹博之士，久已為眾所知；而不文則只有熟於掌故的人才知道，原來曹振鏞的父親曹文埴，在高宗面前很得寵，乾隆五十六年翰詹大考，曹振鏞本考在三等，高宗以其為「大臣之子」，其才可用的理由，照二等之例，由編修成為侍講。這一年的大考，剛散館的翰林阮元，由二等為高宗特拔為一等第一，超擢詹事府少詹事；曹振鏞因此而起妒嫉之心，所以一直跟阮元為難。

但阮元為士林領袖的地位，卻非曹振鏞所能搖撼，皇帝不僅知道他「學問優良」，而且亦善於衡文，皇帝曾聽先帝談過，嘉慶四年己未會試這一榜，一掃乾隆末年由和珅影響春闈及殿試的頹風，得人最盛，原因即在會試總裁得人。會試總裁本來人數不定，少至二人，多至七人；康熙以後，大致三或四人，自嘉慶四年這一科起，定制四人，照品級分先後，以「正大光明」為號，會元由首席總裁取中，成為特權，但公正的「正」總裁，多願放棄此項特權，與同僚會商。這一科的四總裁是，曾為帝師的吏部尚書朱珪、左都御史劉權之、戶部侍郎阮元、內閣學士文寧，但闈中實際上是由朱珪及阮元主持，劉權之為人持正，亦頗受尊重；至於閣學文寧，不過是「聾子的耳朵，擺擺樣子」而已。

會試揭曉，會元是揚州人的史致儼，歿後入祀鄉賢祠及名宦祠，其次為姚文田、王引之、湯金釗、吳榮光、程祖洛、盧坤、鮑桂星等，或則道德學問，或則勳名治績，皆有過人之處。凡取一卷，總是先由朱珪將房考呈薦之卷，反復推敲，然後再跟阮元商量，以期無遺珠之憾。

闈中佳話甚多，最為士林樂道的是識拔吳鼒。此人字山尊，籍隸安徽全椒，才氣縱橫無敵，學問浩瀚無涯，是駢文中獨樹一幟的大家；更有一項人所難及之處是，敏捷非凡，「喝韻成詩」不算本事，詩成還要比他人宿構高出許多，那才真不愧「異才」的美名。

吳山尊所長雖在講究典故對偶的四六，但八股及策論，亦別有奇氣。朱珪在闈中得一卷，諷詠玩味到半夜，拍案大呼：「山尊在這裡了。」接著便去叩阮元的房門，將他從床上喚醒了說：「這本卷子一定是吳山尊的，我夜深眼倦，不能執筆，請你批點。」榜發果然是吳山尊。

因此，當前年——道光十三年阮元在雲貴總裁任上入覲，適逢春闈期近，硃筆特點阮元為總裁；但居首的卻是曹振鏞。由於阮元素稱「衡文巨眼」，所以朝中多期望這一榜能成為「名榜」，但榜發以後，無不失望，因為幾乎找不出一個知名之士。

阮元自輿論獲知，得士不符眾望，內心不免歉然，但亦頗有牢騷，他跟熟人表示，這一回入闈，與嘉慶四年大不相同；曹振鏞獨斷獨行，不受商量，許多好卷子都遭他黜落，有兩本湖南卷子的策論，論時政鞭辟入裡，絲絲入扣，阮元向曹振鏞力爭而不得，更覺得可惜。

據湖南京官傳出來的消息，為阮元激賞的這兩本落卷，是屬於胡林翼與左宗棠；胡林翼字潤芝，湖南益陽人，他的父親叫胡達源，嘉慶二十四年的探花，現任詹事府少詹事，為學宗宋儒，是位規行矩步的道學先生。但胡林翼卻不像他父親，負才不羈，而且因為家有良田數百畝，從小席豐履厚，有聲色犬馬之好，與道學先生摒棄物欲的修養，完全是兩回事，因此胡林翼並不為父所喜，但他的岳父卻非常欣賞他的才氣，他的岳父就是兩江總督陶澍。

因此胡林翼在會試以前，就住在江寧督署讀書，有暇便走馬章台，選歌徵色；陶澍知道了，不但沒有一句話的責備，而且交代帳房，胡林翼如有所需，要多少給多少，他的看法是，胡林翼將來要為國宣勞，根本沒有工夫來講究個人的享受，應該趁現在預作補報。

會試落第，依舊回到江寧，陶澍要了落卷來看過，認為名落孫山，非戰之罪；而且也意料得到，曹振鏞主持會試是庸人之福、才人之厄。又問，還有甚麼人被委屈的？胡林翼答說：同遭厄運的，有一個湘陰的舉人左宗棠。胡林翼沒有他的落卷，但有他落第以後所作的八首詩。

這八首詩是七律，題目叫做「燕台雜感」；不用「春明」、「京華」，用由燕昭王築黃金台招賢的典故而得名的「燕台」，就知道這八首詩中，不免有懷才不遇之歎的意味在內。

但詩中絕無個人得失縈心的怨望，一開口便是以天下為己任的闊大語氣；而又彷彿諸葛亮在隆中靜觀世局的心境，第一首是：「世事悠悠袖手看，誰將儒術策治安。國無苛政貧猶賴，民有飢心撫亦難。天下軍儲勞聖慮，升平弦管集諸官。青衫不解談時務，漫卷詩書一浩歎。」

「『天下軍儲勞聖慮，升平弦管集諸官』，臣不如君，語雖含蓄，其意自顯，寫得好！」陶澍接下來看第二首，剛念得第一句：「紇烈全金功亦巨」，便咽住了，默默看完，方始問道：「我記得金太祖之后，姓『紇石烈』；紇烈是不是紇石烈的簡稱？」

「是。」

「紇石烈一族在金朝是世家，出過好些大將；『紇烈全金』是何事蹟，查過沒有？」

「書箱裡沒有帶《金史》，還沒有查過。」胡林翼答說：「應該是指本名胡沙虎的紇石烈執中。此人雖暴虐專橫，弒衛紹王允濟，但迎立宣宗，延金祚二十一年。允濟庸懦，為蒙古所輕，如果仍舊在位，早為蒙古所滅。此或者就是『全金』之說的由來。」

「不錯，應該就是這個說法。」陶澍點點頭；接著皺起雙眉，「可是在此時此地，用此典的含意何在呢？你看第五首的第二聯：『客金愁數長安米，歸計應無負郭田』，這『客金』二字，不是指大清朝的都城嗎？」

「是。」胡林翼答說：「本朝出於女真族，當初太祖高皇帝自稱『金國汗』；清之國號即由金而來；直到太宗文皇帝始禁人稱金。」

「然則用『客金』之『客』，是自居於哪一國的人呢？」

胡林翼懂得他岳父的意思，以左宗棠指清為金是觸犯忌諱，所以特為搬出清太祖來作辯解；但「客金」二字確有語病，只好不作聲了。

「他是哪裡人？」

「湘陰。」

「喔，你剛才說過。」陶澍說道：「我以為他是衡陽人，受了王船山的影響。」

「即使不是衡陽人，一定也會受王船山的影響。」

「雍乾兩朝，文網太密；如今民氣倒是該發抒了。我很佩服此人，胸襟闊大，敢作敢為，可望成為治世之能臣，有機會倒想見見他。」

「那容易。後年會試，他總還要北上的，請他先到江寧來盤桓幾天好了。」

「到時候再說吧！」陶澍又問：「他詩中借用東坡的成句：『答策不堪宜落此』，一定是策論不中主司的眼才落第的？」

「是。」胡林翼感慨地說：「沒有第二個徐熙庵了。」

提到此人，陶澍想起一件事，急急問說：「聽說他去年及時消弭了一件戶部銀庫的巨案，是怎麼回事，你可有所聞。」

胡林翼不但有所聞，而且知其詳，因為他是聽徐熙庵親口所述。熙庵是徐法績的別號，他是陝西涇陽人，嘉慶二十二年的翰林，以親老歸養，家居了十年。道光九年起復，由編修調補御史，侃侃直言，皇帝特為召見，奏對稱旨，調為刑科給事中，奉派稽察銀庫。

這是個有名的美差。原來戶部銀庫，漆黑一團，庫存多少銀子，只「北檔房」有帳，但銀數只存在於帳房，實際上庫存多少，誰也不知道。因為庫銀被盜，已將近兩百年之久，從來也不曾，或者說無法徹底盤查之故。

盜庫銀的是庫丁，照例須旗人充當，但大多為漢人冒名頂替；庫丁三年一點，每到點派時，必須事先打點，滿缺的管庫大臣、尚書、侍郎及銀庫郎中等，無不分潤；一名庫丁須花到六七千銀子。每逢點派時，都有拳師保護，以防劫持；否則點而不到，註冊除名，那六七千銀子就算白花了。

言官稽察銀庫，一年一派，照例為監察御史、給事中滿漢各一員；只要一見上諭，戶部就一定會來送禮行賄；一受了賄，即為此輩所挾制，噤若寒蟬。如果膽小不敢受賄，就必須裝聾作啞，不聞不問，否則便有性命之憂，嘉慶年間，有個名叫趙佩湘的御史，奉派稽察銀庫時，十分認真，以致被人在食物中下毒而死，因此潔身自好、不肯同流合汙的言官，一到銀庫，是連茶都不敢喝的。

不過整頓銀庫的積弊，代有其人，最近的一次是在道光二年，刑科給事中的杭州人陳鴻，奉派稽察銀庫；他的妻子極有見識，跟陳鴻說：「你可以把我送回杭州去了。」陳鴻不明其故，她為他解釋：「這是個有名的好差使，我怕你定力不夠，把握不住，會有不測之禍。我不忍看你綁到菜市口。」宣武門外菜市口，是大辟行刑之地。

陳鴻指天罰誓，絕不受任何賄賂，為了表示決心，將他的現任戶部司官的一個同年，剛送來的四盆花，扔出門外，誰知盆碎銀露，每一盆花下藏有十個江西解送的銀錠——各省錢糧，照例由藩司衙門的「爐房」，將所徵銀子，回爐重鑄成每個五十兩的元寶，名為「官寶」，方始解送戶部；惟獨江西的「官寶」，是每個十兩的圓錠，形如饅頭，光滑無稜，俗稱「粉潑錠」，庫丁盜銀，最愛此種「粉潑錠」，因易於塞入肛門，夾帶出庫。

見此光景，陳鴻既驚且懼，同時也格外警惕。第一天進庫就發現庫中用來秤銀的「天平」，砝碼不準，立即奏請飭下工部重鑄，送庫之日，責成管庫大臣率領銀庫官員，會同稽察的言官，校驗準確，再行啟用。此外又改革了好些積弊，令人耳目一清。

可是歷時十年，風氣復有不振之勢。上年會試，徐法績奉派為同考官，在闈中接到一個駭人聽聞的消息，說銀庫中的書辦、庫丁，打算將雲南解部的現銀四十餘萬兩，全數侵吞。這很容易，只要銀庫不登這筆帳，上下說通了，沒有人會發覺；難的是四十餘萬現銀，是八萬多個五十兩重的大元寶，貯藏何處、如何分贓？因此，弊案還在進行之中，尚未得手，還來得及制止。

會試照例於四月十三日放榜，前一天寫榜，名為「開榜」，寅正開始，由第六名寫到最後一名，已在晚飯之後，然後揭曉前五名，稱為「五魁」，闈中所有雜役，包括考官帶入闈中的聽差，人手一枝紅燭，圍觀寫榜，名為「鬧五魁」。鬧完已交子時，內外簾官即可出闈，回家大睡一覺，休息兩天再上衙門。

徐法績子時出闈，丑時到家，只睡得一個時辰，便即起來，天色剛曙，已到了銀庫。一到便調閱「收銀總簿」，書辦措手不及，無從彌補；徐法績只說得一句：「雲南解來的四十多萬，帳上怎麼沒有？」一件駭人聽聞的巨案，就算解消了。

當時只見所有在庫的司官書辦都跪下了，因為只要徐法績一出奏，立即會掀起大獄，不知有多少人破家送命；而且會牽出許多舊案，不知何時才能了結？茲事體大，千萬不能冒昧，想了好一會，決定息事寧人。

息事也很容易，命書辦先登一筆帳；各省解銀都有銀庫掣給「批回」，徐法績親筆將「批回」的日期字號填上，這筆四十餘萬銀子的國帑，就算有著落了。

其時已經入夏，京畿久旱不雨，皇帝憂心不已，下詔自責，命群臣修省；復又清理詔獄，以期感格天心，召致祥和；當時廣開言路，亦是必有的措施。其時穆彰阿在曹振鏞的提攜之下，發言很有力量，他聽信一個軍機章京陳孚恩的獻議，說有些平時好發議論、好管閒事的言官，需要防備；不能讓他們在這時候「莠言亂政」。穆彰阿深以為然，與曹振鏞商議以後，擬出一張必須加以安撫隔離的名單，辦法以遣派出京為主，徐法績在名單中居首，放出去當湖南鄉試正考官。大比之年放考官，以路途遠近分先後，兩廣、福建、四川、湖南，在五月上旬，便已簡放；徐法績四月十二出闈，不到一個月便又出京，像他這種有稽察銀庫的要緊差使在身的人，居然一年兩得考差，明眼人都看得出來，其故何在？

徐法績本人當然亦是「啞巴吃餛飩，肚子裡有數」，雖然來回七千里，又當盛暑，跋涉為勞，但能遠離是非之地，而且一趟考差的贄敬所入，三、五千銀子是一定有的，足可維持兩三年的生活，所以欣然就道，自京南下，經河南、湖北，一入湖南地界，便有巡撫吳榮光派來的差官迎接，到得省城長沙，已是八月初六，距第一場只有三天工夫，因此，連公館都不下，自接官廳直接入闈。

其時副考官胡鑒，已經有病，他體肥畏熱，而陸路又格外辛苦，一路上不是發痧，就是鬧肚子，到得長沙又無法住下來好好休養，所以一入了闈，半夜裡叫開外簾門，緊急延醫，已自不及，竟死在闈中。

於是正考官徐法績只好獨任其勞，本來主考每場所看的，只是由房考呈薦的卷子，至多不會超過兩百本，即便一個人看，負擔亦不算太重。不道這年第三場已經考完，忽然由監臨叫門，送進來一道上諭，以「三年大比，一經屈抑，又須三年，竟有終身淪棄者，該主試等均係朕特加簡任，自當加倍認真，督率各同考官細心分校，不得僅點數行，即行摒棄，以致草率從事。著即悉心校閱，搜查落卷，嚴去取而拔真才，方為不負委任。」

這便是所謂「搜遺」，亦就是要將房考摒棄的卷子，全部看一遍。這便辛苦了，徐法績夜以繼日，看了一千多本，搜得好卷子六本，命房考「補薦」——第一、二場卷子不佳，已經黜落，而發現第三場卷子特佳，房考檢出前兩場落卷，重新呈薦，名為「補薦」。但這是房考官自己發現的情況。由主考命令補薦，並無前例，因此房考置之不理，直到徐法績出示上諭，房考方始受命。檢出這一字號前兩場的落卷一看，確是不錯，其他各房的考官亦都心服了，認為主考搜遺，確有眼光。

話雖如此，「外簾」官中仍有好些閒言閒語，說搜得的落卷是「溫卷」；這個典故起自唐朝，在宋朝亦很盛行，舉子先託顯宦介紹，將姓名達於主司，然後獻上平日所作詩文，讓主司識得他的筆路，為怕主司忘記，隔數日再以所作相投，即名之為「溫卷」。而落卷有兩種，一種是薦而未售，一種是根本未薦，如是後者，主考根本看不到卷子，而恰好有「搜遺」的上諭，完全是運氣好，所謂「一命二運三風水、四積陰功五讀書」的說法，又獲得一次印證。

到得揭曉之日，也就是寫榜的那一天，照例內外簾官都齊集在至公堂，中間一張長案，正中是正副主考，左面是監臨巡撫，右面是學政；房考及「四所」的闈官列坐東西，每人面前一份有名次卷號而無姓名的「草榜」，先核對硃卷與墨卷的「紅號」是否相符。

然後拆閱彌封，還要核對文章中的前數行，確實無誤，寫好「榜條」，連同硃墨卷一起呈上正副主考，正主考執墨卷、副主考執硃卷；墨卷有姓名無名次，硃卷則正好相反，有名次無姓名，由正副主考一填名次、一標姓名，然後才由首縣禮房書辦唱名，將「榜條」交下去寫榜。由於副主考胡鑒已經病故，徐法績特請學政代勞。

這份草榜與往科不同的是，有些地方註著一個「遺」字，表明這就是搜遺而得的落卷。首見這個「遺」字的，是在第十八名之下；那就是說搜遺最好的一卷，被取中了第十八名舉人。

因為如此，第十八名即成為全場上下一致矚目的焦點，而各人的想法，並不一致，有些人替主考擔心，怕揭曉「糊名」，是個人所共知的，文筆平庸、甚至不通的秀才或監生，這一來主司就會受謗，說他有目無珠。如果這名新科舉人家道殷實，更會有極可怕的流言。凡是心地厚道，以及對徐法績的人品知之有素，像巡撫吳榮光這樣的人，都有此憂慮。

另一種是對徐法績不滿，或者天性幸災樂禍的人，想法恰好跟前一類人相反，巴不得出現那情況，好看徐法績的笑話；尤其是奉命補薦的那幾個房考之中，更是有人為此深切盼望，以便為自己衡文不力，如上諭中所指出的「僅點數行，即行擯棄」這種有虧職守的行為，作一個辯論的藉口。不過，大多數的人只是出於一種好奇心，倒要看看這六個失而復得的新貴，到底是何等樣人？

因此，當第十七名的「糊名」揭曉後，無不屏聲豎耳，注視禮房書辦；只見他抖擻精神，先咳嗽一聲，清一清嗓子，然後高聲唱道：「第十八名，長沙湘陰縣增生左宗棠。」但緊接而來的，是一個更令人驚異的景象，監臨的巡撫吳榮光，立即從座位上站起，走到長案前面，向主考深深一揖。

「不敢當、不敢當！這是怎麼說？」徐法績亦趕緊起身，避到座位旁邊。

「恭賀大主考為國掄才，法眼無虛。真是恪遵上諭，『嚴去取而拔真才。』這左宗棠文名素著；而且光明磊落，從無苟且的行為，所謂遛卷之說的流言，不攻自破，豈不該賀？」

這自是該賀之事，但更當祝賀的是左家；到得「鬧五魁」時，從第五名開始逆唱至第一名，也就是「解元」，竟是左宗棠的胞兄左宗植。

聽胡林翼談到這裡，陶澍讚歎不已，「兄弟同榜，事不足奇，但像左家昆仲這樣，哥哥領解，弟弟搜遺復又第一，出處甚奇，倒是罕見。」他又問道：「他們兄弟一定得力於嚴父之教？」

「這想來是必然的。」胡林翼答說：「左翁在省城設帳授徒，二十餘年，教的是蒙童，談不到束脩，所以境況極苦，弟兄四人，存者只二——」

「兄弟同榜的是哪兩個？」

「老二跟老四。左宗棠是老四，所以字季高。左季高受兄之教為多，他能活下來，亦是一個奇蹟。」

「此亦有說乎？」

「據左季高自己告訴人，他生下來不久，湘陰大旱，全家屑糠為餅而食，襁褓之中的左季高亦不例外。」

「喔，我明白了，是乏母乳之故。」

「正是。」胡林翼又說：「不過左季高自幼雖貧而有大志，曾作過一副楹帖：『身無半畝，心憂天下；讀破萬卷，神交古人。』」

陶澍聽得這一說，頓時神色肅然，「此君不僅貧賤不能移，而且有先憂後樂的大志，將來的事業當不下於范文正公。」他緊接著又說：「有幸得逢國士，豈可交臂失之。你替我寫一封信，我派人送盤纏去，請他到江寧來作客，我要好好跟他談一談。」

「盤纏不必，只怕送了，反而不肯來。」

「這，你斟酌。不過尊賢之禮一定要盡到。」

「是。」

事有湊巧，胡林翼的父親胡達源，自京中寄信來，說他本來想回益陽掃墓，但因新補了「日講起居注官」，有御前進講的差使，不便請假，特命胡林翼回鄉祭掃，且又寄了五十兩子的盤纏。這樣，就不必寫信了，他決定趁回鄉之便，去邀左宗棠一起到江寧來盤桓。

由江寧到湖南，應該取道江西，經九江過湖北，入湖南經岳陽沿湘江南下；但胡林翼決定到了九江起旱，往西南迤邐而行，經萍鄉往西，幾十里地便是長沙以南的醴陵，再往西到了淥水入湘江之處的淥口，先去探望左宗棠。

淥口屬於湘潭縣管轄，與左宗棠的老家湘陰，在省城長沙的一南一北，相隔兩百多里，左宗棠不住湘陰而住淥口，實在有不得已的苦衷，原來他的岳家在淥口，而左宗棠是贅婿。

左宗棠的岳家姓周，岳父已經去世，周家的長女名叫治端，字筠心，跟左宗棠同庚。兩家老輩，素稱交好，所以左宗棠與周筠心，從小便曾議婚。本來兩家都是耕讀傳家，彼此寒素，但周家復又從事貿遷，家道日起，貧富之間，便頗有一段距離了。

但是周筠心的父親，很重然諾，雖然門戶已不相當，卻未曾將長女另許別家；左宗棠的父親認為不可辜負親家的美意，遺命左宗植求婚於周家，並下了聘禮。那是道光十年的事，小倆口都是十九歲。

在富家之女，十九歲不算小了，所以周家一直催左家迎娶；辦喜事要花好大一筆錢，左家實在沒有力量。到了道光十二年，左家兄弟都要入闈，他們兄弟倆文名素著，雙雙登科，亦是意料中事；周家覺得新女婿中了舉，是件很有面子的事，所以請出來的大媒，三天兩頭來「要日子」；左家兄弟窘迫非凡，最後大媒提議，不如讓左宗棠入贅，保證岳家不會輕視。

從春秋、戰國以來，就沒有一個有骨氣的男子，願作贅婿，左宗棠自然不肯。但禁不住大媒苦勸、老兄開導，又打聽出來，周筠心確是非常賢慧，而且知書識字，還會作詩；將來閨房之中，一定樂事多多。

左宗棠終於心動了，但仍顧慮著會讓人瞧不起；最後是大媒使了個激將法才讓他點頭。這個激將法，只是一句話：「只要你有本事中個舉人，報喜報到周家，有哪個敢看你不起。」

其時鄉試之期，已經迫近，左家兄弟倆都要進省料理入闈，所以婚期定在八月下旬。這對左宗棠來說，心頭彷彿壓著一塊鉛，從無輕鬆的時候，因為入贅到岳家，報喜就會報到湙口；倘或名落孫山，門庭寂寂，自己還有這張臉住在岳家嗎？

因此，合巹之夕，左宗棠神情蕭索，完全不像個新郎倌的樣子。洞房設在周家正屋以西的樓上，鬧房的親友鬧到起更時分，陸續散去；伴娘鋪好了床，道聲「早早安置」，退了出去。但左宗棠在高燒的紅燭之下，悄然獨坐，並無攜手入羅幃的意思；新娘子害羞，開不得口，只坐在床沿上低著頭拈弄衣角。這樣耗到鼓梆打三更，一直在門縫中窺探的伴娘和新娘子的乳母老陳媽可是急壞了。

「你催一催嘛！」老陳媽督促伴娘。

「我不敢。」伴娘怯怯地說，「我早聽人說了，新姑爺的脾氣大，會罵人。」

「胡說！今天是甚麼日子？新郎倌脾氣再大，也不能在這時候發。」

想想也不錯，伴娘在板壁上敲了兩下說道：「姑爺請安置吧！三更天都過了。小姐明天還要起早呢！」

最後這句話提醒了左宗棠。洞房的第二天，新娘子一定要起得早，「待曉堂前拜舅姑」，自古已然，否則就會惹人嘲笑。

於是左宗棠起身走到床前，體恤地說：「你請早早卸裝上床！不然天亮了起不來。」

周筠心點點頭，然後抬眼問道：「你呢？」

「我還得待一會。」

「你有心事？」

「沒有、沒有。」

「你不必瞞我。既然名分已定，一輩子甘苦相共；你有心事，不跟我談跟誰去談？」

「你這麼說，我就告訴你吧，我在擔心重陽那天。」

周筠心一楞，想了一下才明白，重陽那天放榜。鄉試放榜之期，自康熙五十年規定，一律在九月間，而又因舉子多寡而有不同的限期，順天及大省十五天以內；中省十天以內；小省五天以內。兩湖合闈，統稱湖廣，本為大省；至雍正元年以洞庭湖六、七月間，風波險惡，湖南士子渡湖到武昌入秋闈，不免冒險，因而詔定雍正二年，兩湖分闈，亦均成為中省，應於九月初十以前放榜。

但不論限期如何，各省都遵從一個傳統，放榜日期非萬不得已，都應排在寅日或辰日，地支十二，寅為虎、辰為龍，意示此榜為人才濟濟的「龍虎榜」。這年的九月，初一是戊午，一直到重陽那天，才是丙寅；隔兩天的九月十一是戊辰，但這個日子不能用，因為已逾中省十日之限，用了，主司一定會有處分，從而可知，凡是中省，必定是在丙寅這天放榜。

想明白了這一點，周筠心的心事比夫婿還要重，因為她已聽說，有些至親打算到淥口來度重陽，不是為了登高，而是來祝賀周家新姑爺高中舉人；或者說是來看熱鬧、再喝周家的一次喜酒。那時候如果新姑爺的這枚沖天炮沒有放響，全家的難堪，真個不堪設想。

周筠心深知，如果透露了心事，左宗棠會更添憂慮；但要為他分憂，很不容易，泛泛的慰藉，無濟於事。她想了一下，覺得措詞要走偏鋒才能打入夫婿的心坎。

「四哥，」她自幼就是這樣叫他的，「我不知道你的心事是甚麼？如果說是怕重陽那天放榜，沒有你的名字，以至於發愁，那就算我把你看錯了。」

「喔，」左宗棠問：「照你看，我應該是怎麼樣一個人呢？」

「你既然『身無半畝，心憂天下』，何以又為個人的雞蟲得失而縈心？」

「那，那是因為府上都對這件事看得很重之故。」

「他們是世俗之人，莫非你也自居於俗人之列？」

左宗棠笑了，答以兩句成語：「不能免俗，卿復爾爾。」

「對。」周筠心立即接口，「等報喜的來過了，家裡設筵開賀，我希望你從俗，高高興興跟大家喝杯酒，不要擺出高不可攀的樣子來。」

「如果報喜的不來呢？」

「你跟平常一樣過日子，該怎麼就怎麼，要這樣行所無事，才是得失不縈於懷，有涵養、能承受得起打擊的大英雄。」

「話雖不錯，只是——」左宗棠躊躇著，不知該怎麼說去。

「只是，」周筠心接著他的說話：「怕人家拿冷眼看你，是不是？」

「這種無從分辯的受辱，老實說，我受不了。」

「能分辯又如何？」周筠心忽然換了個話題：「四哥，好些人說你以韜略自負，我倒要請教，你自以為比淮陰侯如何？」

突然提到淮陰侯韓信，左宗棠便有些明白了，特意反問一句：「照你看呢？」

「我看你比淮陰侯高明——。」

「這，你是言不由衷了。」左宗棠打斷她的話說。

「你當我故意恭維你？不是，我有理由的。」

「請教。」

「淮陰侯沒有讀過書，你是把書讀通了的。史書上說淮陰侯『無行』，人品更不能跟你比了。」周筠心略停了一下，放慢了聲音說：「不過，你如果氣量小，就輸他一著了。其實氣量大小，亦只是一轉念間，《論語》中的『四無』你只要記住『無我』就行了。」

左宗棠不作聲，靜坐了好一會，倏然起立，「不是無我，」他說：「是無人。不管人家怎麼看我，怎麼說我，我視而不見，聽而不聞，只當沒有這個人就是。」

左宗棠到底看開了；倒是周筠心還有些不放心。她的表親很多，來作客的便有兩表兄、一表弟，談得左宗棠應試之事，她總一再聲言，科名有遲早，「場中莫論文」。但場外卻正好相反，只要「闈墨」拿得出手，即使不中，亦不必介意；至親好友更不必為他嗟歎。凡此用意，都在為左宗棠設想，預留退步；萬一不中，不致難堪。

到了重陽那天，周筠心有個表兄羅仲儀，邀大家去登高，「省城到淥口，一百里路出頭，報喜的再快，也要傍晚才能到。」他說，「如果是『五魁』，晚上才揭曉，報到這裡是明天的事了。與其在家中枯守，不如先去登高。」

這也是周筠心為左宗棠設想，怕他在家等待，或許會因為心神不寧，行止不夠沉穩而為人恥笑；所以特地託羅仲儀作此出遊的提議，時光便容易打發了。

到得日暮歸來，門巷蕭然，未得喜信，全家及賓客都絕口不提此事，但平時晚餐談笑諧謔的熱鬧景象，卻也都消失了。

飯後本來總是各歸臥處，但這晚上都還在廳上閒座——真的是閒座，很少交談，便談亦都是低聲細語，顯然的都有所待，等待省城來的報子。

左宗棠為了表示不改常度，照平時一樣，回到西樓讀書；直到三更天才見妻子上樓。他不免愧歉，「都為了我一個人，害大家空等了半夜。」他說，「看來是不必指望了。」

「也不見得。」周筠心答道：「羅二哥把你的闈墨又翻來覆去看了好幾遍，說你的策論實在好，應該有五魁之望。說不定這時候寫榜。正寫到你的名字。」說著，「噗哧」一聲，為她自己的忽發奇想而忍俊不禁。

左宗棠也笑了，「說真的，」他正一正臉色，「我自己的事倒還丟得開，只惦念我二哥，不知道中了沒有？」

「如果你中了，二哥一定也會中。羅二哥說，闈中最重第一場，你二哥第一場的文章比你好。」

「但願如此。」左宗棠打個呵欠，「今天太累了，睡吧！」

睡到五更天醒來，發現身旁無人，左宗棠掀開帳門外望，只見妻子站在窗前眺望；窗是北窗，正對省城南來的大路。她盼望的是甚麼，亦就不言可知了。

這一天，全家上下、度日如年。到得上燈時分，突然發現人聲隱隱，馬蹄得得，然後是「當、當、當」的鑼聲，羅仲儀頓時喜逐顏開，大聲說道：「報來了！一定是五魁。」

「不對！」左宗棠說，「如果是五魁，報子半夜裡從省城動身，午前就該到了。」

話還沒有說完，鑼聲頓歇，而人聲更盛，周家的總管奔進來，先向周老太太請個安，「恭喜老太太！」他說，「姑爺高中了。」

這一說，羅仲儀及周筠心的兩個弟弟周汝充、周汝光，拔腳飛舞，報子們亂糟糟地嚷著賀喜討賞。為頭的衝著羅仲儀，單足下跪，雙手高舉，擎著一張泥金梅紅箋的報條，高聲報道：「捷報：貴府左姑老爺印宗棠，高中湖南壬辰科鄉試第十八名舉人。」

接著，將金光閃亮的報條，貼在大門左邊。報子一共五個人，除了為頭的那個以外，其餘四個都被延入「轎廳」，酒飯款待。

為頭的那個，是由羅仲儀與總管出面，在門房中「講斤頭」——開發賞錢的數目。這沒有一定的規矩，第一，看主人家的家道；第二，看名次高低；最後還要看路途遠近，「漫天要價」，但多半不會「就地還錢」，因為這是喜事，主人家只要力量夠，出手不會小氣的。

周家是富戶，名氣又高，報子還有一項索厚酬的理由是，報到湘陰左家，才知道「新貴人」是周家的姑爺，家住湶口，一路奔波打聽，頗為費事，而這也就是遲到此時方能報來的唯一原因。

結果是講定了八十兩銀子，後來聽說喜事尚未滿月，為頭的要「給老太太磕頭道喜」；少不得還要發賞，「乾脆給兩個大元寶吧！」羅仲儀慷他人之慨地作了主。

等亂過一陣，總管帶頭，正式給「老太太、姑爺、大小姐」賀喜。周老太太笑得合不攏嘴；左宗棠心事一去，氣定神閒；只等周筠心來了，一起受禮。

「大表妹呢？」羅仲儀問。

「我叫丫頭通知她，要著紅裙，只怕還在換衣服。」周老太太叫著小兒子說：「二毛，去看看你大姊，怎麼還不下樓。」

於是周汝光飛奔而去，不久回轉，卻只是一個人；臉上有困惑的神氣。

「你大姊呢？」

「她要等一會才能來。」

「為甚麼？」

「她不知道為甚麼哭了。」周汝光答說：「得要洗了臉才能來。」

「為的是太高興了。」羅仲儀教導十歲的周汝光：「這叫喜極而泣。」

就這時聽得有人在喊：「來了，來了！」大家不約而同地，將視線投向門口，來的自然是周筠心。

她遵照母親的囑咐，著一條簇新的百褶紅羅裙，上身是月白繡花緞的夾襖；臉上粉光致致，只是眼泡略有些浮腫，但就像「金魚眼」那樣，反使得體態微豐的少婦，格外顯得雍容富麗。她的表兄弟們，不由得齊聲喝采：「好漂亮的新娘子！」

左宗棠此時心懷大暢，情不自禁地上前扶著她的左臂說道：「你走好。」

周筠心將扶在丫頭肩上的右手抽了回來，輕輕推了他一下，低聲說道：「別這樣，大家會笑。」

「沒有人笑話你們，只替你們高興。」羅仲儀轉臉向周老太太提議：「大姨，我看今天應該季高跟表妹上座，委屈你老人家做主人。」

「原該如此！今天是給季高慶功賀喜，當然該他首座。」

「不，不！」左宗棠說：「既是家宴，長幼有序，老太太上座；羅二哥居次，下來是表弟；再下來是我跟筠心、汝充、汝光。」

羅仲儀還要爭，卻讓周筠心搶在前面說了句：「就這樣吧，大家吃著也舒服。」才算定局。

但席間敬酒談笑，目標自都集中在左宗棠身上；吃到一半，鑼聲又響，這是「二報」，可能也還有「三報」，但遠不如「頭報」來得重要，由總管開發了喜封，不必主人家親自出面。

但到散席時，又來了一個報喜的，卻非左宗棠接見不可；此人是左家的老僕左貴，來報一個喜信：「二少爺中了解元。」

左貴口中的「二少爺」，便是左宗植，兄弟同榜，而且高居榜首，這真正是大喜事。周家誼屬至親，感同身受，都高興得不得了。

但周筠心卻很細心，看出左貴眉宇之間似有憂色；便在囑咐總管款待左貴之外，另外加了一句：「回頭你將左貴帶到西樓來，我有話問他。」

這樣處理，完全符合左宗棠的心意，他也有很多話要問左貴，但須避開岳母；妻子細心體貼，不必他示意先就安排好了，不由得投以感激的眼色。

「你看到左貴的臉色沒有？」回到西樓，周筠心這樣對丈夫說：「似乎頗有憂色，你倒好好問一問他；大概是遇到甚麼為難的事了，你回來告訴我，大家想辦法。」

左宗棠心裡明白，如說有為難的事，無非家中出人意外地出了兩個舉人，祭祖、「開賀」，得花上大筆銀子。二哥手裡有多少錢，他很清楚；左貴的「憂色」，必是由此而生。

「何必我費事轉述？我們一起來問左貴好了。」

「不！有我在，只怕有些話，左貴不肯說。」周筠心想了一下說：「這樣吧，回頭你在樓下書房裡跟他談，我在窗外聽好了。」

於是等左貴一來，新夫婦雙雙下樓，周筠心扶著丫頭肩，在窗外找了適當的位置，悄然靜聽。

「先是來報四少爺中了十八名，二少爺就說：好，我的心事了啦；我是沒有希望了。不會有兄弟同榜那樣的好事。」左貴停了一下說：「喜封是二少奶奶早就包好的。兩個十兩頭的圓錠。報喜的不肯，說第十八名是多高的名次，又是『瀛洲十八學士』的好口采，將來一定大富大貴。要『高升』添報喜錢。二少爺說：你們趕緊奔淥口，報到周家，還有重賞。報喜的還要『高升』，二少爺說：你們趕緊走吧，別讓人搶了頭報。提醒了報喜的，掉頭就走。」

「那麼，二少爺中解元的喜信，是甚麼時候報到的？」

「今天一大早，天還沒有亮，二少爺不相信，自言自語地說：『莫得有鬼啥？』報喜的說：這是甚麼事，我們敢弄鬼。解元就是湖南全省的狀元，不用說，二百兩銀子的賞錢是少不了的——。」

「糟了！」左宗棠插嘴：「這真是獅子大開口了。」

「報喜的也有理由，說他們從禮房書辦手裡，從闈中傳出來這張名條，就花了八十兩銀子。二少爺說：我不是說你們要得多了，實在是沒有錢。如今天還沒有亮，要借都沒有地方去借。報喜的說：不要緊，我們可以等天亮。到我動身的時候，人還在那裡等。」

「你是說，你天還沒有亮，就動身了？」

「是。」左貴答說：「不然一天趕不到這裡。」

「你除了報喜信以外，總還有別的事吧？」左宗棠問：「二少爺怎麼說？」

「請四少爺暫時不必回湘陰。」左貴停了一下接下去說：「二少爺叫我趕來報喜信；又說：報喜的很難纏，我慢慢兒跟他磨。家裡有留著供四少爺進京會試的盤纏，五十兩銀子；大概還打發不了，我打算將祠堂裡補貼的銀子也添上——。」

「祠堂裡能補貼多少？」左宗棠打斷他的話問。

「進學是十兩；中舉是二十兩；中進士是五十兩。二少爺是解元，大概可以領個雙份。」

「那一共也只有六十兩銀子。」

「二少爺的估計，有一百兩銀子，無論如何行了。不過這一來開賀請客的錢，就沒有著落了。二少爺說：這只有慢慢兒再想辦法，就怕四少爺你突然回了湘陰，大家一起哄，就非馬上定日子不可，那時候怕措手不及。」

「另外還有甚麼話？」

「我也是這麼問二少爺，還有甚麼事要交代四少爺？二少爺說：我不必交代，四少爺是個有丘壑的人，自然知道。」

「不錯，我知道。」左宗棠點點頭：「今天你很辛苦了，早點睡，明天不必趕路，你稍微睡晚一點也不要緊。」

左貴遲疑了一會說：「四少爺，我想早點趕回去，家裡就只我一個人能替二少爺去辦事；在這裡，我實在不放心。」

左宗棠默不作聲，而心事如潮。他自然不能讓左貴空手回去；而妻子已知其事，一定也會想法子，可是她如何跟她母親開口？即使岳家願意資助，籌措現銀，是否即時便能到手？在在都是疑問。

無論怎麼說，他在沒有跟妻子談過以前，無法允許左貴的要求。甚至連甚麼時候能給左貴一個具體的答覆，亦無把握。

一個無以為答，一個立等回話，室中沉寂如死；連窗外的周筠心，都感覺到氣悶得像要窒息，終於忍不住要開口了。

「四少爺，」她用左貴的稱呼，「請你告訴老管家，明天上午來不及，他不妨多睡一會；吃過午飯動身好了。」

這一下，將左宗棠心頭的鉛塊移走了，高聲向窗外答道：「好，我知道了。你先請上樓吧，我馬上就回來了。」

「是了。我先走。」

來時悄然，去時卻有意發出聲響；周筠心大聲招呼丫頭，掌燈照路。左宗棠等聲音遠了，方開口問左貴：「你看還得要多少錢才夠？」

「受賀的有兩位，二少爺又是解元，這個場面要小也小不下來。」左貴撥弄著手指，念念有詞地籌算了一會答道：「總要在祠堂裡請三天酒，一班花鼓戲是少不了的，照我估計，總得二百兩銀子。接下來還要會試的盤纏，那就很難說了。」

「怎麼難說？」

「不知道是一個人還是兩個人？」左貴答說：「二少爺說，他決定不去會試，一是盤纏不夠；二是家裡沒有人照應。不過中了解元，不去爭會元、爭狀元，大家都說太可惜了。」

嘉慶二十五年，大清朝第二回出「連中三元」的豔談，至今不過十來年，記憶猶新；左宗棠卻認為那是十分渺茫的事，不過秋闈得意，不赴春闈，似乎沒有道理。如果說盤纏只夠一個人用，他認為二哥應該儘先，這是天經地義，但此時不必跟左貴談論，只說一句：「我知道了。你不必擔心事，四少奶奶賢慧，一定會有辦法。」

果然，等他一上了樓，剛坐定下來，周筠心便即說道：「我打算跟娘說，二哥的賀禮送二百兩銀子；我自己有點私房，也可以抽二百兩出來。有四百兩銀子，眼前以及明年春天的事，不知道能辦得下來不？」

「明天春天的事」自然是指春闈，左宗棠答說：「開賀請客連進京盤纏都夠了。」

但是，錢在哪裡呢？四百兩現銀是八個大元寶，左貴年紀大了，一個人拿不動，看來還得周家另外派人送；那一來似乎又太招搖了。

正當左宗棠心裡七上八下在盤算時，周筠心又開口了，「銀子要到長沙去取。」她說：「它那裡也可以出銀票；這就方便多了，要怎麼用就叫它怎麼開。」

「它」是指誰？左宗棠茫然不知，他是新姑爺，不便過問岳家的財務，即便此刻亦不願打聽，只沉默著等候妻子往下說。

「明天下午，我先跟娘說了，請何先生寫好給森源興的信，讓左貴帶到省城裡，要怎麼開票，他自己跟森源興接頭好了。」

這一說，左宗棠明白了，森源興是長沙木業的領袖，東主姓曾，辰州人。辰州府重岡複嶺，帶水縈紆，是有名的木材產地，合抱不交的松、杉砍伐下來，結成木排，利用春末夏初水勢盛漲之時，沿著沅江、辰溪，順流而下。經營此業的商人，稱為「排客」；姓曾的便是其中巨擘。湖南的木材生意是大買賣；而無論南北，只要是大買賣，都能存款，憑摺出納，甚至開出可當現銀使用的票據。想起周家亦必是有款子存在森源興，而且數目似乎不小，所以支用要由周家的帳房何先生寫信通知。

「四哥，」周筠心又說：「在湘陰開賀，你總要回去一趟；你打算甚麼時候動身？」

「老太太不是在說，要好好兒熱鬧兩天，不知道定了日子沒有？」

「應該湘陰熱鬧過了，再在這裡熱鬧；我已經跟娘說過，她會體諒的。」足見妻子深明大義，左宗棠頗為感動。他本來最怕的是，岳家不放他回湘陰，會惹老家親友恥笑，如今可以放心了。

「你歇一兩天就走吧，早去早回。」

「好！我盡快趕回來。」

「別忘了把二哥一起請了來。」周筠心特為又叮囑一句：「一定要請二哥來。」

於是下一天在打發左貴上路以後，周筠心隨即又安排夫婿回湘陰。這是左宗棠匝月之間，第二次與嬌妻分手，頗有依依不捨之意；反倒是周筠心很看得開，只再度叮囑，左家昆仲務必同來。左宗棠知道，岳家非常好面子，左宗植肯來，平添不少光彩，所以鄭重允諾，一定不會讓她失望。

左家世居湘陰達六百年之久，族人眾多，而且還有從鄰縣如湘鄉等地趕來賀喜的。因此場面極其熱鬧，但花費亦頗可觀；事後算帳，三天工夫花了三百多兩銀子，左宗植手頭所餘，連親友送的賀禮在內，還不到一百銀子。

「四弟，」左宗植說：「我原來就不打算進京，如今更是情勢所迫，只夠你一個人的盤纏，你打算甚麼時候動身。」

「二哥，」左宗棠使勁搖著手說：「我盡可以等，你可不能再徒事蹉跎了。能夠一起去最好，否則，當然是你走在前面。」

「不！這不是客氣的事，要有個好好的打算。一起去呢，已是辦不到的事，就算辦得到，也不能這麼做。你想，我們走了，家裡交給甚麼人？莫非讓你二嫂也到周家去作客？我想，你也不肯這麼辦，是不是呢？」

「這總有辦法可以安排——。」

「你不必說這些空話了。」左宗植打斷他的話說，「我在想，你會試得意，不是點翰林，就是分部；依你的年紀，絕不會榜下即用——」

「不！」左宗棠搶著說：「我倒是希望去當縣官。若說不講究做官，講究做事，上則督撫，不然寧願當風塵俗吏，反倒有展布的餘地。」

「那是你這麼想，無奈吏部銓選，自有多年相沿的規矩，不是你想啥就啥的。這些閒話，不必多說，只說你當京官，不能馬上就請假；弟妹在娘家，可以不論，此外，我總有辦法維持一個家，先人歲時祭掃，你亦可放心。倘或祖宗積德，你能入鼎甲，另當別論，我只希望你名在二甲，又點了庶吉士，散館留館，能放個考差，那麼如果我未滿四十，倒很想進京下闈拚一拚。這是兩全之計，我籌之已熟，你依我的話沒有錯。」

這番話非常透徹，左宗棠無法提出異議，回過頭來再想一想自己，如果易地而處，本身還寄在岳家的籬下，如何照料得到湘陰的老家。而且他也不喜歡利用舉人的地位，有所營謀，則居鄉的生計，復又何在？但他二哥的情形就不同了。

原來一縣的衣冠中人，便是地方上的縉紳，關說人情、干預公事，勢不可免；從中收受謝禮，亦是情理之常，除非動輒以道學的口吻，而又言行不符，才會受人非議，否則不以為這是品德之玷。當然做得過分了，如包攬訟事、「鬧漕」或者抓住地方官失職的把柄，加以勒索等等，那便成了土豪劣紳，又當別論。

左宗植就一直幹些助人自助、取之不傷廉的營生；如今成了解元，地位更加不同，除了退歸林下的大老以外，便是湘陰紳士的領袖，光是紅白喜事，如為富戶巨室請出來當「大冰老爺」；喪事被請去「點主」之類，為人充場面所收的謝禮，就是一筆不小的收入。

想通了這一層，左宗棠才明白他二哥為甚麼「原來就不打算進京」？因為會試落第不說，就算有把握必中，除非外放當縣官，一切花費，不難借貸，生計可以不愁，否則當窮京官便是個不了之局，當然，分部去當司官，哪一個衙門都有「外快」，但必須與書辦同流合汙，這是左宗植絕不肯幹的事。既然如此，倒還不如在家鄉當響噹噹的紳士，守住「老營」，培植幼弟上進，一樣也能光大門楣，榮宗耀祖，對得起去世的父母及祖宗。

籌議已定，兄弟倆相偕到了淥口；周家待左解元以上賓之禮，除「開賀」之日大宴賓客以外，又為左宗植特設盛筵，請了湘潭、醴陵兩縣的紳士來作陪。臨行又送了一份「程儀」，四十兩銀子，是森源興所出的一張銀票，因此，左宗棠一個人進京的盤纏，算是寬裕的。

十月底，左宗植雇了一條船，送胞弟到武漢，渡過洞庭湖沿江北上；在武昌的長沙會館暫住，定好了長行的車子，選定十一月初四，宜於長行的黃道吉日，過江由漢口起旱，取道河南進京。

在武昌動身渡江之日，起來得很早，行李是早就收拾好了的，但所借送到江邊的轎子，遲遲未到；兄弟倆等得心焦，有些坐立不安，左貴便作了一個提議。

「會館西面，算卦的姓召，大家都說很靈，何不去卜個課，看看四少爺的前程。」

「如何？」左宗植看著他弟弟問。

「也好。」

於是由左貴導引，相偕出了會館，不遠便是個命相館；當門坐著兩個中年人，形相清癯，沒有一般的江湖氣；門口懸一幅布招，上寫「范陽新安後人談易」八字。

左宗棠一看，神色肅然，「二哥，」他說：「這是個肚子裡有貨色的人。」

「何以見得？」

左宗棠先不答他的話，轉臉問左貴：「你說他姓邵？」

「是。」

「刀口召？」

「是，刀口召，沒有那個耳朵。」

「這就越發對了。」左宗棠問說：「二哥，你記得不記得，邵康節封過甚麼爵？」

「這要查書才知道。」

「我倒剛好記得，他在南宋咸淳年間封伯，稱號是『新安伯』。」

「這可是信而有徵了。」左宗植略想一想，徐徐說道：「然而亦有未諦。召公奭封於北燕，後裔家於范陽，固其實也；其中有一支遷居中州，在汝南、安陽一帶的召姓，加『邑』而為邵。此是信而有徵。」

「然則未諦者何在？」左宗棠問，帶些考驗的意味。

「既稱『新安後人』，自然為邵康節的子孫；康節之父遷共城；《左傳》：『太叔出奔共』，在今河南輝縣一帶。其時之召，已為加邑之邵，此『新安後人』不當再用刀口召。未諦者在此。」

這兩兄弟，在卜肆門口高談闊論，完全是書呆子模樣。圍觀的行人，已經不少；遠遠又有鳴鑼喝道之聲，是有地方官來了，或許認得新科解元，會下轎寒暄，那一來會白白耽誤工夫，所以左貴趕緊催一聲：「兩位少爺進去吧，還要過江呢！」

一進了門，正在為人起卦的「新安後人」，微笑示意，左宗植便坐在一旁；左宗棠打量四周，看書架上陳列著的書，有一部《皇極經世書》；一部《擊壤集》，都是邵康節的著作，看起來確是「新安後人」，但為何不用河南之邵，特為標舉「范陽」，倒要問他一問。

不一會輪到他們兄弟卜卦了，但桌旁只有一張椅子，左宗棠先請他二哥坐下，然後自己搬過一張骨牌凳，坐在下首。

「貴姓？」開出口來是燕趙口音。

「左。」左宗植據實回答。

「這位是令弟？」

「是。」

「尊駕有何見教？」

左宗植側臉說道：「你說吧？」

「好。」左宗棠開出口來，不是談自己的事，「貴姓必是召公之召？」

「是。」

「又是康節先生後人？」

那人不即回答，深深看了左宗棠一眼說：「我在這裡設硯將近一年，知道先子封號的，足下是第一位。」邵康節名雍，字堯夫，諡康節；明世宗復位祀典時，尊稱為「先儒邵子」，所以那人稱之為「先子」。

「這又何足為奇？洞庭南北，知道康節先生曾在南宋追封為『新安伯』的人，不知道多少？不過不相信你是康節先生後人，所以懶得多說。」

這算是替兩湖掙了個面子，但這姓召的，心知他自己的姓與籍貫都瞞不過行家，所以並不追問湖南人為何不信他的標榜，免得為左宗棠當場「砸」了他招牌。

「久仰湖廣不但人文薈萃，而且臥虎藏龍；現在看賢昆仲的氣度，真是所傳不虛。」那人打過招呼，急轉直下地問：「聽足下是湖南口音，想來是有遠行，暫住長沙會館？」

「正是。」

「然則是問此行的休咎？」

「是要請教。俗語說，君子問禍不問福，請召先生儘管直言。」左宗棠又說：「附帶請教，台甫是——？」

「慕堯。」

「堯夫的堯？」

「也是堯舜的堯。」召慕堯很知趣，不敢再以邵堯夫來標榜了，「請容我略為布置一下。」

召慕堯將桌上貼著「文王六壬」字樣，裝著許多紙卷的木盒子移開，吩咐書僮燃起一爐檀香；然後從抽斗中取出來一個錦盒，內有三枚制錢。

「『井有君平擲卦錢。』」左宗植念了一句唐詩。

「是，擲卦。」召慕堯接口，「既遇通人，不敢不以君平遺法虔卜。」

說完，取出制錢，一面在香爐上繚繞；一面念念有詞地在禱告。接下來便是擲卦了，擲一個記一筆，正面是陽、背面是陰；擲完上卦，又擲下卦，等他擲完，水牌上出現了一個離卦、一個坎卦。

「六十四卦。」

「巧了，最後一卦。」左宗植看著弟弟說：「『火水未濟。』」

一聽這話，左貴的臉色變了，左宗棠趕緊推了他一下，示意勿露形色，同時問道：「不知是第幾爻？」

爻稱「六爻」——八卦的每一卦，由上中下三個部位的筆畫組成；全卦為上下兩卦相疊，便是六個部位，所以爻數有六，自下而上、第一爻稱為「初」；而第六爻稱為「上」，其餘各以數字區分。

卜爻亦可用擲錢之法。召慕堯的法子是，三枚制錢擲兩次，出現六個陰陽面，或數陰，或數陽，以最後亦即是最下那個部位的筆畫而定；乾「連」坤「斷」，如前則數陽、一陽為「初」，依數類推，反之數陰亦然；全陰全陽，一概為「上」。

第六十四卦「火水未濟」的下卦為坎；坎的最下部位是「斷」成兩小畫的坤，所以應該數陰；哪知接連兩擲都是陽面，全陽為「上」，亦就是第六爻。六十四卦共三百八十四爻，所以這是最後一爻。

最後一卦的最後一爻，如此之巧，連左宗植亦臉現猶疑之色；而召慕堯卻笑盈盈地說：「恭喜，恭喜，此爻本卦平、變卦吉。我們來看看爻解。」

於是翻開《周易》找到「未濟」上爻的爻辭是：「『有孚於飲酒、無咎；濡其首，有孚失是。』象曰：『飲酒濡首，亦不知節也』。」

這一段話用不著解釋，左氏弟兄讀過《周易》，知道其規誡之義是，凡事自判，便可無咎；飲酒而不知節制，以致酒濡其首，便有禍患了。

「變卦是『解上』。」召慕堯又翻《周易》。

「解」為第四十卦；與「未濟」比較，下卦之坎相同，上卦由離變震，亦就是火變為雷。解卦上爻辭是：「公用射隼於高墉之上，獲之；無不利。」

「無不利，自是大吉。」召慕堯解釋卦象：「本卦變卦皆以坎水為根，升騰而上則由離火而變為震雷，此是『積陰臨陽曦，陰險陽則夷』。變卦更有一鶚橫空之兆，可喜可賀。」

左氏昆仲相互看了一眼；作兄長的說：「莫非還有非分之榮。」

這是句很含蓄的話，賀人科場得意，有「榮膺鶚薦」、「鶚表橫飛」的成語，召慕堯說明「一鶚橫空之兆」，意同「鶚表橫飛」；這一解使左宗植頗為心動，想到「一鶚」或指第一，莫非不是狀元，便是會元？所謂「非分之榮」即指掄元而言。

他們弟兄彼此默喻，召慕堯亦懂得這句話，但左貴卻不明白，忍不住開口問了：「召先生，你說這變卦是甚麼預兆？」

召慕堯不肯明言，只說：「回頭問你家主人好了。」

「回頭我告訴你。」左宗植攔住老僕，轉臉又問：「召先生，請教所謂『陰險』，可有別解？」

「此番北上，是水路還是陸路？」

「陸路。」

「這就是了。『濡首』垂節飲之戒，亦恐有溺水之厄。既是陸路，自然無礙。」

「可是經河南要渡黃河；眼前就要過江，在在會遇水厄。」

「此是指長行而言，過渡或舟程不超過三天的短途，都不要緊。」

「四弟，」左宗植鄭重囑咐：「你記住召先生的話，如果坐船，務必留意。」

於是兄弟倆在漢口握別，左宗棠到了京城不久，就聽說家鄉遭遇水災，心緒頗為不寧，亦成為會試失利的原因之一。所幸結識了胡林翼，兩情相契、無話不談，足遣失意落寞之感。談到召慕堯的預言，胡林翼殷勤致慰，當然亦能體會到他落第回到淥口以後的心情，卻苦於無從援手；但這回從江寧迂道來訪，自覺似乎可以為左宗棠在岳家添些光彩。

這個念頭，從九江開始，便一直縈繞在心頭；及至一入萍鄉境界，看到縣官的名刺，豁然貫通，頓時有了計較。

原來在胡林翼自江寧動身之前，正好江寧藩司來見總督，談起旗下官員出差騷擾地方，陶澍深惡痛絕，指示嚴禁；附帶談到有些達官貴人的子弟，亦不免招搖時又說：「凡是所謂『官親』有所需索，地方官亦不必理會。如小婿這一次回湖南省親，我已加以告誡，如果沿途有不檢點的情事，請隨時告訴我，一定痛責；但地方官不可陷人於不義，請貴司設法知會所屬，否則，我不知則已，知道了，一定指名嚴參。」

藩司知道陶澍想整頓吏治的決心，同時也知道胡林翼亦講究敦品勵行，一定謹守岳父之戒。倘或弄巧成拙，真個由總督「指名嚴參」地方官，就大殺風景了。

因此，藩司一回衙門，就將這番話告訴了他最親信的幕友。州縣官請幕友，至少兩席，一席刑名，一席錢穀，而通省的「刑名老夫子」，以臬司衙門的首席為領袖；「錢穀老夫子」自然是以藩司衙門的首席為頭，凡有關刑名、錢穀的案件，由此兩領袖發號施令，成為所謂「一條鞭」的制度。平時此兩領袖與各縣的幕友，書札頻繁，聲氣相通，信中有所交代，如響斯應，靈驗無比。

這封信寫出去，內容跟陶澍的原意，已不甚相符，信中說「大府整飭官常」，不可違背；但胡林翼是名士，尊賢禮士，亦「職司民牧者，分所當為」，所以不妨私下加以照應。

於是胡林翼所經兩江轄區在江蘇、安徽、江西三省的各府，如江寧、安慶、南康、南昌、臨江、袁州等等所屬的州縣官，都得到了消息，有的請當地紳士，有的託善文墨的幕友，出面來接待，盡禮盡歡，不談公事，甚使胡林翼有賓至如歸之感。

袁州府屬的萍鄉縣，是由一個廩生出身的幕友，到府城宜春來迎接，此人名叫趙春，很親熱地說：「敝東是令尊探花公的得意門生，他特為關照，因為制台事先有諭，不敢跟潤芝先生見面，真是愧對恩師，命我當面致歉。潤芝先生如有甚麼吩咐，儘請明示，無不如命。」說著，遞上一份萍鄉縣令的名刺。

胡林翼一看，縣官名叫朱三源，雲南蒙自人，才知道是他父親胡達源放雲南主考所取中的門生；是名能員，所以在仕途中一帆風順。

這時靈機一動，開口說道：「我回湖南掃墓，行道經過貴縣，是奉家岳之命，要去淥口看一位至交左季高；他是湖南壬辰科左解元的令弟。」

「是。」趙春問道，「左解元不是湘陰人嗎？」

「你老哥問得好。我正是如此，想求我們朱大哥一件事。左季高住在淥口岳家，姓周；老兄知道的，身為贅婿，而有傲骨，對交往的禮數，格外挑剔。我深怕面子不夠，左季高不肯見我，回江寧以後，對家岳不好交代。」

「喔，我明白了。澂東既跟潤芝先生世交至好；又是奉了陶大人之命來辦事，澂東一定盡心盡力，想辦法來做足面子。所為難的是——」

趙春沉吟不語，胡林翼卻心中雪亮，淥口屬醴陵縣管轄，不但隔縣，而且隔省，力所難及；如果連萍鄉縣令的「導子」都進不去，還談甚麼「做面子」？

「不要緊。」趙春又說：「澂東跟醴陵吳大令，公私兩面的交情都不淺，一定會有辦法。」

「費心，費心，請為我先跟朱大哥致謝。喔，我還要請問，楊歧寺在萍鄉？」

「是，在楊歧山。此山相傳為楊朱泣歧之處。楊歧寺新修不久，劉禹錫手書的高僧塔銘石碑，亦挖到了，很可以逛一逛，只是——」趙春沉吟了一會問道：「潤芝先生何以忽然問到楊歧寺？」

「禪宗最大的一支是臨濟宗，此宗之下又有許多支派；南宋高僧方會在楊歧寺創立一派，故名『楊歧宗』。最近看禪宗掌故，方知此事，而恰好要到萍鄉，此佛家之所謂『因緣』，不想錯過。」

「這麼說，在楊岐寺總有一番盤桓？」

「是啊，總不免尋尋遺跡。」

「那好。」趙春欣快地說：「楊歧山在萍鄉城北七十里，來回總得三天；澂東亦正好趁此工夫，跟醴陵吳大令接頭，籌畫一下。等潤芝先生禮佛回來，就有消息了。」

「好，好！」胡林翼又說：「由宜春到了萍鄉，我想一直就上楊歧山，不必跟朱大哥見面，免得麻煩。足下以為如何？」

這正是朱三源請幕友出面來接待的本意，在趙春是求之不得，恭恭敬敬地答說：「謹遵台命。」

於是趙春詳詳細細地寫了一封信給朱三源，轉達了胡林翼的意願；同時說明，由宜春逕赴楊歧山，需派人通知楊歧寺款接貴賓。這封信當夜派隨從騎快馬送回萍鄉，趙春自己在第二天上午方陪胡林翼啟程往西，一進萍鄉東門，便有應接的人迎上楊歧山；四天之後，方回萍鄉，住在驛館。

其時趙春已如微服私訪般，悄悄到隔省的醴陵去走了一趟。醴陵縣令名叫吳三畏，亦是一名能員，得有機會結交江督之婿、探花之子的胡林翼及左氏昆仲，自然不會忽視，加以與朱三源在公私兩面都常有聯手合作的淵源，所以商量的結果，非常圓滿。

首先，吳三畏派了一名禮房書辦到淥口周家，說胡林翼銜他岳父之命，即將來訪，縣裡已替他備了公館，問左宗棠的意思如何？

照左宗棠的意思，既然縣裡已有預備，就讓他作「吳大老爺」的貴賓好了；但周老太太極好面子，說胡林翼專訪「我家姑爺」，自然住在淥口，家中客房極其寬敞，盡堪款客，不必縣裡費心。

第二步便要等候胡林翼的消息了；從楊歧山回城的下一天，朱三源親到驛站來送行，這一趟破例見面，他亦有個說詞，說有幾樣土儀，要「孝敬老師」，託胡林翼帶去。總督的功令再嚴，亦不能阻止他不修弟子之禮、不敘世交之誼。

萍鄉亦產陶器，所以朱三源的禮物中，有個製作很精美的花瓶；但胡林翼入手即知內有文章，便即笑道：「朱大哥，你當我是趙普嗎？」

朱三源也笑了。宋朝開國，以「半部論語治天下」的趙普，極受寵信；「十國」之主，爭相結納，有一回吳越王錢俶，饋送趙普「海物十瓶」，其實內中皆是「瓜子金」，為宋太祖無意中發現，寵信自此漸衰。朱三源感激師門，在花瓶中亦暗藏了二十兩金葉子；如今聽胡林翼的話，知道已為他識破機關，只好笑而不答。

「朱大哥，請你收了回去。」胡林翼正色說道：「你敢送，我亦敢收，家岳問到我，自有話辯解；但如有人攻訐你，我就無能為力了。」

朱三源不敢多說，乖乖地收回花瓶；殷殷話別，很鄭重地託付趙春，將胡林翼送到淥口。

往西到得一個名為老關的地方，即是贛湘兩省的接壤，亦為萍鄉與醴陵交界之處；邊界上有座涼亭，亭外陳列著兩乘大轎及縣官的儀仗。湖南已出兩江的範圍，自可不受江督的約束；所以吳三畏親自帶領從人，前來迎接。

於是胡林翼由趙春先容，與吳三畏見了禮，道勞道謝，略事寒暄，換了兩乘大轎，鳴鑼喝道，一直到了淥口；周家雖未結彩，卻張了燈，大廳簷前掛了四盞簇新的大宮燈，太陽尚未下山，但已點了起來，紅光瀲豔，喜氣洋洋。

左宗棠領著兩個內弟，將貴客迎入廳內重新見禮。有個氣度閒雅的中年男子，便是左宗植。吳三畏亦是初見，對這位新科解元，非常客氣；胡林翼則更是以兄長視他了。

接下來開席，是特為從省城裡請來的名廚。周老太太本來還想叫一班戲來，左宗棠認為太俗氣，現搭戲臺也費事，極力勸阻，方始作罷。有酒無戲，不必用方桌開兩席，改用一張大圓桌；為了尊重父母官，要推吳三畏首席，他當然堅辭，改推胡林翼；但胡林翼又謙讓左解元，左氏弟兄不從，最後終於還是由主客胡林翼居首，其次是吳三畏，再次是左宗植，周家小弟兄不上桌，由左宗棠代作主人。

席間的話題集中在兩江的政事，胡林翼很興奮地表示，兩江的局面為前所未見，鹽、漕、河三大政以外，又疏浚太湖經黃浦江，由瀏河出海的河道，蘇常一帶，已無水患，真正成了樂土。由於督撫的和衷共濟，江南幾於百廢俱舉；而林則徐能夠經常到江寧，跟陶澍探討大計，通力合作，則是因為陳鑾當他的藩司，坐鎮蘇州，可無內顧之憂。此外安徽巡撫鄧廷楨文武兼資、政聲卓著；江西巡撫周之琦，亦能勤政愛民、克盡職守，此一督三撫，都是翰林出身，科名相距亦不遠，在京時不是同年便是同寅，所以凡事都好商量，從不會鬧意氣，所謂政通人和，為政得人和，則任何困難都易於化解，而為朝廷倚為柱石的大臣，則以扶持善類、獎引人才為第一要務。

這番議論，固是胡林翼平正通達，喜於屈己從人的性情使然；但亦是下了一個伏筆，以便於向左宗棠遊說。

到得席散，吳三畏回城；貴賓各歸客房，為胡林翼設榻之處是一個花木扶疏的小院落，左宗棠復又置酒，藉為談助。

「季高，我是奉家岳之命，特為來請你到江寧作客；家岳久慕你『身無半畝，心憂天下』，像范文正公那樣的志節人品。家岳確是愛才若渴的性情，你倒不可辜負他的一片誠意。」

「噢！」左宗棠靜靜地傾聽著，不置可否。

「舉國風雅，集於兩江，隋唐以後，無不如此；以東南財賦之區，成人文薈萃之地，理之所宜，未有窮山惡水，能出騷人墨客者。不過，自古已然，於今為烈，則別有因緣；季高，你說那是甚麼緣故？」

左宗棠想了一下答說：「兩江大吏，都是詞林中人，自然就能扶持風雅了。可是如此？」

「然也！」胡林翼答說：「兩江一督三撫，不但都是翰林出身，而且本人就是一大作手，鄧嶰筠的詩，是早就知名的；林少穆善製楹帖，輓聯尤其出色；周稚圭的詞填得極好——」

「誰？」左宗棠打斷他的話問：「你是說江西周中丞？」

「是啊。周之琦字稚圭。」胡林翼手持酒杯，徐徐說道：「詞自朱竹垞、厲樊榭創浙派以來；近年又有常州詞派興起，能不依附浙常兩派，卓然獨立的詞人，照我所知，只有兩位，一位就是今年跟我們倆同樣名落孫山的項鴻祚。你還記得吧，跟我們兩個敘過年紀，比我們大十四歲的那個杭州人？」

「記得，號叫蓮生，貌似紈袴，但能說得出『不為無益之事，何以遣有涯之生』這兩句話，可決其必非俗士。」

「他所說的無益之事，便是填詞；已刻了《憶雲詞》甲乙丙丁四稿行世。」胡林翼停了一下又說：「再一位就是周稚圭，在南昌刻了詞稿第一集，名為《金粱夢月詞》，你如果想看，我可以送你一部。」

「君子不奪人之好，如果你只有一部，我就不要。」

「多得很，兩江督署的官廳上擺了十幾部，隨便拿。」

「此亦是做官之一道。」左宗棠問：「令岳呢？我聽說作了一部陶侃的年譜。」

「是的。家岳是陶桓公之後，不過他致力的是陶詩，有《淵明集輯注》、《靖節年譜》，都刻出來了，家岳吩咐帶兩部來請你指教。」

「指教言重了。」左宗棠答說：「令岳既是陶侃之後，想來亦是淵明之後；從〈桃花源記〉推測，應該是從常德府遷來的。」

「這，」胡林翼一楞，「我倒不知道，也沒有想過。你見了家岳，當面問他好了。」

「潤芝，」左宗棠沉吟了好一會，開口致歉，「實在對不起，請你代為向令岳道謝，我實在不能不辜負他那一片雅意。」

胡林翼原曾想到，左宗棠不是能被輕易說服的人，心理上有了準備，所以能平靜地問：「想來你有你的難處，叨在知交，何妨見告，看有甚麼消除的法子？」

「當然，我的苦衷，一定會據實奉陳；不過解消的法子，只有一個，我不說你也能想像得到。」

這好像牽涉到錢上有甚麼困難，這應該是容易解消的，但話到口邊，突然縮住，覺得還是讓他自己說出來，比較妥當。

於是他改口說道：「說實話，我實在無法想像；或者說，想得太多，莫衷一是。不過，不論任何難處，我相信我都有辦法。」

「不然，老兄無能為力。我說只有一個法子，就是守在湖南。」左宗棠略停一下又說：「我有下情上告，話說來很長，只怕你累了——。」

「不，不，」胡林翼搶著說道：「盡不妨作長夜之談。」

「然則要作長夜之飲了。」左宗棠說：「我叫人再溫酒。」

添了酒來，把杯深談，左宗棠談他落第回鄉，到得湶口一看，妻子形容憔悴，瘦骨支離，像是生了一場大病。

自從到了周家，胡林翼尚未見過周筠心，這時才知道緣故，想是臥病在床，不能下樓，當下急急問說：「嫂子是甚麼病？」

「肝氣。今天正好又犯了；不然，以你我交誼，我一定要讓她來見禮。」

「肝氣鬱結，多起於情志內傷。」胡林翼蹙眉說道：「這個病很討厭。」

「對了，你說得一點不錯。得病之因，正是『情志內傷』。唉！」左宗棠歎口氣，「說起來不知道要怪誰？或者要怪自己，心志不堅，不該在武昌問卦。」

「怎麼？」胡林翼大惑不解，「莫非要怪召慕堯？」

「也不該怪他——」

其實是要怪他家的老僕左貴嘴快，回到湘陰與人談左氏兄弟在武昌求卦的情形，惹出來的禍。他問過左宗植，「一鶚橫空之兆」，可能指左宗棠會中會元，甚至狀元；這原是揣測之詞，但在左貴來說，便成了一個大好消息。轉述的人，便說這是左宗棠自許不作第二人想；本來就頗有人妒嫉左氏昆仲雙雙高中，正好借此加以譏訕，流言傳來傳去，自然就會變成《戰國策》上所說「三人言而成虎」的情形；有頭有尾，合理合情，不由得教人不能不信的一段「新聞」。

這段「新聞」是這麼說：左氏兄弟在武昌求卦，卜到第六十四卦，三百八十四爻，末卦末爻，不吉可知。卦是「未濟」，濟作渡河之渡解，「未濟」明明是說渡不得河；而「濡首」是滅頂之象，意思是說勉強渡河就會有失足落水之禍。左宗棠果有此厄，幸而為人救上了岸，但落水受寒，又受了驚，以致在旅途中病倒，可能是一場傷寒，吉凶莫卜。

不巧的是，左宗棠為了用功，連家信都顧不得寫，周筠心本來就在惦記，再看家人親友，竊竊私議，一看到她的影子，便出現警戒的眼色，明明是有事瞞著她，幾次探問，終於由她弟弟口中，得知這個不幸的消息。最教人不放心的是，音信毫無，不知丈夫臥病在何處？甚至是否尚在人間，亦成疑問。

「這就是『情志內傷』，以致肝氣鬱結的由來。」左宗棠感傷的說：「直到我出闈寫信回來，她的病才有起色。」

「唉！」胡林翼念了兩句陶淵明的「感士不遇」賦：「『矧夫市之無虎，眩三夫之獻說。』魏王且然，何況他人。怪來怪去，怪湖南人氣輕浮，好作流言。不過，也要怪你筆懶，如果一路都有平安家報，不就沒有事了嗎？」

左宗棠本想說：你倒說得容易，平安家報也要有便人才行；不比你以兩江總督快婿的身分，可以託沿路的地方官，利用驛遞代寄家信。當然，這話也只是想想而已。

「如今嫂子無大礙了吧？」

「是的，不過，」左宗棠說：「潤芝，你倒設身處地替我想一想，我又何忍不顧她病骨支離，漫遊白下？」

胡林翼亦是深於性情的人，躊躇著說：「你能不能先跟嫂子商量一下？」

「不能商量。一商量，她一定會勸我跟你走，那不是大違我的本心？」

「那麼，」胡林翼有個自覺很超脫的想法，「帶著嫂子一起去逛一趟，如何？」

「不行，病骨支離，難勝跋涉之勞。」左宗棠答說：「她在家是長女，有許多事，少不得她。此外，我還有下情；說實話，內人為我受盡委屈，只期望我一件事，教導她的兩個胞弟。我那兩個內弟呢，跟我也很投緣，無論從哪方面來說，我都不能置之不顧。」

「你的境況，我完全瞭解了。」胡林翼說，「不過，你也得替我想一想，如何跟家岳父交代？至少也要訂個後約。」

「好！」左宗棠一口應承，「後年乙未正科，不能不赴。明年秋天我一定會到江寧。」

胡林翼心想，他岳父那時候或許已內調入京，當尚書去了；不過那一來，在會試前後，反倒有更多聚晤的機會了。

誰知左宗棠與陶氏初晤，竟遲至兩年以後。光緒十四年北上會試時，本應迂道江寧踐約，但陶澍以總督的身分，巡視三省堂伍，不在江寧，因而作罷。下一年秋天奉召入覲，事先已奉旨批准，陛見以後，回湖南原籍掃墓；陸行至武昌後，換船沿江而下，到得岳州，已在歲暮了。

其時湖南巡撫吳榮光，是嘉慶四年的翰林，比陶澍早了兩科；如果相見，官是陶澍大，但科名卻應尊吳榮光為前輩，敘禮為難，好些場面不免尷尬，因此決定不到長沙，渡過洞庭湖以後，循資水過益陽，回安化。但吳榮光對陶澍自然要盡一番禮數，特飭岳州知府隆重接待。岳州為自湖北入湖南的第一站；亦是陶澍回安化所經唯一的一座府城，所以陶澍決定在此逗留數日，接見湖南的親朋故舊；因此，岳州知府借了一處書院作陶澍的公館，粉刷一新，重加布置；其中的對聯亦都重新換過，表達桑梓歡迎陶澍之忱。

這個重擬對聯的任務，落到了左宗棠身上。由於岳州知府的卑詞厚帑，以禮延聘，左宗棠慨然相許，但有個條件，只製聯，不具名。因為左宗棠不喜奔競，他跟陶澍之間的媒介是胡林翼，而胡林翼並未隨他岳父同行；原來這年春闈，左胡二人仍然落第，而下一年丙申，以皇太后六旬萬壽，特開恩科；左宗棠有些灰心，不打算再應試，胡林翼以老父之命，留京用功，以待春闈。沒有胡林翼在，左宗棠覺得留在岳州等著陶澍，怕為人恥笑他趨附權勢，但如來了又走，似乎對陶澍有欠禮貌，所以最妥當的辦法便是根本不讓陶澍知道他到過岳州，這樣，對聯就不便署名了。

陶澍一到行館，就看到大廳上所懸，用虎皮箋書寫，簇新的一副對聯：「深殿語從容，廿載家山，印心石在；大江流日夜，八州子弟，翹首公歸。」下聯易解，湖南大小八個州；「八州子弟，翹首公歸」，足見負鄉邦重望，亦期盼他能提拔家鄉子弟；但上聯有典故在內，而這個典故是最近才發生的，知者不多，是故陶澍大為驚異，迫不及待地要問：這副對聯的作者是誰？

原來陶澍世居資水上游安化縣的陶灣，其南名小淹，資水在崇山峻嶺中，屈曲縈漩，匯成一個潭，名為石門潭。所謂「石門」，是指對立的南北兩崖；其間突起大石，矗立潭心，恰如一方碩大無朋的印章。陶澍之父陶英江在此建了一間石屋，課子讀書。

這回陶澍奉旨進京，皇帝在養心殿召見十五次之多，談朝廷大政、江南吏治之餘，也問到陶澍的生平，他便提到這座石屋，說每當讀倦之時，臨流小憩，俯瞰清流如鏡，常以此自期，臣心如水，清勤報國。皇帝便說，此屋可名為「印心石屋」，而且御書四個窠巢大字相賜，為大臣前所未有的榮寵。

這是左宗棠從胡林翼來信中獲知的情形，陶澍自然不知道，只問：「這副對聯的作者是誰？」既然問到，岳州知府不能不據實以答；「是湘陰左舉人。」

「湘陰？」

「是。」

「是左解元？」

「不，左解元到江西去了；是左解元的令弟，號叫季高。」

「人呢？」

「回淥口去了。」

「喔，貴府備一隻快船，即刻要用。」陶澍招招手，將督標李參將喚了來吩咐：「你拿我的全帖，坐快船到淥口；把左四先生接了來。你說我在這裡等；他不來，我不走。」

於是李參將星夜趕路，到第四天上，才將左宗棠接到岳州。在行館，陶澍開中門迎接，肅客上坐；左宗棠要執後輩之禮，主人不許，終於還是以平禮相見。

岳州知府二甲進士出身，人很風雅，將接風筵設在岳陽樓上。樓在岳州西門，相傳本為三國吳將魯肅練水師的閱兵台；唐朝開元初年，中書令張說謫守岳州，始修此樓，定名「岳陽」；宋仁宗慶曆初年，天章閣待制滕宗諒，降謫到此時，重興土木，並請他的至交范仲淹撰〈岳陽樓記〉，名聲方始傳聞天下。

但范仲淹「進則盡憂國憂民之誠；退則處樂天樂道之分」的志節懷抱，亦因岳陽樓一記，為天下後世所共知。左宗棠在古人中，最佩服范仲淹的，所以一登傑閣三層、明廊四面的岳陽樓，顧不得眺望「朝暉夕陰，氣象萬千」的八百里洞庭湖，先忙著摩挲乾隆初年，文學侍從之臣張照所書的岳陽樓記木屏，再一次體味范仲淹當時「居廟堂之高，則憂其民；處江湖之遠，則憂其君」的心境。

到並肩佇立，憑欄南望「銜遠山，吞長江，浩浩湯湯，橫無際涯」的洞庭湖時，陶澍指著東南江西境內，為鄱陽湖支流分割成一塊塊的青蒼大地說：「『吳楚東南坼』，不親臨目睹，不知杜詩之妙。」

「非此不足以匹敵『乾坤日夜浮』；用一『浮』字來形容洞庭之大，直可謂之匪夷所思。」

他們談的是杜甫那首登岳陽樓的五律，「『親朋無一字，老病有孤舟。戎馬關山北，憑軒涕泗流。』」陶澍念完了這首詩的後半又說：「我輩今日境遇，自然勝過少陵當年。然而，這是不是就叫太平盛世呢？」

話中大有感慨，左宗棠怕引起他更多的牢騷，故意不答。陶澍想到了，以他的地位，實在不宜非議時政，因此入席以後，只是談風土、談藝文，不及朝局。

朝局時政，自然是要談的，而且陶澍打算深談；在耳目眾多的行館中，諸多不便，所以席散以後，他特為邀左宗棠到他的官船中相聚。

「尊作讓我很感動，『八州子弟』盼望我回來，總有一番期待；當然不是為了利祿，是想知道我還有甚麼足以為鄉邦生色的計畫。季高，是不是如此？」

「正是。八州子弟亦盼雲公有所教誨。」

「教誨不敢當。不過世變日亟，有些老馬識途的閱歷，或者有助於我八州子弟，一展驥足。」陶澍問道：「季高，你對時局的看法如何？兩番進京，是何觀感？」

「文風不振，大為可慮。文運關乎國運，我實在想不透，何以會搞成如今委靡瑣碎，尋章摘句，不務大、不務實的文風，莫非都要怪曹相國？」

「當然。」陶澍隨即又下了個轉語：「不過，也不能怪他一個人。」

「那麼，還要怪誰呢？」

陶澍不答，沉默了一會，突然問道：「你看明思宗是怎麼樣一個人？」

「亡國之君。」左宗棠脫口相答。

「這是以成敗論英雄。」

「雲公，」左宗棠立即問說：「你看我是以成敗月旦人物的人嗎？」

陶澍報以因失言而歉意的一笑，然後反問：「然則其有說乎？」

「明思宗說過：『朕非亡國之君，諸卿乃亡國之臣。』自古以來，有亡國之君始有亡國臣。明思宗可謂至死不悟。」

陶澍徐徐展露笑容，吩咐聽差：「拿酒來，我要浮一大白。」

這表示兩人想法相同，曹振鏞誤國，而終先帝一世，曹振鏞未曾大用，先帝與「今上」父子之間的優劣，兩人心裡有數。

「曹相國有了衣缽傳人，你知道嗎？」

「若說曹相國有了衣缽傳人，一定是穆相國。」左宗棠說：「今年春天在京，就聽說有一副諧聯：『喳、喳、喳，主人洪福；是、是、是，皇上聖明。』顯然是指穆、潘二相。樞臣如此，著實可憂。」

陶澍深深點頭，用低沉的聲音說道：「今日大局，可憂者有三：一是君闇臣庸，上下交蔽；二是文恬武嬉，粉飾升平；三是侈然自大，不知外務。道光三年以前，銀子漏入外洋，每年不過數百萬；三年至十一年，增至一千七八百萬，現在每年漏銀三千餘萬，此外海口，還未計算在內。漏銀加多，可知鴉片進口，亦在逐年增加。言路多主嚴禁鴉片進口；立新例，吸煙者死。用重典固無可厚非，只是奸商蠹史，滔滔皆是，陽奉陰違，如之奈何。所以我倒贊成通達之士的主張，閉國不可，徒法不行，不如寓禁於徵，課以重稅，且以貨易貨，不准用銀購買。至於吸食者課刑，亦應分別輕重緩急，專重官員、士子、兵丁，漸次及於庶民，庶乎有濟。」

「通達之士的主張能見用否？」

「皇上不以為然，軍機心知其善而不能爭，也不敢爭。我很擔心，萬一閉關不可，而致啟釁；來自西洋的外患，可不比明朝的倭寇，也沒有戚繼光、俞大猷這樣的名將，真不知如何抵擋？」陶澍突然問道：「魏默深你常通信否？」

「好久沒有接到他的信了。今年春天進京，聽說他埋頭著作，很忙，也只見了一次面，未及深談。」

「他的著作名叫《海國圖志》，應該是《讀史方輿紀要》以後，最要緊的一部輿地書。」陶澍忽又很興奮地說：「文風雖然不振，但講實學的人也不少；尤其是我們湖南人，讓我自傲。這也是盱衡世局，堪以自慰的一個好現象；大清朝的內憂外患，雖方興未艾，但還不至於危及社稷。」

「這是國家養士之報。」左宗棠說：「佛家的生老病死，亦通乎古今興亡循環之理。正統的朝代——。」

照左宗棠的說法是，一個正統的朝代，亦必經生老病死的歷程，始生、漸老、得病，但是否病得不起而死，則不一定。如果一旦力戰經營得了天下，能夠偃武修文，與民休息，振興文教，則深仁厚澤，雖病而仍伏新生之機，會出現另一個新局面。

「如前明，」左宗棠舉例說道：「武宗童騃無知，宸濠窺竊神器，但自有王陽明出現，轉危為安。這就是前數代養士之報。雲公以為今後縱有內憂外患，還不致危及社稷，想來亦因為本朝仁澤甚厚之故。」

「正是！你的見解，可說深獲我心。康熙三十八年永不加賦的詔旨，至今信守不渝，長治可期；久安則未必。」陶澍沉默了好一會說道：「我看十年之內，亦不會有甚麼賢相；內輕外重之勢已成，將來安邦定國，恐怕還要靠一班封疆大臣，不過絕不會是我。」

「雲公莫非不會入相？」

「不會。我自己不存此想，當局亦未必能容我。」陶澍拊著左宗棠的背說：「季高，天下靠湖南，湖南靠講實學的讀書人。記住，內輕外重之勢已成！季高，好自為之。」

高陽作品集·世情小說系列

蘇州格格 新校版

2023年5月三版　　定價：平裝新臺幣320元
精裝新臺幣550元

著者	高陽
叢書編輯	杜芳琪
校對	吳美滿
	吳浩宇
封面設計	兒日

出版者	聯經出版事業股份有限公司	副總編輯	陳逸華
地址	新北市汐止區大同路一段369號1樓	總編輯	涂豐恩
叢書編輯電話	(02)86925588轉5394	總經理	陳芝宇
台北聯經書房	台北市新生南路三段94號	社長	羅國俊
電話	(02)23620308	發行人	林載爵
郵政劃撥帳戶第0100559-3號			
郵撥電話	(02)23620308		
印刷者	世和印製企業有限公司		
總經銷	聯合發行股份有限公司		
發行所	新北市新店區寶橋路235巷6弄6號2樓		
電話	(02)29178022		

行政院新聞局出版事業登記證局版臺業字第0130號

本書如有缺頁，破損，倒裝請寄回台北聯經書房更換。
ISBN 978-957-08-6883-8 (平裝)
ISBN 978-957-08-6884-5 (精裝)
聯經網址：www.linkingbooks.com.tw
電子信箱：linking@udngroup.com

國家圖書館出版品預行編目資料

蘇州格格 新校版/高陽著．三版．新北市．聯經．2023年
5月．232面．14.8×21公分（高陽作品集・世情小說系列）
ISBN 978-957-08-6883-8（平裝）
ISBN 978-957-08-6884-5（精裝）

863.57 112004613